가면의 기사

김형신 퓨전 판타지 소설
FUSION FANTASTIC STORY

The Knight of Mask

가면의 기사 1

김형신 퓨전 판타지 소설

초판 1쇄 찍은 날 § 2007년 7월 28일
초판 1쇄 펴낸 날 § 2007년 8월 8일

지은이 § 김형신
펴낸이 § 서경석

편집장 § 문혜영
편집책임 § 최하나
편집 § 문정홈 · 김동화

펴낸곳 § 도서출판 청어람
등록번호 § 제1081-1-89호
등록일자 § 1999. 5. 31
어람번호 § 제1-0863호

주소 § 경기도 부천시 원미구 심곡1동 350-1 남성B/D 3F (우) 420-011
전화 § 032-656-4452 팩스 § 032-656-4453
http://www.chungeoram.com
E-mail § eoram99@chollian.net

ISBN 978-89-251-0827-8 04810
ISBN 978-89-251-0826-1 (세트)

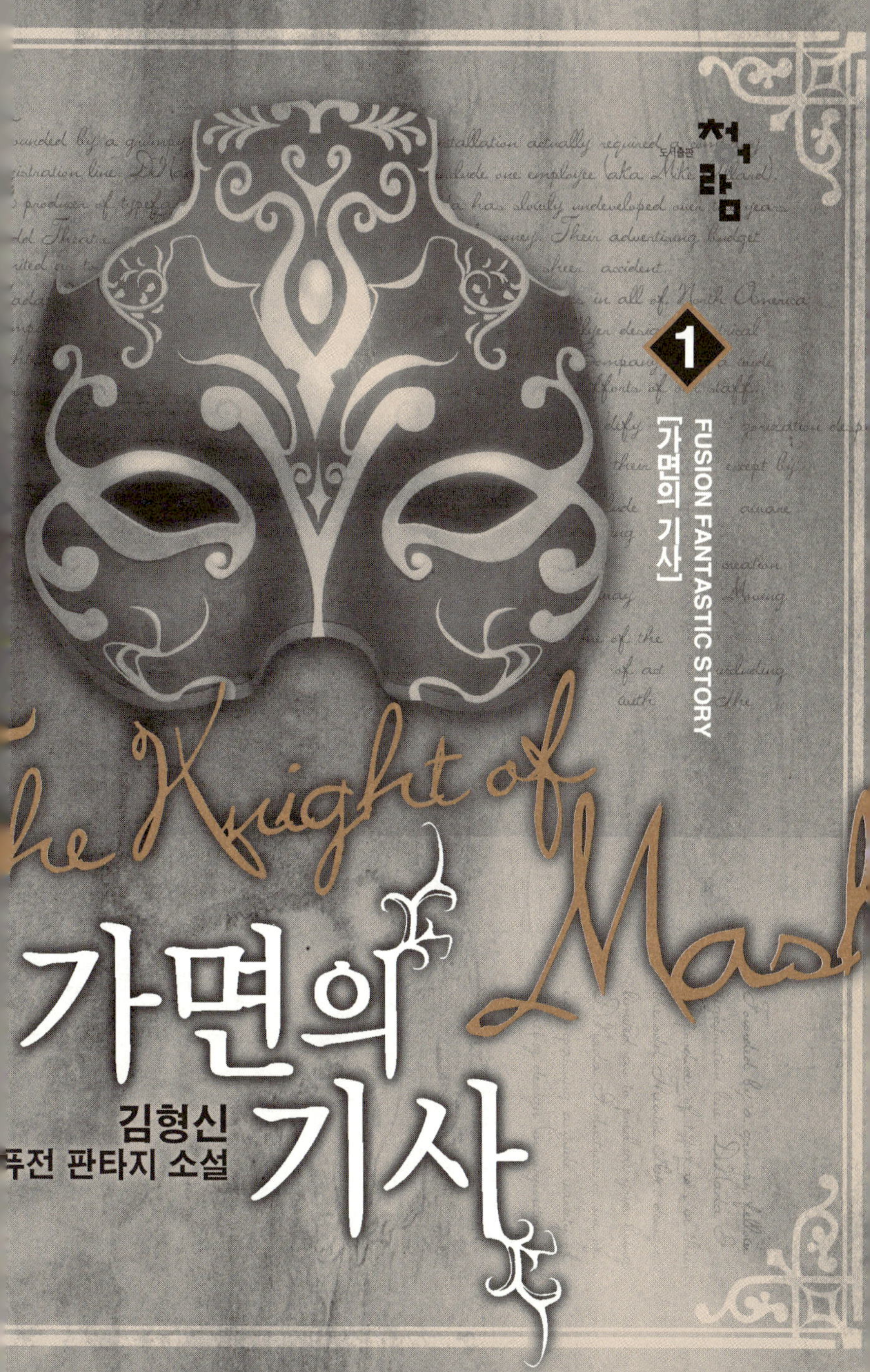
도서출판 천어람
1
[가면의 기사]
FUSION FANTASTIC STORY
the Knight of Mask
가면의
기사
김형신
퓨전 판타지 소설

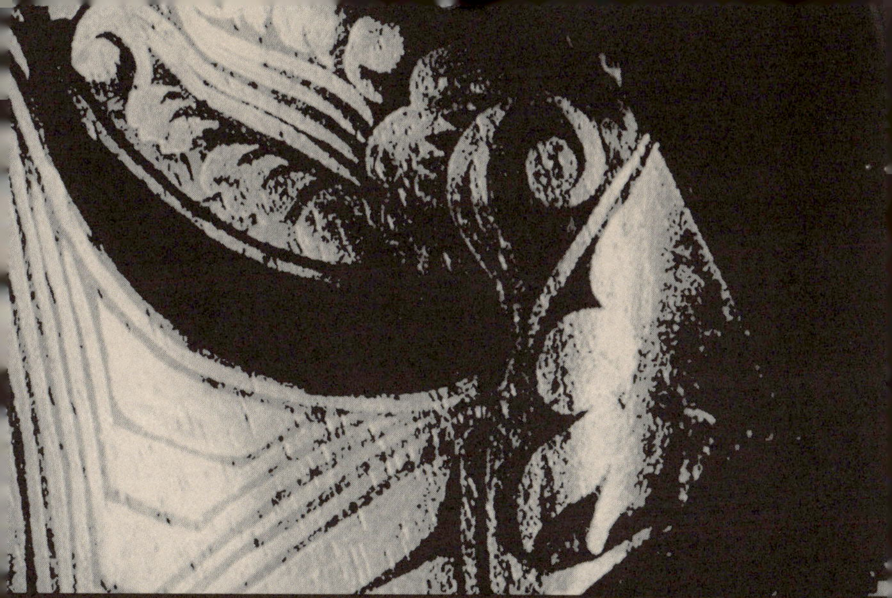

Contents

　글이라는 삶 속에 제 모든 것을 바친 지 5년이란 시간이 흐르고 있습니다.

　유머 글을 시작으로 연애소설, 퓨전, 게임 판타지까지 출판하며 많은 것을 배웠고, 지난 글들을 돌아보며 제 부족한 점들을 절실히 깨닫게 되었습니다.

　흐르는 강물은 멈추지 않고 열정의 샘은 마르지 않듯, 언제나 노력이라는 밑거름을 짊어지고 발전하는 모습으로 찾아뵙겠습니다.

　가면의 기사가 책으로 나올 수 있게 힘이 되어주신 청어람 관계자 분들에게 감사를 표합니다.

　그리고 못난 저를 언제나 곁에서 든든히 지켜주는 아내와 소중한 우리 딸 보경이, 어머니와 할머니, 누나, 매형, 하늘에 계신 아버지에게 사랑한다는 말을 전합니다.

　또한, 5년이란 길고 긴 시간 동안 평온함을 선사하는 초목

과도 같았던 시니is눈물 까페 회원님들에게 고마움을 전달합니다.

　마지막으로 죽음이 지척까지 다가온 순간에도 열정이란 불꽃을 환하게 태운, 이제는 곁이 아닌 하늘에서 저에게 많은 것을 가르쳐 주는 lovepool(이동훈) 형에게 이 글을 바칩니다.

　저는 이렇게 또다시 꿈이라는 도화지에 열정이란 붓으로 그림을 그렸고, 독자님들과 만나게 되었습니다.
　이 글을 읽고 계신 독자님들에게 진심으로 감사하다는 마음을 흐르는 세상에 흘려보냅니다.
　감사합니다. 언제나 행복이 함께하시기를.

김형신 올림.

Part 1
복수는 나의 것

The Knight of Mask

진하는 귀찮은 얼굴로 여동생 은하를 바라봤다. 또 시작이
다.

'이 계집애는 진짜 만만한 것이 난가?'

혼자 진지하게 고민을 할 때 은하가 불쌍한 표정으로 다시
설득한다.

"오빠도 라스트 월드 하자!"

"나 이제 게임 안 한다니까?"

짜증난 목소리로 단번에 거절하는 진하.

벌써 두 달째다. 게임을 접은 자신에게 새로운 게임을 하자
고 설득하는 것이.

"정말 이렇게 나오지이~?"

은하가 말끝을 질질 끌었다. 진하는 순간적으로 불안한 마음이 들었지만 애써 움찔한 모습을 티 내지 않으며 태연한 척했다.

은하는 남들이 보면 눈을 돌리기 힘들다는 어머니의 얼굴을 꼭 빼닮아서 참으로 예뻤지만, 문제는 성격이다. 독하고 잔머리를 잘 쓰는 계집애. 그것이 진하가 생각하는 은하였다.

'불안하게 왜 이래……'

진하가 침을 꿀꺽 삼키며 긴장했지만 의외로 은하는 아무런 말 없이 자리에서 일어섰다.

'말을 질질 끈다는 것은 기분이 상했다는 뜻인데……'

그때 은하가 정말 하기 싫다는 표정으로 할 말을 끝까지 다 한다.

"오빠, 나 정말 오빠가 상처받을까 봐 비밀로 하고 있었는데… 아, 말해도 되나? 아니다. 그냥 하지 말까? 아냐, 아냐. 오빠를 위해서라도 해야겠어. 오빠, 은진이 언니 알지? 모를 리가 없겠지. 그 언니 때문에 게임도 접고 석 달째 술만 먹고 살고 있으니……"

은하의 말에 진하의 눈썹이 꿈틀거린다. 은진이는 진하와 동갑으로 은하의 소개로 만나게 된, 게임을 광적으로 좋아하던 첫사랑이다. 그런 은진에게 진하는 첫눈에 반하게 되었고, 평소 하지 않던 게임까지 하며 은진과 커플이 되었다.

하지만 대한민국 남자로 태어났기에 군대를 피할 수 없었으며, 1년 2개월의 기간 중 제대를 여섯 달 앞두었을 때 청천벽력 같은 소식을 접했다. 바로 이별이었다.

그 후 진하는 제대를 하자마자 은진이를 찾았지만 연락도 되지 않았고, 만날 수도 없었다.

가슴이 무너지는 아픔과 그리움으로 한 달이란 시간 동안 은진을 만나기 위해 노력했음에도 불구하고 말이다.

결국 진하는 은진을 보내주기로 결심했다. 이미 마음이 변했다면 사랑은 끝난 것이다.

그래서 진하는 모든 것을 체념한 뒤 오랜 기간 분신처럼 키워왔던 캐릭터와 아이템을 다 처분하였고, 더 이상 게임을 하지 않겠다는 다짐과 함께 술을 마시며 지내고 있었다.

처음에는 '그래, 다 잊어주마!' 라고 생각했다. 하나 말처럼 쉬운 일이 아니었고, 그 괴로움에 술을 마시기 시작한 것이다.

'그런데 은진이라니?'

진하가 궁금하다는 표정으로 쳐다보자 은하는 애써 웃음을 참으며 승리를 만끽했다. 언제나 저 단순한 오빠는 자신의 손바닥 안을 벗어나지 못했다.

"얼마 전 동창회에서 찬성이 오빠랑 친한 동생을 만났는데……."

찬성이는 게임에서 알게 된 진하의 라이벌이자 친구였다.

진하가 랭킹 2위를 하고 군대에 입대했을 때 찬성이는 랭킹 1위였고, 군 제대 후 은진의 근황을 묻기 위해 연락을 시도했지만 은진과 마찬가지로 소식을 접할 수 없었다.

"걔 말이 찬성이 오빠랑 은진이 언니가 오빠랑 헤어지자마자 사귀었다고 하던데? 그런데 걔가 말한 시기가 은진 언니가 아직 오빠랑 사귀고 있을 때였어. 그리고 둘이 지금 라스트 월드를 하고 있대. 고렙이라던데……."

피가 거꾸로 치솟는다는 말은 이럴 때 쓰는 것인가? 진하는 눈앞이 캄캄해지는 것을 느끼며 이를 악물었다. 설마, 설마했는데…….

"너… 그, 그 말이 사실이야?"

"거의 백 프로 확실해."

진하는 정말 하늘이 원망스러울 정도였다. 여자 친구와 친했던 친구가 이렇게 뒤통수를 풀스윙으로 때릴 줄이야.

"아, 아니야. 찬성이와 은진이가 정말 그랬다면 나한테 솔직히 말했겠지. 안 그래?"

애써 현실을 부정하는 진하의 모습에 은하는 혀를 차며 고개를 저었다. 정말 자신을 너무 과대평가하는 오빠다.

"오빠, 나 같아도 그러겠는데? 오빠가 비록 예전보다는 좋아졌다 할지라도 여전히 성질 더러우며, 한번 화나면 앞뒤 안 가리는 사람인데 누가 그 사실을 말하겠어?"

"내가 얼마나 착한데! 젠장! 그 자식 어디 있어?!"

진하가 자리에서 벌떡 일어서며 묻자 그럴 줄 알았다는 표정으로 은하를 진정시킨다.

"왜? 가서 두들겨 패게? 오빠, 지금이 무슨 2020년인 줄 알아? 지금은 2030년이야! 사람 한번 잘못 때렸다가는 어떻게 되는지 몰라서 그래? 한때는 친구였어도 지금은 오빠의 여자를 가로챈 사람이야. 그런 사람이 아직도 오빠를 친구라 생각하겠어? 그리고 원래 찬성이 오빠 성격이 차가운 편이잖아. 그런 사람이 맞고도 참을 것 같아? 결정적으로 연락도 안 되면서 어떻게 만나려고?"

진하는 아무 생각 없이 뛰어나가려다가 힘겹게 멈추며 입술을 꽉 깨물었다.

만약 지금 찬성이를 만나고, 이 모든 얘기가 사실이라면? 이성은 참으라고 해도 절대 가만두지 않을 것이다. 아니, 그전에 자신을 피하기로 작정한 둘을 만나기도 힘들었다.

'젠장… 도대체 어떻게 해야 한단 말인가?'

진하가 생각에 잠기자 은하가 비릿한 미소를 흘리며 말한다. 남들이 보면 사랑스런 웃음이지만 은하를 잘 아는 진하로선 오싹했다.

"오빠, 현실에서는 찬성 오빠를 때리면 큰일 나. 하지만 다른 방법이 있지."

"무슨?"

"10년간 준비 과정을 거친 최초의 가상 현실 게임 라스트 월드! 유저가 직접 캐릭터가 되어 게임을 플레이하는 또 다른 세상. 현실을 최대한 반영한, 게임이지만 게임이 아닌 세계. 그곳이라면 오빠가 찬성 오빠를 때리든 죽이든 아무런 문제가 없지. 더군다나 고통을 줄 수도 있으니……. 물론 찬성 오빠의 레벨을 넘어야 가능한 일이겠지만. 그리고… 은진 언니도 볼 수 있고.”

말을 마친 은하는 자신의 단순한 오빠를 쳐다봤다. 심각한 표정으로 고민에 빠지더니 곧 고개를 끄덕인다.

성공이다. 진하를 끌어들이기 위해 노력하던 은하는 해냈다는 쾌감과 함께 열심히 게임을 설명하려다가 움찔하며 뒤로 물러선다.

“크크크큭, 그렇군. 그래, 그렇지. 거기라면 때리고 죽여도 괜찮지.”

만화에서나 나오는 웃음소리가 진하의 입에서 새어 나왔다.

진하 역시 라스트 월드에 대해 잘 알고 있었다. 주위에서는 물론 텔레비전에도 나오고, 지금 전 세계가 주목하고 있는 게임이다. 비록 플레이하지 않는다 해도 모를 수가 없었다.

“둘의 레벨이 몇이지?”

진하의 눈빛이 광기로 빛난다.

“으… 응? 200대 후반이라던가? 난 몰랐는데 찬성 오빠 후배한테 아이디를 들어보니 TV에도 나온 적이 있는 고렙이었어.”

은하는 뒤로 한 걸음 물러서며 대답했다. 평소에는 자신의 밥인 오빠지만 저런 상태일 때 건드리면 위험하다는 것을 경험으로 잘 알고 있기 때문이었다.

"크크크큭… 좋아, 감히 나를 엿 먹였겠다? 아주 둘 다 후회하게 만들어주마. 감히 나를 속여? 으하하!"

은하는 점점 광분을 넘어서 미쳐 버린 진하의 방을 서둘러 빠져나왔다.

"저 인간, 완전히 돌았잖아? 너무 자극시켰나?"

비록 사실을 말한 것이지만 극도로 흥분한 진하를 보니 마음이 불편한 은하였다.

자신 역시 그 사실을 들었을 때 얼마나 화가 났던가. 그렇다고 이제 와 바람피운 것이라 말하며 난리를 치는 것도 웃겼다.

하지만 진하에게는 사실을 알려서 정신을 차리게 해야 했다.

"더 이상 술에만 의존해서 잊으려고 하지는 않겠지."

그런 은하의 마음을 아는지 모르는지 진하는 이불을 물어뜯으며 라스트 월드를 외치고 있었다.

라스트 월드를 플레이하기로 결심한 다음날 아침.

진하는 담배를 피우다 곧 전화기에 시선을 던졌다. 어제 함께 술을 마셨던 후배가 떠올랐기 때문이다.

이름은 이기적. 곰과 같은 덩치와 얼굴을 소유해서 별명도 곰인 녀석이며, 이전 온라인 게임에서 진하와 자주 파티 플레이한 몸빵 전문 캐릭터의 소유자였다.

이름이 특이하게 이기적이 된 이유는 부모님이 기적을 낳았을 때 사기를 당하셨다. 그래서 남을 믿지 말고 이기적인 놈이 되라고 지어주셨는데, 하필 성까지 이라서 절묘한 이름이 탄생한 것이다.

'나는 데미지 위주로 키우기에 혼자서 하는 것보다는 몸빵을 해줄 놈이 필요하다.'

결정을 내린 진하는 전화번호를 말했고, 음성 인식과 함께 기적이의 우렁찬 목소리가 귀를 자극했다.

"행님!!"

"기적아, 너 요즘 게임하는 것 있냐?"

갑작스런 진하의 질문에 기적은 잠시 고민하다 대답한다.

"게임예? 음… 그거 할 낀데, 그 뭐드라? 라스트 월드예."

"그래?"

진하의 입가에 미소가 어렸다. 만약 기적이가 게임을 먼저 시작해서 레벨이 높았다면 파티 플레이하기는 힘들 것이다. 하나 아직 시작하지 않았기에 빠른 레벨 업을 함께할 수 있다.

"나도 그거 시작할 거다. 같이하자."

진하의 말에 기적은 깜짝 놀란 듯 외친다.

"행님이예? 행님 겜 안 하신다고 하지 않았습니꺼?"

"자세한 이유는 몰라도 되고, 하여튼 난 꼭 해야 된다. 예전처럼 함께하자."

"행님이 같이하신다면 지야 좋습니더! 그럼 라스트 월드, 저희가 접수하는 겁니꺼?!"

"그래. 늦게 시작하지만 우리라면 가능하겠지. 아니, 가능해야 한다. 나는 일주일 뒤부터 시작할 생각이다. 너는?"

"행님, 그럼 지도 그때부터 시작할께예."

"그래, 그럼 일주일 뒤에 다시 연락하마."

전화를 끊은 진하는 만족스러웠다.

기적이라면 자신과 비슷한 폐인이었다. 6년 전 서울에 상경해서 아직도 구수한 사투리를 쓰는 후배이며, 한번 게임을 시작하면 일어설 줄을 몰랐다. 더군다나 불면증, 절대 포기하지 않는 근성이 있었고, 한마디로 게임을 하기엔 최적화된 인간!

그런 놈이 함께한다면 훗날 든든한 지원군이 될 것이다.

결심을 한 진하는 빠르게 움직였다. 일단 게임을 정확하게 파악하는 것이 먼저였고, 일주일이란 시간을 가진 이유였다.

가장 먼저 라스트 월드 홈피에 들어가 기초적인 것부터 알아내기 시작했다. 다음으로는 현재 유저인 은하와 아이템 거래 사이트, 까페, 방송 등을 통해 정보를 입수했고, 진하는 감탄했다.

라스트 월드의 영상은 정말로 현실과 다를 것이 없었으며 넓은 땅과 왕국들, 그리고 수많은 직업과 유저들로 인해 금전적 가치까지 어디 하나 부족한 것이 없었다.

이제 게임을 선보인 지 9개월. 게임 시간으로는 2년 3개월이었다. 짧은 시간이지만 현재 라스트 월드의 전 세계 유저는 칠천만 명이 넘었으며, 당연히 점점 늘어가고 있는 추세였다. 9개월 동안 이 정도 성장을 했다는 것은 사람들이 그동안 또 다른 세상, 즉 가상 현실 게임을 얼마나 원했는지를 보여주고 있었다.

그 결과, 라스트 월드의 영향력은 더 이상 게임이 무시받던 시절을 사라지게 만들었다. 10대, 20대는 물론 어른들조차 라스트 월드로 대화를 하는 시대가 도달했고, 그 수는 기하급수적으로 증가했다.

그 정도로 또 다른 차원의 자신! 최초의 가상 현실은 게임을 좋아하는 유저들은 물론, 게임을 안 하던 이들조차 하게 만드는 재미가 있었고, 판타지 책이나 영화를 보며 한 번쯤 상상해 봤을 법한 세계가 현실로 이루어지자 30, 40대 역시 푹 빠져들었다.

비록 다른 나라의 기술적인 도움은 받았지만, 핵심은 한국에서 만들어져 출시된 라스트 월드의 인기는 특히 한국에서 열광적이었고, 관련 방송 프로그램도 여러 개였으며 시청률 또한 높았다.

이렇게 큰 관심을 얻은 이유는 최초의 가상 현실 게임이란 사실이 크지만, 시간의 흐름 역시 빼놓을 수 없었다. 슈퍼컴퓨터 12대와 과학의 결합으로 현실 시간의 세 배가 적용되는 라스트 월드의 세계. 게임에서의 세 시간이 현실에서는 한 시간이었니, 시간이 없어서 못하던 직장인들이나 학생들도 스트레스 해소용으로 하게 만드는 효과가 있었고, 현실의 모임을 게임에서 하는 유저들도 우후죽순 생겨났다.

또한 현실의 신체, 지식, 정신적 능력을 테스트를 통해 기존 스텟에서 +되는 형식.

같은 레벨에 비슷한 스킬을 쓰더라도 어떻게 조합하고 사용하느냐에 따라 차이가 나는 위력, 스스로 발전을 통해 능력의 기본인 레벨 이상 강해질 수 있는 시스템 등등 정말 현실과 게임의 완벽한 조합이었고, 많은 사람들이 빠져들 수밖에 없었다.

그렇게 진하가 라스트 월드에 감탄하며 알아가는 동안 일주일이란 시간은 빠르게 지나갔다. 모든 것을 알 수는 없었지만 적어도 기본적인 것을 깨우쳤고, 그날 저녁 집 2층에서 운영하는 도장으로 방문했다.

도장은 진하의 아버지인 박하가 운영하였고, 진하가 사범으로 있을 예정이었지만 고등학교를 졸업하자마자 은진으로 인해 게임에 빠졌기에 지금은 동생 은하가 일을 돕고 있었다.

"하압!"

“으랏차!!”

“모두 정신 차려!”

큰 목소리로 수련생들에게 호통치는 박하.

“아버지.”

“진하 왔구나.”

박하는 진하가 들어서자 환하게 웃으며 다가갔고, 수배자처럼 생긴 박하의 얼굴과 덩치를 보며 엄마를 더 닮은 것이 내심 다행이라 생각하는 진하였다.

“라스트 월드를 시작한다고?”

박하의 말에 진하가 고개를 끄덕이며 되묻는다.

“아버지도 하고 계시다면서요? 은하 말로는 벌써 2차 전직을 끝낸 레벨 100대의 장인이라던데.”

“하하, 어쩌다 보니 하게 되었다. 어릴 때 책을 읽으며 그런 세상을 꿈꿨던 적이 있는데 정말 놀랍더구나. 재미도 있고 말이야. 네놈이 시작하면 101렙까지 아이템은 내가 책임지마!”

라스트 월드에는 여러 장인이 존재했다. 그들은 보통 생산직이나 예술직으로 분류되고 그 안에서도 여러 직업으로 나뉘는데, 그들의 목표는 대부분 하나였다. 돈을 버는 것.

그중 아이템을 만들고 옵션을 추가시키는 장인이나, 약초와 포션을 제조하는 장인이 수입이 가장 좋았으며, 박하는 장비 장인이었다.

　장비 장인의 경우, 조립하는 것 외에도 아이템에 두 가지 옵션을 추가시킬 수 있었다. 물론 성공 확률이 백 프로인 것은 아니다. 아이템에 옵션을 추가시키는 일은 2차 전직을 하면 하나는 백 프로 성공이지만, 두 번째는 성공 확률이 극히 낮다. 그리고 아이템이 높은 등급일수록 성공 확률은 더욱 낮아진다.

　"저 잠깐 몸 좀 풀고 갈게요."

　진하는 곧 도장 안쪽에 자리한 작은 규모의 수련실로 들어가 운동을 시작했다. 어릴 때부터 쉬지 않고 해왔기에 평소 단단한 몸을 소유하고 있었다.

　"그러고 보니 아버지도 많이 변했군."

　한참 땀을 흘리던 진하는 실소를 흘렸다. 처음에는 게임에만 몰두하고 도장 운영도 안 도와주던 자신을 이해하지 못하던 아버지였다. 하지만 군대를 갔다 온 후, 캐릭터와 아이템을 처분한 금액을 보고 바로 돌변하셨다.

　"도장이야 뭐, 지금처럼 은하와 내가 하면 되지. 넌 열심히 게임하여라!"

　절대적인 현실파 아버지! 금전의 위력을 깨달을 수 있는 순간이었다.

　'어쩌면 당연한 것인지도……. 석 달 동안 아무것도 안 하며 술만 먹고 살았으니.'

　진하는 자신이 제대 이후 방황하자 얼굴에 수심이 가득했던 아버지의 모습이 떠올랐고, 곧 재차 주먹을 내질렀다.

게임을 다시 시작하기로 하면서 진하에게는 세 가지 목표가 생겼다.

1차 목표는 바로 복수! 그리고 두 번째는 은진을 보고 싶은 것이었고, 마지막은 고레벨이 되면서 얻게 되는 부수입이었다. 라스트 월드는 아이디와 비번으로 계정을 만들지 않기에 캐릭터 거래는 불가하지만 아이템 거래는 활발했으며 가치도 뛰어나 돈을 벌기 위해서 하는 이들도 적지 않았다.

'세 가지 모두 이루고 만다!'

그날 저녁 밤새도록 찬성과 은진을 생각하며 몸을 푼 진하는 새벽이 되어서야 잠을 청했다.

"빨리 와라, 빨리."

오후 3시. 진하는 캡슐이 도착하기만을 기다리고 있었다. 라스트 월드는 컴퓨터 앞에 앉아 플레이하는 것이 아닌, 최첨단 기술의 완성체인 작은 자동차 모양의 캡슐에 들어가 본인 인증을 마친 다음 플레이하는 형식이었다.

그래서 캡슐 가격이 200만원이나 하였고, 한 달 정액 요금이 15만원이지만 기존 게임에서 많은 돈을 벌은 진하이기에 부담없이 바로 신청하였다.

비록 당장은 비싸 보일지 몰라도 게임 성능에 비하면 높은 가격이 아니었으며, 나중에 고레벨이 되면 정액 요금 이상 벌 수 있을 것이라 확신했다.

"어서 와라, 어서!"

시련의 상처로 게임에서 손을 뗐던 진하이지만, 배신감으로 인해 다시 게임에 대한 욕망이 타오르자 이전 게임을 하던 시절보다 더욱 하고 싶은 욕망이 느껴지고 있었다. 어쩌면 게임을 하고 싶다는 욕구가 계속 내재되어 있었던 것인지도 몰랐다.

"기다려라, 찬성. 친구였다는 놈이……. 꼭 내가 당한 아픔을 갚아주마. 그리고… 은진……."

찬성을 생각하며 분노하던 진하는 은진을 떠올리며 두 눈을 감았다. 비록 매일 흥분을 이기지 못해 이불을 은진이라 생각하며 물어뜯는 소심함의 극치를 보였지만, 그래도 사랑했던 여자이다.

'조금만 더 살살 물어뜯는 것인데…….'

소심했던 스스로를 자책하고 있던 그때, 그토록 기다리던 라스트 월드 회사에서 사람들이 도착했다.

"여기가……."

"왔다, 왔어!"

캡슐을 설치하기 위해 온 사원들은 갑자기 달려드는 한 마리 짐승을 발견한 후 깜짝 놀라며 주춤거렸다.

핏빛 선 눈동자와 턱에 침까지 흘리며 캡슐을 바라보는 모습이 정상처럼 보이지 않았다. 짐승의 인간화! 바로 진하의 모습이었다.

"빠, 빨리 설치하고 가지."

"그, 그러자고."

그들은 귓속말로 서로의 의사를 확인한 후 서둘러 방에 캡슐을 설치하고 떠났다. 왠지 오래 있으면 전염될지도 모른다는 불안감 때문이었고, 그 모습에 역시 규모가 큰 회사는 설치도 빠르구나! 생각하며 진하는 곧 캡슐 안에 몸을 안착했다.

캡슐 안은 맞춤 소파처럼 편한 자세로 반 기대듯 앉을 수 있었고, 온통 어두웠다. 그런데 잠시 후, 실처럼 얇은 붉은빛이 전실을 어루만지더니 사라졌고, 온화한 느낌을 풍기는 여자의 목소리가 들렸다.

―안녕하세요. 저는 라스트 월드 도우미 카르엔입니다. 이름:이진하. 나이:26. 성별:남. 정보가 확인되었습니다. 신규 계정을 생성하시겠습니까?

"예."

"신규 계정이 생성되었습니다. 진하님 외에는 그 누구도 캡슐을 사용할 수 없습니다. 캐릭터를 생성하시겠습니까?"

"예."

―닉네임을 선택해 주세요.

"눈류."

진하가 이별을 선고받기 전, 군대에서 은진을 떠올리며 지었던 닉네임이다. 어릴 눈에 흐를 류. 어릴 때 만났지만 영원히 너의 곁에 흐르겠다는 뜻.

군대에 가기 전부터 홍보를 시작한 라스트 월드를 은진과 함께하게 되면 사용하려고 했다. 이제는 그 의미가 퇴색되어 버렸지만 말이다.

─사용 가능한 닉네임입니다. 차원을 선택해 주세요.

라스트 월드에는 총 다섯 개의 차원이 존재했다. 무협과 판타지, 그리고 미래와 신계, 마계였다.

"판타지."

─차원 판타지를 선택하셨습니다. 라스트 월드는 성별을 바꿀 수 없으며, 차원 판타지의 경우 인간으로만 플레이할 수 있습니다. 직업을 선택해 주세요.

카르엔의 말과 함께 진하의 눈앞에 큰 액자만 한 둥근 영상이 나타났다.

그곳에는 기사를 시작으로 마법사, 전사, 도둑, 어쌔신, 파이터, 정령사, 주술사, 궁수 등등 많은 직업이 보였고, 진하는 망설임없이 대답한다.

"기사."

─기사를 선택하셨습니다. 유형을 선택해 주세요.

또다시 영상에는 검을 든 기사, 창을 든 기사, 도끼 등등이 보였다.

"검."

─검을 선택하셨습니다. 기사에는 공격형과 방어형, 평균형이 있습니다. 선택해 주세요.

평소 최고의 방어는 공격이라 생각했기에 질문이 끝나는 순간 대답했다.

"공격."

─공격형 기사를 선택하셨습니다. 캐릭터의 외형을 선택해 주세요.

카르엔의 말과 함께 진하의 눈앞에 한 남자가 나타났다. 바로 자신의 모습이었다. 자신이 원한다면 얼굴은 물론 체형까지도 성형할 수 있지만 진하는 스스로에게 만족하기에 바꾸지 않았다.

"지금 이대로."

─바꾸지 않으셨습니다. 나라를 선택해 주세요.

"한국."

─한국을 선택하셨기에 언어는 한국어가 되며, 다른 나라의 유저를 만나도 한국말로 해석되어 듣게 됩니다. 그리고 세계 대전에서 한국의 유저로 참여할 수 있습니다. 그럼 이제 스텟을 결정하겠습니다.

카르엔의 말이 끝나자 진하는 강렬한 빛의 블랙홀이 자신을 빨아들이는 것 같은 느낌을 받았다.

─스텟 분배의 공간입니다.

카르엔의 목소리에 눈을 떴고, 경악을 금치 못하는 눈류.

마치 다른 곳으로 순간 이동을 한 것 같은 착각이 들 만큼 라스트 월드의 세계는 현실과 다를 것이 없었고, 오히려 더욱 생동감이 넘쳤다.

현재 눈류가 서 있는 곳은 운동 기구가 다양하게 존재하는 체육관.

앞에는 붉은 머리를 허리까지 길게 기른 아름다운 카르엔이 서 있었다.

'정말 놀랍구나. 이것이 가상 현실.'

눈류는 카르엔도 잠시 망각한 채 몸을 이리저리 움직이며 만져 보았다. 현실과 다를 것이 없는 움직임과 감촉. 이질감도 느껴지지 않는다.

'시, 신기하다!'

감탄하며 제자리에서 폴짝폴짝 뛰기 시작하는 눈류의 모습에 카르엔은 화사한 봄꽃 같은 미소를 지으며 말문을 열었다.

"라스트 월드는 눈류님의 육체, 정신적 능력을 파악하여 기본 스텟에 +되는 시스템이 도입되어 있습니다. 정보창을 외쳐 보세요."

"정보창."

정보창이라 말하자 눈앞에 TV 화면 같은 네모난 영상이 나타났다.

생명:100 마나:100

이름:눈류 레벨:1 성향:무 길드:무

칭호:없음 명성:0 악성:0 직업:견습 기사

근력:15 체력:10 민첩:10 지식:10
재치:10 정신:10 예술:10 상술:10

공격력:45 방어력:20
마공력:30 마방력:20
스텟 포인트:5 스킬 포인트:0

―캐릭터 성향에 따라 기본 스텟은 조금씩 다르며, 근력은 물리 데미지를 나타냅니다. 근력 1당 물리 공격력 3을 뜻합니다. 체력은 물리 방어력을 나타내며, 체력 1당 물리 방어력 2를 뜻하고 생명이 10 상승합니다. 민첩은 공격 속도와 명중률, 크리티컬, 회피 상승을 뜻하며, 지식은 마법 공격력을 뜻합니다. 물리 공격력과 마찬가지로 지식 1은 마법 공격력 3을 뜻합니다. 정신은 집중력과 마법 저항력을 나타내며, 1당 마법 방어력 2를 뜻하고, 추가적으로 마나가 10 상승합니다. 재치는 마법 시전 속도와 명중률, 크리티컬과 회피 상승을 뜻합니다. 그리고 예술은 느낌과 감각, 재주를 상승시켜 주며, 상술은 계산력과 이해도, 화술을 상승시켜 줍니다.”

눈류는 이미 알고 있는 스텟이었지만 자세히 들었다.

“지금까지가 기본 스텟이며, 특정 레벨이 되거나 전직을 할 경우 직업과 성향에 따라 추가 스텟이 두 개씩 생성됩니다.”

추가 스텟이란 캐릭터의 직업과 성향에 맞게 자동적으로
생기는 것을 말하며, 포인트를 부여할 수는 없지만 레벨 업과
함께 자연적으로 올라간다.

"이제 테스트가 시작됩니다."

눈류는 고개를 끄덕였다. 이미 은하를 통해 얘기를 들었기
에 예상하고 있었고, 곧 육체, 정신적 능력 테스트 과정을 들
었다.

"장난인 줄 알았더니……."

테스트 과정 설명이 끝나자 어이없는 표정을 짓는 눈류.

은하가 말할 때만 해도 과장한 것이라고 생각했다. 하지만
진짜였다니?

"정말 펀치 볼을 치라는 겁니까?"

"네. 다섯 번을 치실 수 있으며, 가장 점수가 높은 세 개를
합산하여 평균을 매깁니다."

'하라면 해야지요.'

주먹에 힘을 주며 펀치 볼을 노려보는 눈류. 라스트 월드의
펀치 기계는 현실과 달랐다. 현실에서는 힘도 중요하지만 정
확도 역시 필요했다. 하지만 라스트 월드의 기계는 어디를 쳐
도 정확한 힘을 측정한다.

쉬이이잉! 퍼억! 덜컹, 덜컹!

눈류의 주먹이 바람을 가르며 펀치 볼을 가격했고, 그와 함
께 각종 다양한 테스트가 시작됐다.

체력을 테스트한다며 오래 달리기와 기계 펀치에 두들겨 맞기, 회피 측정은 공 피하기와 1분 동안 빨리 움직이기, 목표물 맞추기, 또 지식 어쩌고 하며 아이큐 테스트와 퀴즈 풀기, 정신력으로 오래 버티기 등등 별의별 테스트가 기다리고 있었다. 비록 꼴은 우습지만 과학적으로 측정을 하는 것이니 정확했다.

"하아… 하아!"

열 몇 개의 테스트를 끝낸 눈류는 지친 얼굴로 결과를 기다렸다.

모든 유저들이 캐릭터 생성과 함께 이 테스트를 해야 했고, 각자의 능력에 맞게 보너스 스텟이 결정된다. 물론 실제로는 아무리 큰 차이가 나도, 게임 상에서는 수십 포인트씩 차이가 나지 않게 설정되었으며, 각 스텟마다 최소 +3에서 최대 +9까지였다.

그 결과 간혹 무식한 이가 마법사를 했다가 근력이 더 높은 캐릭터가 되기도 했고, 머리는 좋은데 체력이 약한 이가 기사를 해서 마검사가 되는 경우도 있었다. 가상 현실이기에 캐릭터의 선택을 자신의 특기에 맞게 선택해야 활용의 수가 많아진다. 물론 레벨 업이 큰 비중을 차지하기에 큰 문제는 되지 않았다. 레벨과 랜덤 스텟, 노력, 열정, 조합에 따라 능력과 위력은 얼마든지 상승할 수 있지만 특기를 잘 살리면 더 나은 효과를 볼 수 있다는 것이다.

"스텟 결과가 적용되었습니다."
"정보창."

생명:180 마나:170

이름:눈류 레벨:1 성향:무 길드:무

칭호:없음 명성:0 악성:0 직업:견습 기사

근력:15(+9) 체력:10(+8) 민첩:10(+8) 지식:10

재치:10(+3) 정신:10(+7) 예술:10(+3) 상술:10(+5)

공격력:72 방어력:36

마공력:30 마방력:34

스텟 포인트:5 스킬 포인트:0

정보창을 살펴보던 눈류는 고개를 갸웃거렸다. 근력 등 다른 스텟은 이해를 할 수 있다. 자신은 무도관장의 아들로 태어나 어릴 때부터 운동만 하고 살았으며, 주먹 세다는 소리를 많이 들었으니.

그런데 지식은 왜 하나도 오르지 않은 것인가? 최소 +3으로 알고 있는데 말이다.

"안 오르는 경우도 있습니까?"

"아주 특별합니다만… 표준 미달일 때 나타나는 경우입니

다. 아주 미달일 때… 눈류님은 직업을 잘 선택하신 것 같습
니다."

간단히 말하면 정말 무식, 단순하다는 것이다.

"이제 모든 스텟 분배는 끝이 났습니다. 라스트 월드 차원
판타지에서 즐거운 여정 보내시기를."

파앗!!

눈류가 잠시 '난 무식하다!' 라는 충격에 빠져 있을 때, 카
르엔이 서둘러 말했다. 그러자 주변의 풍경이 고무줄처럼 일
그러지다 멈추었고, 눈앞에 큰 글귀가 나타나더니 여성의 맑
은 음성이 들렸다.

라스트 월드는 무엇인가를 알릴 때 네모난 화면으로 설명
문이 나타나고, 유저와 반대인 성별의 음성으로 재차 알렸다.

―초보자의 섬입니다. 차원 판타지의 시작인 곳이며, 레벨
25가 넘어야 벗어나실 수 있습니다.

"저, 정말 놀랍군."

눈류는 머릿속에서 들리는 여자의 음성에 감탄하며 주변
을 둘러봤다.

책과 영화, 게임에서 보던 형식의 마을이 보였고, 갑옷과
천으로 만들어진 옷, 또는 로브를 걸친 수많은 유저들이 바쁘
게 움직이고 있었다.

눈류가 서 있는 곳을 중심으로 맞은편 중앙은 아름다운 여신상이 물 분수의 호위를 받고 있었으며, 그 주위로는 무기, 방어구, 장신구, 식당, 잡화상점 등 여러 가게가 보였다. 그리고 물 흐르는 소리, 새들이 지저귀는 소리까지 모두 현실과 다를 것이 없었다. 오랜 시간 공들여서 준비한 게임이라지만 이렇게까지 완벽할 줄이야.

"레벨12 공기사 파티 구합니다!"

"각종 재료 모집하며 초보자 무기, 방어구 팝니다! 오늘 아니면 이 가격 없음!"

"붉은 던전에 함께 갈 법사 구합니다!!"

"싼 가격에 인마의 로브 삽니다. 제발 팔아주세요!"

"아, 오늘 5레벨 업이나 했다. 크큭."

"난 레벨 8이야!"

오일장을 맞은 시장보다도 더 혼잡했으며, 나이트보다 시끄러운 광장을 둘러보던 눈류는 자신의 볼을 꼬집었다.

"진짜 아프네."

머리로 알고 있는 것과 경험을 하는 것은 달랐고, 직접 아픔까지 느끼자 눈류는 더욱 대단하다고 생각하며 볼을 어루만졌다.

라스트 월드는 여러 가지 제한이 있는데, 첫 번째로 19세 이하와 이상으로 구분되어 있었다. 그 이유는 당연히 선정성과 잔혹성 논란으로 실시된 제도였고, 나이에 상관없이 유저들이 느끼는 고통의 체감은 현실의 20%밖에 되지 않는다. 그것은 당연했다.

만약 현실의 100%라면 매일 수없이 뼈가 부러지거나 다치고, 살이 찢어지거나 독에 걸려 죽는데, 고통을 실제와 똑같이 느끼게 된다면 대부분 게임을 하지 않을 것이다.

'20%인 대신 원래 생각보다 다섯 배는 더 패고 죽여주마.'

눈류는 이를 갈며 찬성과 은진을 생각하며 주먹을 꽉 쥐었다.

"감히 나를 속여? 흐흐흐!"

자신도 모르게 사악하게 웃으며 짐승 모드로 돌변하는 눈류.

그 모습에 주변의 유저들은 기겁하며 속삭인다.

"저… 저놈, 뭐야?"

"미, 미친 것 같은데?"

"처음 시작해서 저러는 것 아냐? 우리도 처음에는 좋아서 난리 났었잖아. 하하!"

"아냐. 저 풀린 눈이랑 흐르는 침을 봐. 광견도 아니고……."

─라스트 월드에 접속하신 것을 환영합니다. 레벨 5까지는 마을 밖으로 벗어나시면 안 되며, 인벤토리에 있는 목검을 장착하신 뒤 광장 왼쪽에 있는 수련 공터에서 레벨 5까지 올리세요.

혼자 분노와 망상에 빠져 있던 눈류는 알림 말에 정신을 차렸다.

'레벨 5 이후 사냥을 할 수 있나 보군. 그럼 수련 공터로 가 보자.'

많은 이들이 짐승이 된 자신을 바라보고 있지만, 눈류는 그 것을 알아차리지 못한 채 빠르게 움직였다.

모르는 것이 약이었다.

"여기인가?"

2분쯤 걸었을까? 눈류는 넓은 공터를 찾을 수 있었다. 바닥 은 단단한 흙으로 이루어져 크기가 꽤 넓었으며, 많은 사람들 이 새로 시작한 듯 열심히 각자의 무기를 휘두르고 있었다.

이곳 수련 공터는 유일하게 레벨 5까지 찍을 수 있는 곳이 기에 모든 사람들이 다녀간다. 그래서 자리조차 찾기 힘들었 다.

그리고 자신의 외형을 바꿀 수 있어서인지 대부분 미남, 미 녀의 모습을 하고 있었기에 현실에서 키 182에 몸무게 75, 미 인인 어머니와 아버지를 골고루 닮아 남자답게 생겼다는 소 리를 듣는 눈류가 평범해 보이는 수준이었다.

"인벤토리!"

잠시 그들이 하는 행동을 지켜보던 눈류는 인벤토리 창을 소환했다. 그 안에는 100라르크와 물통 하나, 목검, 낡은 천 으로 만든 옷과 신발이 존재했다.

라르크는 라스트 월드의 화폐 단위로 10라르크는 현실에 서 2원, 10대 2의 비율이다.

"잠깐, 옷이 존재한다는 말은?"

인벤토리를 보다 예전 게임이 떠오른 눈류. 설마설마 하며 조심스럽게 자신의 몸을 바라보았다.

"……."

입고 있는 것은 아무런 능력 없는 흰색의 사각 팬티와 쫄티.

"젠장!"

그때서야 자신의 옷차림을 간파한 눈류는 서둘러 낡은 옷과 신발, 목검을 착용했다.

그러자 순식간에 옷을 입은 모습이 되었다. 감촉은 현실의 옷보다 거칠었고, 상, 하의와 신발은 각각 방어력을 1씩 상승시켜 주었다. 목검은 공격력 2를 상승시켰다.

눈류는 잽싸게 주변을 살폈다. 다행히 아무도 자신을 신경 쓰고 있지 않았다. 안도의 한숨을 내쉬는데 그때 한 명이 레벨 업을 다 했는지 밖으로 빠져나갔고, 눈류는 서둘러 빈자리로 향했다.

"놀랍군."

눈류의 앞에는 짚단 인형이나 허수아비가 아닌, 오크가 서 있었다. 살아 있는 듯 노려보는 오크의 모습은 이곳이 또 다른 현실이라는 것을 인지시켜 주었다.

"이 세계가 기대돼."

눈류는 스텟이 5 남은 것을 떠올리며 모두 근력에 투자한 뒤 목검을 쥐고 오크를 내려쳤다.

타악! 타악!

머리, 어깨, 팔, 허리, 다리.

몸도 풀 겸 일부러 여러 부위를 목표로 팔을 움직였다.

무투를 중심으로 운동을 했지만 아버지로 인해 검도 배운 눈류였다.

타악! 타악! 타악!

횟수가 늘어날수록 더욱 정교하고 세밀한 가격이 가능해진다. 그와 함께 레벨 업 소리가 쉬지 않고 귀를 파고들었다.

―레벨이 오르셨습니다.

―고정 스텟 근력 2가 상승하였습니다.

―레벨이 오르셨습니다.

―고정 스텟 근력 2가 상승하였습니다.

오크를 상대로 목검을 움직인 지 오래 지나지 않아 레벨은 5가 되었다.

초반에는 레벨 업이 빠르다. 그것은 온라인이나 가상 현실이나 다를 것이 없었다.

그리고 레벨 업과 함께 직업, 성향에 따라 오르는 고정 스텟.

눈류는 공격형 위주의 기사를 선택했기에 자연적으로 근력이 상승했고, 스텟 포인트 역시 2를 받았다.

"이제 사냥하러 가볼까?"

목표 레벨을 채우자 목검을 인벤토리에 집어넣는 눈류.

더 이상 이곳에 있을 이유가 없었다. 방금 레벨을 올린 것처럼 전투를 많이 하면 간혹 랜덤 스텟이 추가되지만, 그것은 몬스터와 싸울 때나 PK or 전쟁 혹은 스킬 수련을 할 때 수련장에서만 가능한 일이었다. 위 경우들을 제외하면 혼자서는 아무리 휘두르고 뛰며 운동을 해도 오르지 않는다. 그것은 수련 공터 역시 예외가 아니었고, 이제 사냥을 떠날 차례였다.

결심을 한 눈류는 물통을 꺼내 목을 적셨다. 이 세계는 날씨조차 완벽했기에 더위로 인한 갈증이 느껴진 것이다.

"후, 인벤토리에 있어서인가? 시원하네."

얼음장같이 차갑진 않지만 시원함을 느끼며 목을 축인 눈류는 업을 할 때마다 얻는 스텟 포인트를 근력에 몰아 찍었다.

'어차피 지금은 저렙이고 몬스터들도 약하다. 난 근력 스텟을 최상으로 받았으니 근력에 몰아서 단 한 번에 몬스터들을 처치하고 빠르게 렙업한다!'

어느새 눈류의 근력은 45로 성장해 있었고, 기사이기에 업을 할 때마다 생명 +20, 마나 +10을 받아 생명력도 260이었으며, 1업마다 2개씩 주어지는 스킬 포인트로 인해 스킬 포인트도 8개였지만, 스킬은 레벨 10이 넘어야 배울 수 있기에 바로 유저들이 모여 있는 광장으로 향했다.

"아, 제발 파티 좀 해주세요! 법사, 붉은 던전 갑니다!"

"초보자 아이템! 지금 아니면 에누리 없습니다!"

"전직하려면 어떻게 해야 하죠?"

광장은 조금 전과 다름없이 여전히 시끄러웠고, 사람들로 북적거렸다. 모두의 시작이 초보자의 섬이기에 어쩌면 당연한 결과였다.

눈류는 곧 자신이 필요한 아이템을 구입하기 위해 잡화점으로 발걸음을 옮겼다. 위급 상황을 대비해 포션을 사기 위함이다.

"어서 오세요! 손님, 무엇이 필요하십니까?!"

잡화점에는 많은 사람들이 각자의 물품을 구입하기 위해 둘러보고 있었고, 열심히 흥정을 하며 물건을 팔던 여주인이 반갑게 맞이했다.

보통 온라인 게임의 NPC와 다른 점은 스스로 NPC란 것을 모른다는 것.

말 그대로 그들은 라스트 월드에서 살아가는 존재들이다.

잡화점 여주인은 20대 초반으로 보였으며, 희고 맑은 피부에 금발을 허리까지 기른 밝은 분위기의 미인이었다.

"손님, 저희 잡화점은 120년 전통의 명품 가게로서……."

'이, 이 여자, 뭐야?

"역사가 빛나는… 애플 주스는 10라르크입니다. 어디까지 얘기했죠? 아, 역사가 빛나는……."

"아, 물건이나 보여줘요."

눈류는 이 바쁜 와중에도 가게의 역사를 하염없이 설명하는 주인으로 인해 자신도 모르게 인상을 찌푸리며 딱딱하게 말했다. 그러자 두 눈이 급격하게 커지며 울먹거리는 주인.

"흐윽, 어떻게 그리 심한 말을……. 저 레아, 인생을 살면서 25,311,231번째 겪는 수모입니다!"

'어, 엄청 많이 겪었잖아!!'

25,311,231번이나 겪었으면 이제 담담해질 때도 됐지만 레아는 마음이 여린 듯 눈물을 글썽거리며 물건을 팔았다. 그 모습에 눈류를 매서운 눈초리로 노려보는 유저들.

그들에게 눈류는 초보 주제에 말을 함부로 하여 자신들의 사랑을 독차지하며 물건을 싸게 넘겨주는 레아를 울린 악당이었다.

'거참, 짜증나는군.'

눈류는 다혈질 성격이 발작하려 했지만, 한숨과 함께 부드러운 어조로 레아에게 사과한다. 원래 주변 사람을 상관 안 하는 편이지만 동생 은하의 말이 떠올랐기 때문이다.

"오빠, 라스트 월드 NPC들은 게임이 아닌 현실이라 생각하고 스스로 NPC라는 것을 몰라. 그러니 울컥해도 참고 잘 대해줘야 해. 그래야 명성도 상승하고, 퀘스트도 좋은 것을 받을 수 있어. 그리고 명성은 호감도가 높아지거나 퀘스트를 깨거나 하면 생기는데, 낮으면 좋지 않아. 더군다나 1차 전직에 명성이 필요할지도 몰라. 그러니 성질 죽이고 게임해. 아참, 초보 NPC들한테 아부 떨면 명성이 1 올라.”

새침한 표정으로 눈류를 힐끔 쳐다보는 레아.

“제가 초보라 신경이 예민해졌나 봅니다. 섣부른 제 행동이 후회가 되는군요. 아름다운 레아 씨에게 사과를 하고 싶은데 받아주시겠습니까? 사과를 받아주신다면 이 가게의 역사에 대해 다시 듣고 싶네요. 물론 레아 씨의 매력적인 목소리로요.”

표정 하나 안 변하고 혀를 살살 굴리는 눈류의 모습에 레아는 얼굴이 환해지며 가게의 역사를 재차 설명했고, 주변에서 물건을 구입하던 다른 사람들은 헛구역질을 하는 등 경악스러운 눈빛으로 쳐다봤다. 어찌 저렇게 낯간지러운 말을 잘하는지…….

─명성이 1 상승하였습니다.

‘됐다.’

눈류는 지루한 레아의 설명을 들으면서도 여전히 눈을 맞추며 웃음을 머금고 있다. 하나 레아의 시선이 닿지 않는 허리 뒤의 오른쪽 주먹은 힘을 꽉 주어 부들부들 떨리고 있었다.

‘아버지도 가끔 도움이 되는구나.’

항상 현실적인 아버지로 인해 눈류는 살아가는 방법을 배워야 했다. 물론 그 방법들이란 아부와 비위 맞추기 등등이었다.

하지만 눈류의 성격은 다혈질인 편이었고, 남 맞춰주는 성격이 아니어서 그 노하우들을 쓰지 않으며 살았다. 하지만 지금은 달랐다. 엄연히 게임이 기본 바탕인 현실이다. 조금이라도 이득을 챙길 수 있다면 속이 뒤집어지더라도 해야 한다. 그래야 한 걸음 더 앞서 나갈 수 있는 것이다. 자신에게는 목표가 있다. 찬성을 이기는 것! 그러기 위해서는 어떤 짓이든 할 수 있었다.

아직 라스트 월드는 계속 업데이트 중이며, 많은 부분이 베일에 가려져 있다. 그렇기에 은하도 NPC들 비위를 맞추라고 한 것이다. 혹시 아는가? NPC들에게 잘 보여서 전직 때 레전드 급의 직업을 갖게 될지 말이다.

현재까지 4차 전직이 나온 상황이다. 50레벨 때 1차 전직을 하게 되며, 100레벨 때 2차 전직을 한다. 그리고 200레벨 때 3차, 300레벨 때 4차 전직을 하게 된다. 현재까지 4차 전직을 한 이들은 소수이고, 3차까지를 기준으로 보자면 전직을 하면 능력치가 크게 오른다. 그리고 직업이 무엇이냐에 따라 상승 차이는 더욱 컸다.

그중 가장 중요한 전직이 바로 1차인데, 이때가 유일하게 레전드 급 직업을 가질 수 있다고 알려져 있으며, 어떻게 해야 더 좋은 직업을 얻을 수 있는지는 밝혀지지 않았다. 그래서 많은 이들이 50에서 직업과 능력이 마음에 들지 않으면 캐릭터를 삭제하고 새로 키웠다.

현재 판타지 세계에서 레전드 급 직업을 받았지만 포기한 유저가 아홉 명이라고 관계자들이 발표한 적이 있다.

그 정도로 레전드 급 직업은 능력이 뛰어난 대신 다른 직업들과는 달리 전직하기가 상당히 어려웠고, 시간과 노력이 비교할 수 없을 만큼 필요하다는 뜻이지만 눈류는 꼭 레전드가 되어야 했다.

목표인 찬성 역시 레전드이기 때문이며, 강해지기 위해서는 어떤 고생이든 이겨낼 자신이 있었다.

"오호호, 그러니까… 잠시만요. 체리 술은 20라르크입니다. 너무 바쁘네요. 다시 얘기해 볼까요? 제가 이 가게를 물려받은 것이……."

'젠장, 그놈의 직업이 뭐지.'

레전드 직업에 관한 추측이 많은데, 그중 가장 신빙성 있는 것은 바로 명성이었다. 그래서 눈류도 참으며 이렇게 듣고 있었지만 레아의 수다는 정말 길었다. 그런 눈류를 바라보며 일부 사람들이 슬픈 표정으로 고개를 젓는 것을 보니 눈류와 같은 생각으로 레아의 수다를 경험한 듯했다.

"자, 이제 얘기가 끝났습니다. 무엇을 사시게요?"

레아의 수다는 정확히 30분. 현실 시간으로 10분이 지나서야 끝이 났다. 만약 레아에게 마나가 존재한다면 심장이 아닌 입에 있을 것이라 생각하며 생명력을 조금 회복해 주는 달콤한 주스 세 개와 배고플 때를 위한 하급 빵 다섯 개를 구입했다. 그러고 나니 남은 돈은 20라르크. 포션은 자신이 가진 돈에 비해 너무 비쌌기에 포기했다.

"아차참! 눈류님, 혹시 사냥을 하러 가시나요?"

막 가게를 빠져나가려던 눈류는 레아의 말과 함께 얼굴에 화색이 돌았다. 명성을 얻었음에도 남은 수다를 다 들어준 보상을 드디어 받게 된 것이다.

[레아의 +초보자 퀘스트]

마법의 물약을 만들기 위해서는 토끼 이빨 열 개와 오크의 가슴 털 열 개가 필요하다. 잡화점 레아를 위해 이빨 토끼와 털 오크를 잡으러 가자.

제한:레아의 수다를 참아낸 인내심 강한 유저. 레벨 1~25

혜택:명성 1 상승. 친밀도 상승. 500라르크.

레전드만 아니라면 눈류는 퀘스트를 하지 않을 것이다. 비록 보상이 조금 더 좋고 NPC와 친밀도를 쌓았을 때 받을 수 있는 +초보자 퀘스트지만, 기존 게임으로 인해 시간 낭비라 생각하고 있기 때문이었다.

하지만 문제는 퀘스트를 해야 추가로 받을 수 있는 명성이었다. 초보자 NPC와 퀘스트로 명성을 얻을 수 있는 것은 초보일 때만 가능하다. 레벨 25를 넘어서면 초보자의 섬에서 퀘스트를 받을 수 없으며, NPC들에게 아무리 아부를 떨어도 명성 역시 얻을 수 없다.

결국 눈류의 입장에서는 명성 때문에라도 원하든 원하지 않든 해야 했다.

가능성이 1프로라도 있다면 포기할 수 없기에.

"제가 토끼 이빨 열 개와 오크의 가슴 털이 필요한데 구해 주실 수 있겠어요?"

"예, 물론입니다."

"헤헤, 역시 눈류님!!"

―퀘스트를 수락하셨습니다.

기쁨에 찬 레아를 보며 눈류 역시 피식 미소를 지었다.

하지만 돌아서는 순간 안면이 일그러지며 참고 참던 분노를 얼굴로 표현하였고, 다른 사람들은 그런 눈류를 발견하자마자 흠칫하며 물러섰다.

"자네는 사람 볼 줄 아는군. 이 거대한 팔뚝이 있기에 환상적인 무기가 나오는 것이지. 으허허!"

"그렇습니다. 그 근육을 마다할 여자가 없겠는데요?"

"자네도 그리 생각하나? 으허허, 사실 지금까지 나를 거절한 여자가 없었다네."

눈류의 웃는 얼굴이 경련으로 떨리고 있었지만 대장장이

메리트는 미처 알아차리지 못했다.

'미친 노인네.'

―명성이 1 상승하였습니다.

'됐다.'

눈류는 레아의 잡화점을 나온 이후 각 상점과 NPC들을 찾아다니며 명성을 얻기 위해 노력했고, 그 결과 지금껏 얻은 명성이 8이나 되었다. 즉, 네 시간 동안 그들에게 아부를 하며 비위를 맞춰주고 대화를 했다는 뜻.

'차라리 몬스터와 싸우는 것이 낫지, 이게 더 힘드네.'

눈류는 몰래 한숨을 내쉬며 메리트를 바라봤다.

반짝반짝.

그런 눈류의 얼굴은 마음과는 달리 웃음으로 환했고, 눈에는 존경의 빛까지 가득 담겨 있었다.

"참 올바른 젊은이야. 그래서 내가 부탁이 있는데 말이야."

[메리트의 +초보자 퀘스트]

단단한 물건을 만들기 위해서는 돌골렘의 부스러기가 20개 필요하다. 메리트의 근육이 멋지다고 생각된다면 아이템을 구해주자!

제한:메리트의 근육을 칭찬할 줄 아는 유저. 메리트의 자화자찬을 견딜 수 있는 유저. 레벨1~25

혜택:명성 1 상승. 친밀도 상승. 500라르크.

메리트에게까지 +퀘스트를 받은 눈류는 홀가분한 마음으로 사냥을 위해 마을 밖으로 발걸음을 옮겼다.

"이 괴물 자식! 죽어!"

"라이트닝 볼트!"

"어이, 스틸하지 말라고!!"

"아싸! 너무 재밌다!!"

밖으로 나오자 오히려 광장이 더 낫다고 생각될 정도로 많은 유저들이 레벨 업을 위해 몬스터와 싸우고 있었고, 온라인 게임과는 비교도 안 되는 이펙트의 마법들이 난무했다. 바로 눈앞에서 본다는 것! 눈류는 복수도 복수지만 게임 자체에도 점점 흥분을 느끼고 있었다.

―기적님이 친구 신청을 하셨습니다. 승낙하시겠습니까?

사냥을 준비하던 눈류는 갑자기 눈앞에 뜬 메시지 창과 알림 말에 승낙했다.

"행님!"

"기적이냐?"

친구 승낙을 하자마자 음성 채팅으로 기적이의 목소리가 들렸다. 게임 시작 전 미리 아버지와 은하, 기적이에게 아이디를 말해주었기에 친구 신청이 가능했고, 눈류는 반갑게 맞이했다.

"예, 행님. 좀 전에 접속했습니더."

"그런데 너 추가 스텟 얼마나 받았나?"

내심 신경 쓰이던 부분을 물어보기 위해 스텟으로 운을 떼는 눈류.

"지예? 몸빵을 제일 많이 받았습니더. 9예."

"지식은?"

'설마 무식한 네놈이 나보다 많이 받지는 않았겠지?'

"지, 지식이예?"

당황스러운 목소리가 역력한 기적.

지식 스텟에서 드물게 하나도 보정 받지 못한 눈류. 조마조마한 심정으로 대답을 기다린다.

"마, 마이너스 1입니더. 그 가시나 말로는 아주 드물다고 하던데예."

"넌 정말 좋은 동생이다!"

"예? 행님, 무슨 말입니꺼?"

눈류는 자신도 모르게 소리친 것을 깨달으며 황급히 말을 돌린다.

"아, 아무것도 아니다. 가서 몬스터들 치고 와라. 밖에서 먼저 사냥하고 있을게."

"아, 그놈들, 이미 다 쳤습니더. 지금 레벨 5라예! 그런데 행님은 어예 받으셨습니꺼?"

"나 제일 많이 받은 것이 근력 9고."

"지식은예?"

“7, 7 받았어!”

“우와! 역시 행님입니더! 내가 이래서 행님을 좋아하는 것이라예! 행님, 어딥니꺼? 곧 갈게예!”

마음 한구석이 찔렸지만 그 정도는 무시할 수 있는 철판을 소유한 눈류는 잠시 후 자신을 향해 달려오는 기적을 발견하였다.

“기적, 많이 바뀌었네?”

현실과 전혀 다른 모습이었다. 현실에서는 덩치가 곰이라 불릴 만큼 크고 약간 험상궂은 얼굴이었지만, 게임 속 기적은 적당한 근육질 체격에 하늘색 머리카락을 허리까지 길게 기른 미남자의 모습을 하고 있었다.

“게임에서라도 이래 살아보고 싶어서예. 행님은 그대로네예.”

실실 웃던 기적이 눈류의 모습을 보며 말했다.

“그냥 바꾸기 싫어서. 아참, 기적아. 너도 가서 명성 쌓고 와라. NPC들 수다를 받아주면 된다.”

“아, 그거예? 이미 샤인이 말해줘서 했는데예, 지도 모르게 소리치고 나왔습니더. 뭔 수다가 그리 심한지 못 참겠습니더.”

샤인은 은하의 게임 이름이었고, 심하게 동감하며 고개를 끄덕이는 눈류. 만약 찬성이가 없었다면, 아니, 찬성이가 레전드 직업만 아니었다면 자신도 울컥해서 이미 관뒀을 것이다.

“행님, 사냥하러 가예! 기적이 근질근질해서 죽겠습니더.”

"근질근질하면 가서 샤워라도 해."

구석기 시대 유머에 기가 찬 눈빛으로 빤히 바라보는 기적.

"행님, 인간적으로 행님만 아니었으면 한 대 쳤습니더."

"그, 그래."

스스로도 너무 심했다고 생각하는 눈류다.

"아, 맞다. 행님, 그라고예, 샤인이랑 아버님은 게임 시간으로 한 시간 뒤에 접속한다 했습니더."

"그래? 그럼 그때 장비 뜯어먹으면 되겠군."

눈류는 지금은 레벨이 높은 아버지와 은하이지만 게임 시간이 한정되어 있었고, 오래 가지 않아 자신이 더 고레벨이 될 것이라 생각했다.

그렇기에 가능한 선까지 아이템과 라르크 등을 최대한 많이 뜯어먹을 생각을 하고 있었고, 퀘스트 아이템 역시 부탁할 속셈이었다.

"행님, 무슨 말을 그리하십니꺼! 뜯어먹다니예?!"

갑작스레 울컥하는 기적을 보며 눈류는 인상을 찌푸리다 곧 실소를 흘린다. 여동생 샤인을 좋아한다는 것이 떠올랐기 때문.

"알았어. 자식, 티내기는. 그래, 샤인은……."

"됐습니더! 기왕 뜯어먹을 생각이면 지것도 부탁하네예!"

'결국 네것도 달라는 뜻이군. 넌 정말… 내 후배답다.'

눈류와 기적은 뜯어먹기 회의를 거친 후 사냥을 하러 떠났다.

"기적아, 저놈 이빨 봐라."

자신을 노려보는 토끼. 전혀 귀엽지 않은, 크기는 작았지만 이빨이 날카롭게 솟아나 있었다.

"정보."

[이빨토끼]

초보의 섬에 존재하는 하급 몬스터로 날카로운 이빨이 무기. 레벨 4

정보를 확인한 눈류는 목검을 쥐며 토끼를 주시했다.

초보의 섬에 존재하는 몬스터들은 대부분 비선공이었다.

현재 눈류의 공격력은 목검 +2까지 합쳐서 137. 3~4레벨의 몬스터를 한 방에 죽일 수 있는 공격력이다.

기적은 그런 눈류를 뒤에서 바라봤고, 눈류는 호흡을 가다듬으며 빠르게 달려가 검을 일직선으로 내려쳤다.

후우웅! 빠각!

그러자 두개골이 부서지면서 한 번에 죽어버린 이빨토끼.

─이빨토끼의 이빨을 습득하셨습니다.

─3라르크를 습득하셨습니다.

아이템과 라르크가 인벤토리에 들어왔다.

라스트 월드의 좋은 점 중 하나는 아이템과 라르크를 줍지 않아도 자동적으로 들어온다는 것이다. 지금처럼 파티를 한 경우에는 돈이 나눠지고 아이템은 순서대로 얻게 되며, 보통 파티가 끝난 다음에 정산을 하였다.

"한 방에 가버리네에. 행님, 조금 더 센 놈 잡으러 갑시더. 파티는 괜히 한 게 아니잖아예."

기적의 말에 눈류는 고개를 끄덕이며 주변을 살폈다. 현재 자신은 근력, 기적은 방어력에 올인한 상태였다. 동급보다는 몇 레벨 높은 놈을 사냥하는 것이 파티의 기본이었고, 레벨 업의 지름길이다.

둘은 더 높은 레벨의 몬스터를 잡기 위해 숲 안쪽으로 들어갔다. 그곳에서도 이미 많은 사람들이 몬스터를 잡기 위해 전투를 치르고 있었기에 그들을 피해 더 안쪽으로 들어가자 사람들의 수가 점점 줄어들었다. 보통 10이 넘거나 파티를 한 유저들은 초보 던전에 가기 때문이었다. 같은 레벨의 몬스터를 잡더라도 던전의 몬스터가 더 높은 경험치와 아이템을 주니 말이다.

"행님, 드디어 한가하네예. 이야, 몹 많네!"

주변을 둘러보던 기적이 기분 좋은 목소리로 말했다. 사람이 없지는 않았지만 적었고, 몬스터는 많았다. 대부분 오크들로 이루어져 있었는데 특이한 놈들도 있었다.

"정보."

[털 오크]

가슴에 수북한 털을 자랑스럽게 생각하는 변종 오크. 일반 오크보다 강하다. 레벨:8

레벨 8이면 어렵지 않았다. 자신과 기적 모두 공격과 방어에서 최고 스텟을 보장받았기에.

"기적아, 가자."

"알겠습니더."

이전 게임에서도 호흡을 맞춰봤기에 하나하나 설명하지 않아도 기적은 뜻을 이해하며 눈류와 함께 털 오크를 향해 움직였다. 우람한 근육을 소유한 성인 남자 크기의 털 오크는 자신의 자랑이라는 털 관리를 하고 있었고, 목검을 빼 든 기적이 선제공격을 하였다.

크어어엉!

머리를 내려치자 그때서야 분노하며 달려드는 털 오크.

그사이 눈류는 빠르게 목검을 쥔 채 접근했다. 선공을 한 디펜스가 공격을 당하는 사이 서둘러 제압하는 것이 공격수의 몫.

퍼어억!

"크윽! 피가 쫙 답니더."

기적이 털 오크의 털이 가득한 방망이에 어깨를 가격당했고, 두 걸음 물러섰다. 그사이 눈류의 목검이 털 오크의 목을 향해 쇄도했다.

파아아악!!

—크리티컬!

—레벨이 오르셨습니다.

—고정 스텟 근력 2가 상승하였습니다.

크리티컬이란 정확하게 가격할 때 나타나는 추가 데미지다. 보통 급소를 공격하면 확률이 높아지는데, 몬스터뿐 아니라 유저들에게도 마찬가지였다. 만약 PK를 뜰 때 목이나 심장, 때로는 남자의 급소 등등을 정확히 가격하면 크리티컬이 뜰 확률이 높아졌다.

그리고 아무리 고레벨일지라도 목이 잘리거나 현실에서 즉사할 정도의 상처를 입으면 남은 생명력에 상관없이 죽게 되는 시스템도 존재했다.

"2 렙업!"

기적은 반가운 목소리로 외쳤다. 조금 전 이빨토끼를 잡았을 때 얻은 경험치와 함께 털 오크를 잡자 파티를 한 상태임에도 불구하고 둘 다 2업이 되었고, 기적의 인벤토리에 털 오크의 털과 10라르크가 채워졌다.

"행님, 지는 체력에 다 찍을께예."

고개를 끄덕이며 눈류는 상태창을 열었다. 고정 스텟으로 인해 근력은 4가 더 올라가 있었고, 남은 스텟 포인트 4를 모두 근력에 투자했다.

기적은 수비! 자신은 한 방 공격력! 최상의 조화였다.

'일단 초보의 섬에서는 올인이 가장 효과가 좋다. PK캐릭은 그 후에 만들어가면 되는 법.'

자신처럼 근력에 올인을 할 경우, 어떤 레벨이든 데미지 면에서는 놀라울 위력을 발휘하지만 문제는 단점 역시 크다는 것이고, 그 단점은 PK에서 더욱 잘 드러난다.

무조건 올인보다는 다른 스텟들 역시 올려주는 것이 안정적이었다. 일부는 장비로 커버를 한다지만 그럴 수 있는 유저는 현실상 극소수밖에 존재하지 않는다.

"행님, 지 방어력 106 나오고 생명력은 550입니더."

"난 생명력 300에 공격력 161나온다."

"역시 우리는 몸빵, 공격 최고의 콤비라예! 빨리 사냥하러 갑시더! 후딱후딱 렙업해서 이 게임 지존되고 돈 벌어야지예!"

해맑게 웃는 기적을 보며 고개를 끄덕이는 눈류.

'그전에 복수가 먼저다.'

둘은 각자의 목적을 가슴에 품으며 재차 사냥을 시작했다.

─레벨 10이 되어 스킬을 배우실 수 있습니다.

─패시브 스킬 소드 데미지가 생성되었습니다.

─패시브 스킬 크리티컬이 생성되었습니다.

─레벨이 오르셨습니다.

─고정 스텟 근력 2가 상승하였습니다.

'패시브 스킬.'

패시브 스킬이란 게임을 하다 보면 직업과 성향, 유저의 특징이 조합되어 생기는 스킬로써, 스킬 포인트를 찍지 않아도 특정 레벨이 되면 자동적으로 올라간다.

더불어 스킬은 레벨 10이 되면 배울 수 있는데, 1차 전직인 레벨 50 이전까지는 자신이 원할 때 배울 수 있었고, 1차 전직을 하게 되면 그전에 배운 스킬은 선택에 의해 초기화가 되며 포인트로 돌려받을 수 있다.

그리고 스킬을 배우기 위해서는 먼저 각 스킬을 수행하여 숙련도 100%를 만들어야 사용할 수 있었다.

"행님! 저놈 도망갑니더!"

"가서 죽여!!"

눈류와 기적은 누가 몬스터인지 모를 만큼 광분한 상태였다. 빠른 레벨 업! 현재 그들의 눈에는 그것밖에 보이지 않았다. 스킬을 배울 수 있고 아이템을 바꾸면 사냥 효율이 더 좋지만, 올 근력과 올 체력인 둘의 조합은 필요 가치를 못 느끼고 있었다. 장비를 사기 위해 마을로 가는 것은 시간 낭비일 뿐이었다. 지금 그들에게 필요한 것은 쭉쭉 오르고 있는 레벨이다.

"저, 저 둘, 완전 짐승이야."

"세상에, 몹들이 도망을 치다니……."

그런 그들을 바라보고 있는 존재들이 있었으니, 바로 파티 플레이를 하던 두 명의 여자였다. 한 명은 기사이고 다른 한 명은 마법사였는데, 그들은 경악한 눈으로 구경하고 있었다.

분명 보기에도 저레벨이다. 초보자 아이템을 착용하고 있었고, 특별한 무기 같은 것도 없어 보였다. 하지만 한 명은 공격을 당해도 잘 버텼고, 다른 한 명이 한 번 공격을 하면 오크들이 죽어 나가기에 바빴다.

필요하면 목검이 아닌 이빨로도 물어뜯었으며, 몬스터들을 보며 잔인하게 웃는 모습이 배고픈 짐승 같았다. 오죽하면 몬스터들이 도망을 치고 있지 않은가?

"라일라, 앞에!"

"어? 허윽!"

넋 놓고 구경하던 금발의 라일라는 눈앞에 리젠된 돌격 오크를 보고는 기겁하며 물러섰다. 돌격 오크는 선공 몬스터였고, 마법사인 라일라는 한 번 공격당하면 죽기 십상이었다.

다급히 붉은 머리의 레몬이 검을 빼어 들고 그 앞을 막아섰지만 그 순간 바로 옆에서 리젠되는 또 다른 돌격 오크들. 라일라와 레몬은 절망스러웠다. 돌격 오크는 보스 몬스터가 나타날 때 모습을 드러내는데 상당히 강한 편이기 때문이다.

"행님! 갑니더!"

기적은 자신을 향해 달려오는 돌격 오크를 보며 외쳤고, 그 사이 눈류의 목검이 급소를 정확하게 공격했다.

—크리티컬!

하지만 죽지 않는 돌격 오크.

"젠장! 저게 어딜 봐서 암컷이야, 사내새끼지?!"

돌격 오크는 레벨 25였기에 크리티컬이 작렬했음에도 죽지 않았다. 만약 수컷 오크였다면 죽었겠지만.

눈류는 재차 목을 노리며 공격을 감행했고, 돌격 오크는 괴성과 함께 흐릿해지더니 사라졌다.

어느새 눈류와 기적의 레벨은 18.

레벨이 낮은 탓도 있었지만 둘의 팀플이 워낙 뛰어났기에 빠른 레벨 업이었다.

"행님, 피 좀 채우지예."

"곧 렙업이잖아. 렙업하면 피 다 차는데, 뭘. 가자."

"그래도 저 돌격 오크 놈이 여럿 리젠되면 위험할 것 같은데예. 뭐, 알겠습니더. 저, 스텟 정리 좀 하고예."

기적이 스텟 정리에 들어가자 눈류는 스킬창을 열어보았다.

[패시브 스킬]

소드 데미지 Lv. 1:검을 장착했을 때 데미지가 높아진다.

크리티컬 Lv. 1:추가 데미지가 작렬할 확률이 높아진다.

패시브 스킬은 직업에 따라 생길 수도 있지만 어떻게 공격하느냐에 따라 랜덤 형식으로 생성될 수 있었다. 소드 데미지의 경우, 검을 쓰는 모든 기사들이 갖는 패시브지만 크리티컬은 눈류가 급소를 노리는 공격을 많이 해서 생긴 스킬이다.

기적은 하도 많이 맞아서인지 분노의 체력이라는 패시브

스킬이 생겼다. 이 스킬은 공격을 당하면 일정량의 생명력이 회복되는 효과가 있었다.

'녀석, 밖에서도 많이 맞아서 몸빵이 좋더니… 게임에서도 맞고 살아서 그런 스킬이 생기는구나.'

"아아악!!"

패시브 스킬을 확인하고 스텟 포인트를 모두 근력에 찍은 눈류가 안타까운 표정으로 기적을 바라보며 생각에 잠겼을 때, 여자들의 비명 소리가 들렸다.

둘 다 십대 후반 정도로 보였다. 한 명은 허리까지 오는 금색 머리카락을 소유한 청순한 외모였고, 마법사인지 로브를 입었으며 돌격 오크 세 마리를 피해 도망 다니고 있었다. 그 뒤를 따라가고 있는 일행은 붉은색의 머리카락을 어깨까지 기른 도도한 스타일이었고, 그녀 역시 다섯 마리의 몬스터가 쫓고 있었다.

"그냥 죽으면 될 것을."

눈류는 냉철하게 판단하며 낮은 목소리로 말했다.

척 보면 딱이었다. 분명 몬스터 리젠을 이기지 못하고 도망치는 것.

뛰는 위치를 보니 마법사가 먼저 공격을 당해 도망쳤고, 기사는 마법사를 살리기 위해 몬스터를 때려 목표를 돌리게 하였지만 또다시 리젠되는 돌격 오크로 인해 둘 다 도망치고 있는 것이다.

“행님, 도와줄까예?”

여자에게 약한 기적이 바라보며 묻자 고개를 젓는 눈류.

“안 보이냐?”

눈류의 말에 기적이는 고개를 돌린다. 어느새 자신들 주변에도 리젠되고 있는 돌격 오크들.

“조금 전부터 이 돌격 놈들의 리젠 속도가 장난 아니다. 그런데 저것들까지 도와주자고? 그러면 우리도 죽는다.”

눈류는 목검을 들며 빠르게 주변을 살폈다.

하나, 둘, 세 마리.

“남 살리자고 나 죽을 마음은 없다. 가자.”

“예, 행님.”

눈류의 말과 함께 기적은 달려드는 돌격 오크들을 모두 한 대씩 때렸다. 그러자 눈류를 공격하려던 돌격 오크가 기적에게 시선을 돌리고, 그사이 눈류는 오크의 목 뒤편을 목검으로 가격했다. 하지만 그때 지척에서 들리는 목소리.

“짐승… 아니, 오빠들, 저희 좀 살려주세요!”

눈류는 인상을 종이처럼 일그러뜨리며 고개를 돌렸다. 돌격 놈들에게 쫓기던 두 여자가 어느새 자신들의 곁으로 달려왔기 때문이다. 그와 함께 주변에 또다시 리젠되는 돌격 오크들.

“아, 저 계집애들이 진짜!”

여자라고 특별 대우가 없는 눈류로선 짜증나는 행동이었다. 이런 상황에서 몬스터를 몰고 오는 것은 자기들 살자고 모두가 죽는 결과를 불러일으킨다.

"행님!!"

다급한 외침에 파티창을 보니 기적이의 생명력이 쭉쭉 줄어들고 있었다. 눈류는 이를 악물며 목검을 힘주어 잡았다.

'다른 방법은 존재하지 않는다. 우리 앞의 돌격 놈들만 잡는 수밖에.'

제발 여자들이 자기들이 끌고 온 돌격 오크들을 데리고 다른 곳으로 가주기를 바라며 눈류는 목검을 움직였다. 추가 데미지로 단 한 번에 보내야 했다.

"행님, 저 돕니더!"

결국 기적이는 눈류의 주변을 돌기 시작했고, 눈류는 집중했다.

'수없이 목검을 잡아봤다. 집중, 집중, 집중하자.'

쉬이이익!

눈류의 목검이 움직였고, 그 공격으로 인해 돌격 오크 한 마리가 순식간에 목에서 피를 토하며 쓰러졌다.

─크리티컬!

바로 이어지는 눈류의 움직임.

크어어엉!

괴성과 함께 사라지는 돌격 오크. 눈류는 쉬지 않고 공격했다. 한 마리가 사라지면 또 다른 한 마리가 나타났다. 그때 반가운 소리가 들렸다.

─레벨이 오르셨습니다.

─고정 스텟 근력 2가 상승하였습니다.

"행님, 다 죽여 버립시더!"

레벨 상승과 함께 생명력이 모두 회복된 기적은 흥분된 소리로 외쳤다. 하지만 기쁨도 잠시였다.

"아아악!"

"하악!"

연이어 들리는 여자들의 비명 소리. 자신들을 구해줄 것이라 생각했는지 주변에서 계속 돌던 그들이 결국 죽은 것이다. 그러자 목표가 사라진 돌격 오크들이 눈류와 기적을 바라본다. 둘의 주변에 모인 돌격 오크들은 리젠된 놈들까지 어느새 열둘이 되었으며, 순식간에 눈류와 기적을 덮쳤다.

Part 2
레전드의 위력

―사망하셨습니다. 마을 광장에서 부활합니다.

"정보창."

생명:540 마나:350

이름:눈류 레벨:19 성향:무 길드:무

칭호:없음 명성:8 악성:0 직업:견습 기사

근력:92(+9) 체력:10(+8) 민첩:10(+8) 지식:10

재치:10(+3) 정신:10(+7) 예술:10(+3) 상술:10(+5)

공격력:303(+2) 방어력:39(+4)

마공력:30 마방력:34

스텟 포인트:0 스킬 포인트:36

눈류는 안도의 한숨을 내쉬었다.

사망을 할 경우 일정량의 경험치와 착용하지 않은 아이템, 혹은 잡템, 그리고 일부의 라르크가 사라지게 되어 있었다. 그런데 다행스럽게도 패널티는 레벨 20 이후부터였다.

'다음에 만나면 내가 몹을 몰아주마.'

조금 전의 여자 둘을 떠올리며 이를 가는 소심한 눈류. 아무런 패널티가 없었기에 화날 일은 아니었지만 문제는 죽을 때의 기분이었다. 체감 느낌은 20%. 말이 20%로이지 다시는 겪고 싶지 않았다.

"기적아, 이왕 마을에 왔는데 장비나 맞출까?"

"그럴까예?"

조금 전 죽음으로 장비의 필요성을 느낀 눈류는 검과 갑옷을 맞추기 위해 인벤토리를 열었다. 가진 돈은 200라르크. 기적이와 나눠진 돈이지만 너무 적었다.

'잡템들을 다 팔아야겠군. 퀘스트템은 빼놓고.'

곧 눈류는 NPC 상점이 아닌, 싼값에 파는 유저들이 모여 있는 곳을 돌아다니며 아이템 성능과 가격을 보기 시작했다.

"어, 저 치사한 놈들."

그때 낯익은 목소리가 들렸고, 눈류는 짜증을 느끼며 돌아봤다. 그곳에는 조금 전의 붉은 머리의 여자가 서 있었다.

"치사한 놈?"

"그래. 옆에서 그렇게 살려달라고 돌았는데 구해주지도 않고. 남자가 치사하게."

"하!"

어이가 없다 못해 화가 날 정도. 자신들이 도대체 누구 때문에 죽었는데, 적반하장도 유분수였다.

"레몬아, 그러지 마. 여기 있는 것을 보면 우리 때문에 죽으신 듯한데……. 죄송합니다."

눈류가 결국 화가 나서 한마디 하려고 하는데 금발의 여자가 고개를 숙여 사과했다.

"그래도 짜증나잖아. 자기들 몹만 잡고. 라일라, 너 죽어서 렙따까지 했잖아."

렙따라는 말은 적어도 20이 넘은 유저들.

"이봐."

결국 눈류가 레몬이란 여자를 향해 말문을 열었다. 전투 중에는 로그아웃을 할 수 없고, 귀환서의 가격이 높은 편이라 분명 사지 못했을 것이기에 살고 싶어서 자신들에게 온 마음은 이해한다. 하지만 적어도 자기들 때문에 남이 죽었는데 저런 태도를 취한다면 참을 수 없었다.

"뭐?!"

레몬은 한 성질을 보여주는 듯 소리쳤고, 눈류는 가까이 다가갔다.

똑똑.

"개념 계세요?"

"……."

레몬의 머리를 노크하며 말하는 눈류.

"크크큭, 으하하하!"

그 모습에 레몬은 어이없는 표정이 되었지만 기적은 배를 잡고 뒹굴고 있었다. 웃다가 죽는 사람이 있다면 딱 저럴 것이다.

"니들 죽든 말든 내가 상관할 일 아닌데, 우리도 니들 때문에 죽었거든? 죽을 것이면 혼자 죽든가, 우리한테 끌고 와서 다 죽게 만든 주제에 누구보고 치사하다고 큰소리야?"

어느새 주변 사람들조차 구경하기 시작한 말다툼. 눈류는 오래 끌고 싶지 않았다. 싸워봤자 여자랑 다툰다고 욕만 먹을 것이기에.

"남 욕하기 전에 너나 잘해, 이 계집애야. 기적아, 가자."

"크큭. 예, 행님."

"야! 야! 거, 거기 안 서!"

"레몬아, 하지 마. 우리가 잘못한 것 맞잖아. 그만 해."

뒤에서 소리치는 레몬과 말리는 라일라의 목소리를 들으며 눈류는 실소를 흘렸다.

게임을 하다 보면 간혹 어이없는 연놈들을 자주 만나는데, 그것은 가상 현실 게임도 마찬가지였다.

"행님, 잘 참았습니더. 저런 계집애 상대해 봐야 좋을 것 없지예. 아, 개념, 배 잡습니더. 그런데 라일라는 참 예쁘네예."

"넌 여자면 다 좋잖아."

"아, 아닙니더. 지에게는 샤인밖에 없습니더!!"

"내가 뭐?"

기적이가 가슴을 팡팡 치며 외치던 그때, 어느새 나타난 샤인이 고개를 갸웃거리며 다가왔다. 그러자 얼굴이 홍당무처럼 붉어지며 고개를 숙이는 기적.

"기적 오빠, 내가 뭐어~?"

"아, 아무것도 아이다."

"분명 내 얘기한 것 같은데?"

샤인은 한 번 물은 먹이를 절대 놓지 않는 성격.

기적이 당황하자 장난스런 표정을 지으며 더욱더 집요하게 파고들었다. 그러자 기적은 눈물이 그렁그렁한 눈으로 눈류를 바라본다. 그렇지만…….

'미안. 나도 쟤는 상대할 자신이 없다.'

눈류는 거침없이 고개를 돌리고, 그때 박하다가 다가왔다.

"샤인아, 기적이랑 뭐 하냐?"

"아, 아니에요."

샤인은 헤헤 웃으며 기적에게서 떨어졌다. 그러자 안도의 숨을 크게 내쉰 기적은 차가운 눈으로 눈류를 째려봤지만, 눈류의 철판은 실드보다 강했다.

"그런데 어찌 둘이 같이 접속했어요?"

"오늘 일요일이잖아. 하여튼 바보 오빠."

"시끄러."

일요일은 도장이 쉬는 날이었다.

"그런데 렙업은 많이 했냐?"

"19요."

"19? 왜 그것밖에……?"

눈류가 게임에 접속한 시간이 꽤 많이 지나 있었고, 그 시간에 19라면 별로 올리지 않은 것과 다름없었다.

눈류는 곧 아버지에게 사정을 설명했다.

"아, NPC들 대화를 다 들어주느라고 시간을 많이 썼어요."

"오빠, 정말 명성이 급했구나. 그 성격에……."

감탄한 표정의 샤인을 보며 고개를 끄덕이는 눈류.

"하여튼 저 레벨 업해야 하니 아이템이랑 돈 좀 주세요."

"음… 19면 무급 아이템으로 구해야겠군. 일단 받아라."

무급이란 레벨 1부터 50까지 착용할 수 있는 아이템이다.

—박하다님이 거래를 신청하셨습니다. 승낙하시겠습니까?

"예."

승낙을 한 눈류의 앞에 인벤토리가 나타났고, 박하다는 40만 라르크를 넘겨주었다.

—박하다님이 확인을 선택했습니다.

—40만 라르크를 받으셨습니다. 확인 or 취소를 선택해 주세요.

확인을 누르자 눈류의 인벤토리에 40만 라르크가 들어와 있었다.

"일단 아이템은 내가 지금 아무거나 사마. 1차 전직을 하고 51레벨 때 괜찮은 놈으로 마련해 주마."

눈류는 그 말과 함께 유저 상점으로 사라지는 아버지를 바라보다 곧 샤인을 향해 말했다.

"아, 샤인아. 나 이것들 좀 구해줘."

"뭔데?"

"퀘스트 아이템들."

"아, 그 정도야, 뭐. 처음 시작했으니 해줄게. 보자."

샤인은 곧 눈류에게 퀘스트 아이템 종류와 필요한 개수를 확인한 후 유저 상점으로 가더니 순식간에 모든 재료를 구해 왔다.

"다행히 모든 재료를 다 팔아서 금방 구했네. 자."

'가끔 이 녀석도 착할 때가 있구나!

샤인의 행동에 감탄하고 있을 때 박하다가 돌아왔고, 눈류와 기적은 곧 장비까지 모두 선물받았다.

“그리고 이건 내가 주는 선물.”

그때 금빛 보자기를 내미는 샤인.

많은 아이템이나 재료, 돈은 거래로 하는 것이 편하지만 작거나 소수의 물건일 경우 인벤토리에서 꺼내 직접 주고받을 수 있었다.

“고급 확장 보자기야. 지금 오빠들이 가지고 있는 것은 무게 한계가 금방이니 인벤에 보자기와 이것을 바꿔. 다행히 보자기는 레벨 제한이 없으니.”

각자 주먹 크기의 확장 보자기를 받은 눈류와 기적은 인벤토리를 열어 똥색 보자기와 교환했다. 그러자 칸도 열 배나 넓어지고 무게 게이지도 훨씬 늘어났다.

“그리고 이것은 귀환서이니 챙겨둬.”

누런 양피지 몇 장을 내미는 샤인의 모습에 동생의 장점을 발견한 눈류는 감격하며 그것을 인벤토리에 집어넣었다.

‘크흐윽, 평소에는 갈구기만 하더니… 녀석.’

박하다와 샤인과 잠시 대화를 더 나눈 눈류는 인사를 한 뒤 기적과 함께 스킬 수련장을 찾아 이동했고, 곧 기사들의 스킬을 가르쳐 주는 존재 앞에 도착했다.

“정보.”

[십부장 크라이드]

열 명의 병사를 거느리고 있는 기사 크라이드에게 전직 전 스킬을 배우자.

"무슨 일이지?"

40대 중반으로 짧고 붉은 머리카락과 콧수염을 소유한 크라이드가 묻자 눈류와 기적은 합창하듯 말했다.

"스킬을 배우러 왔습니다."

"견습 기사들이었군. 스킬 하면 내가 최고지. 잘 찾아왔네."

"네, 크라이드님의 명성이 워낙 자자해서 찾아오게 되었습니다."

"허허, 내 명성이 그리 알려졌단 말인가?"

"크라이드님의 명성도 모른다면 기사를 하지 말아야죠."

"그렇지! 자네 뭔가를 아는군! 허허허!"

─명성이 1 상승하였습니다.

'됐어.'

명성 8을 얻는 동안 만나지 못한 NPC였기에 설마 하며 아부를 떨어본 눈류는 추가로 얻은 명성에 기쁨을 감추지 못했다.

"왜 그렇게 기뻐하는가?"

"크라이드님을 뵙게 되었는데 그 어떤 기사가 기쁘지 않겠습니까?"

초절정 뻔뻔 모드!

"그렇지, 그렇지. 하하! 이거 너무 하늘에 뜬 기분이구나.

스킬을 배우러 왔다고?"

"예!"

"예? 예."

눈류는 냉큼 대답하였고, 그런 자신의 선배를 미친놈 보듯 바라보던 기적 역시 이내 답했다.

"그럼 스킬 수련의 장으로 이동하세. 이리로 오게나."

눈류와 기적은 곧 크라이드 곁에 마주 섰다. 그러자 곧 신성해 보이는 파란색 빛에 휘감겨 사라졌다.

우우우웅.

눈류는 사각 형태의 방 한가운데에 서 있었다. 크라이드와 기적이는 보이지 않았고, 방은 전체가 하얀색이었다.

스킬 수련의 장은 같이 이동을 할지라도 각자의 공간을 얻게 된다.

"여기가 수련의 방이군."

방을 둘러보던 그때 눈앞에 여러 가지 형태의 스킬 영상들이 나타났고, 눈류는 하나하나 확인하며 필요하다고 느껴지는 스킬들만 선택했다. 어차피 다 익힐 필요는 없었다. 레벨 50까지는 오래 걸리지 않기 때문이다.

─스킬 소울 트리플을 습득하셨습니다.

─스킬 일격필살을 습득하셨습니다.

─스킬 분노를 습득하셨습니다.

"스킬창."

[패시브 스킬]

소드 데미지 Lv. 1:검을 장착했을 때 데미지가 높아진다.

회심의 타격 Lv. 1:추가 데미지가 작렬할 확률이 높아진다.

[액티브 스킬]

소울 트리플 Lv. 1:영혼을 불태워 빠르게 세 번 검을 휘두른다. 소모 생명:100 소모 마나:50

일격필살 Lv. 1:육체와 정신을 폭발시켜 능력 이상의 위력을 발휘한다. 소모 생명:300 소모 마나:200

분노 Lv. 1:분노를 검에 담아 휘두른다. 공격력 10% 상승. 소모 마나:초당 5

"일격필살은 자주 쓰지 못하겠고, 분노는 현재 내 마나로 1분 정도… 트리플도 나쁘지 않아. 만약 분노를 쓴 상태에서 일격필살이나 트리플을 쓴다면?"

눈류는 스킬을 보자마자 조합을 떠올렸다. 현실적인 지식에서는 단순, 무식이었지만 기존에 랭커를 할 만큼 오랜 게임 경험이 있기에 게임에서만큼은 달랐다.

'아직 일격필살과 트리플의 위력을 확실하게 알 수는 없지만, 분노와 조합할 경우 나쁘지 않을 것이다.'

세 가지 스킬을 습득한 눈류는 곧 움직이기 시작한 영상을 바라봤다. 영상에는 크라이드가 스킬에 대한 설명과 발휘하는 모습이 나왔고, 눈류는 따라 했다. 이제 숙련도를 올려야 하는 것이다.

스킬을 습득하는 순간 머리로는 이해가 되었지만 몸이 익숙해져야 하며, 숙련도 100%를 채워야 밖에 나가서도 사용할 수 있었다.

개인마다 스킬의 위력에 따라 다르지만 숙련도를 100% 채우기 위해서는 서너 시간이 필요하며, 스킬 수련장에 있을 수 있는 시간은 게임 시간으로 일주일이었다.

그 안에 자신이 배우고 싶은 스킬을 다 마스터할 경우 선택은 두 개.

하나는 밖으로 나가는 것이고, 다른 하나는 수련장에 남아서 남은 시간 동안 스텟을 올리는 것이다. 스킬 수련장에서는 몬스터와 전투를 할 때처럼 수련을 한 만큼 스텟이 올라가는데, 문제는 쉽지가 않다는 것이다. 네다섯 시간을 쉬지 않고 하면 하나가 올라가는 정도였고, 그래서 대부분 그 시간에 레벨 업을 선택했으며 일부만이 수련을 하였다.

"이야! 오랜만에 보는 햇빛 같네!"

눈류가 수련장에서 빠져나온 것은 일주일이 지나서였다.

스킬의 숙련도를 열 시간 만에 마스터한 뒤, 나머지 시간은 모두 수련에만 몰두했다. 어릴 때부터 운동을 해온 것이 큰 도움이 되었고, 복수라는 목표 역시 힘이 되었다.

　물론 아무도 없는 공간에서 홀로 있는 것이 지겹기는 했지만 강해져야만 했다.

　레벨 업도 중요하지만 더욱 강해질 수 있는 기회를 버릴 수는 없었다. 더군다나 스킬 수련의 방은 자주 오는 기회가 아니다. 눈류가 알기로는 전직 전에 한 번, 그리고 1차 전직 때 한 번, 2차 전직, 3차 전직 등 전직에만 찾아오는 것이니, 레벨 300이 될 때까지 총 네 번밖에 없는 기회! 레벨은 언제든 따라갈 수 있지만 수련의 기회는 놓치면 다신 돌아오지 않는다.

　"힘들었지만 나쁘진 않아."

　눈류는 오른 스텟을 보며 만족의 미소를 지었다. 수련의 방을 통해 얻게 된 스텟은 근력이 30, 민첩이 9였다.

　"이제 다시 바쁘게 움직이자!"

　수련장을 나온 눈류는 가장 먼저 +초보 퀘스트와 미처 찾지 못한 퀘스트들을 찾아 완료하였다. 그로 인해 괜찮은 보상 아이템들을 받았지만 아버지가 구해준 장비들보다 좋은 것은 아니기에 일단 인벤토리에 넣어두었으며, 명성은 추가적으로 30을 더 얻어 총 39가 되었다.

　'일단 아버지에게 받은 돈으로 포션과 음식들을 사고……'

　사냥을 가려던 눈류는 곧 잡화점에 가서 소비 식품을 구입했다. 어차피 40만 라르크가 있어봐야 쓸 곳도 없었으며, 빠른 레벨 업을 위해 대부분 포션을, 남은 돈으로는 음식과 물을 구입했다.

게임이지만 시간이 지나면 배가 고팠고, 많이 움직이면 움직일수록 피로 게이지가 떨어졌다. 피로 게이지가 0%가 될 경우에는 움직일 수 없게 되며, 배가 고픈데 음식 섭취를 하지 않으면 모든 능력이 하락한다. 그렇기에 음식과 물은 게임을 플레이하는 모든 이들의 필수품이었다.

샤인이 선물해 준 금색의 고급 주머니로 인해 많은 회복 포션과 빵, 물을 채운 그때 샤인에게서 음성 채팅이 들어왔다.

"오빠, 수련장에서 나왔어?"

"어. 왜?"

"지금 게임에서 나와봐."

"무슨 일인데?"

"오빠, 오늘 밥도 안 먹고 하는 거잖아. 나와서 밥 먹어. 그리고 TV에 찬성 오빠랑 은진 언니 나온대."

표정이 굳는 눈류.

"알았어."

밥은 먹지 않아도 상관없지만 찬성과 은진은 달랐다.

"로그아웃."

진하는 캡슐에서 나오자마자 일단 몸을 풀었다. 아무리 캡슐이 편안하다 할지라도 오랜 시간 몸을 움직이지 않기에 이렇게 한 번씩 몸을 풀어야 했다.

몸을 가볍게 푼 진하는 곧 방을 나왔고, 거실에는 은하가 TV를 보며 밥을 먹고 있었다.

"오빠, 빨리 먹어."

진하는 곧 허기짐을 느끼며 자리에 앉아 배를 채웠다. 그때 TV에서는 라스트 월드 프로그램을 하고 있었다.

"케이블이지만 지상파 방송 시청률이 나오는 프로인데 찬성 오빠의 인터뷰가 나온대. 뭐, 오늘 컨셉이 레전드 직업에 대해서라던가?"

진하는 은하의 설명을 들으며 TV에서 눈을 떼지 않았다.

"현재 레전드 직업은 한 명이 공개를 원하지 않았기에 두 명만이 알려져 있어. 그중 한 명은 라스트라는 유저인데, 상극이라는 암흑 마법과 신성 마법을 조합하여 굉장한 위력을 선보이는 소울 브레이커란 직업이야. 그리고 두 번째가 바로 찬성 오빠야. 찬성 오빠의 아이디는 진은. 아이디만 봐도 무슨 뜻인지 알겠지? 은진 언니의 이름을 거꾸로 한 거지. 하여튼 찬성 오빠의 캐릭터 직업은 다크 쉐도우. 파이터인데 속도와 데미지가 대단해. 밤이 되면 더 강해진다고 하더라?"

그때 MC들의 수다가 끝이 나며 스크린이 클로즈업됐고, 화면에 찬성이와 은진이의 모습이 나타났다.

레전드 직업이든 랭커든 절대 현실의 모습은 공개되지 않는다. 그럴 경우 그 후의 여파가 크기 때문이다. 물론 본인이 원한다면 공개되겠지만 말이다.

그래서 인터뷰를 할 때도 방송에 초대하는 것이 아닌, 게임에서 만나 동영상을 촬영했다. 가상 현실이지만 동영상은 물론 스샷도 가능한 것이 라스트 월드였다.

　화면에는 검은 머리카락을 허리까지 기른 미남자와 은색의 머리카락을 어깨와 허리 가운데까지 기른 아름다운 여인이 있었다.

　"은진……."

　여자는 분명 은진이었다. 몇 곳이 바뀌기는 했지만 이미 정체를 알고 봐서인지 한눈에 확신할 수 있는 진하였고, 가슴이 요동쳤다.

　"저는 지금 세 번째로 레전드에 오르신 진은님을 찾아왔습니다. 진은이라……. 무슨 뜻이 있나요?"

　"아, 비밀입니다."

　"그래요? 그러면 옆에 계신 아름다운 여성 분에게 질문해야겠네요. 헤헤. 라인님, 시청자 분들을 위해서 뜻 좀 가르쳐주세요."

　여성 진행자가 애교를 섞어 묻자 은진은 곤란하다는 표정으로 웃으며 대답한다.

　"죄송해요. 저희 둘만의 비밀이라……."

　"그러면 어쩔 수 없지요. 흑흑, 그럼 이제 다른 질문으로 넘어가겠습니다. 많은 유저 분들이 궁금해하시는데, 어떻게 하면 레전드의 직업을 가질 수 있지요?"

　"글쎄요. 저도 잘 모르겠는데요. 정말 운이 좋았다고 생각합니다. 제가 해드릴 수 있는 말은 포기하지 말라는 것입니다. 현재 레전드 직업을 가진 분들 외에 아홉 분이 포기하셨지요. 분명 레전드 퀘스트는 다른 직업에 비해 너무나 힘듭니다. 저 역시 몇 번이나 포기를 생각했으니. 하지만 끝까지 참고 견딘다면 그 이상의 보답을 받으실 겁니다. 제 생각에는 현재도 레전드 퀘스트를 하고 계신 분들이 있을 것입니다. 관계자 분들은 아홉 명이 포기했다고 했지만 몇 명이 퀘스트를 받았다고는 하지 않았으니까요. 그리고 아직 제 짝을 만나지 못한 레전드 직업도 분명히 있을 것입니다. 그러니 희망을 가지고 레전드의 직업을 얻게 된다면, 절대 포기하지 마세요. 이상입니다.”

“다른 팁은 없나요? 레전드에 대한 정보라든가…….”

“이미 많은 분들이 알고 계신 것처럼 저나 라스트 모두 렙 50. 1차 전직 때 얻게 되었습니다. 그 외는 죄송합니다.”

“에에… 라스트님과 똑같은 말씀만 하시네요. 혹시 짜신 것 아닌가요? 헤헤, 그럼 시청자 분들이 볼 수 있게 시작해 주시겠습니까?”

“네.”

찬성은 대답과 함께 자리에서 일어섰고, 곧 은진과 PK를 시작하였다. 파티를 하여서인지 생명력과 마나를 시청자들도 볼 수 있었다. 그리고 보여지는 찬성의 능력.

눈으로 보기도 힘들 만큼 빠르게 움직였으며, 화려한 스킬들은 이펙트보다 더욱 강력한 데미지를 소유하고 있었다. 그 외에 생명력과 마나 역시 동 레벨에 비해 대단히 높았으며, 방어력도 놀라운 수준이었다.

"저 속도, 데미지에 방어력도 높아?"

은하가 감탄하며 TV를 쳐다봤고, 진하는 침묵에 휩싸였다.

'만약 전직을 했는데 레전드 직업이 아니라면······?'

그럴 경우 진하에게 남는 것은 절망이었다. 힘들게 동급 레벨까지 따라잡는다 할지라도 레전드와 아닌 직업이 붙게 된다면? 물론 변수가 있겠지만 이기기 힘들 것이다.

'레전드를 얻지 못한다면 다시 키우는 수밖에.'

이를 악문 진하는 결심을 하며 곧 라스트 월드에 접속했다.

"기적아, 다 몰아와!"

"예, 행님!"

기적은 몬스터 몰이 스킬을 사용하였다. 그러자 멀리 있던 돌격 오크 여섯 마리가 달려든다. 예전이라면 위험했겠지만 이제는 장비까지 바꾸었기에 싸울 만했다.

―레벨이 오르셨습니다.

―고정 스텟 근력 2가 상승하였습니다.

―추가 스텟 검폭이 생성되었습니다. 스킬 포인트를 부여할 수 없으며 레벨 업과 함께 상승됩니다.

―추가 스텟 신속이 생성되었습니다. 스킬 포인트를 부여할 수 없으며 레벨 업과 함께 상승됩니다.

―랜덤 스텟의 영향으로 근력과 민첩이 1 상승하였습니다.

　드디어 그동안의 사냥으로 생기고 오른 추가 스텟과 랜덤 스텟. 공격 위주의 속도가 빠르고 정확도 중심인 눈류였기에 근력과 민첩이 1씩, 기적은 체력 2가 올랐다.

　눈류는 일단 몰려오는 돌격 오크들을 먼저 잡아야겠다고 생각하며 쉬지 않고 레벨 업을 하였다. 하지만 레벨 25때 배고픔과 피로도를 느꼈고, 어쩔 수 없이 기적이와 안전한 곳으로 이동하여 빵과 음료를 먹었다.

　"정보창."

생명:660 마나:410

이름:눈류 레벨:25 성향:무 길드:무

칭호:없음 명성:39 악성:0 직업:견습 기사

근력:147(+9) 체력:10(+8) 민첩:20(+8) 지식:10

재치:10(+3) 정신:10(+7) 예술:10(+3) 상술:10(+5)

검폭:1 신속:1

공격력:468(+50) 방어력:36(+100)

마공력:30 마방력:34

스텟 포인트:0 스킬 포인트:0

검폭:검 장착 시 일정 확률로 무형의 폭발을 일으켜 추가 데

미지를 입힌다.

　신속:위험에 직면했을 때 순간적으로 이동 속도와 회피, 공격 속도를 증가시킨다.

　'검폭과 신속이라…….'

눈류는 새롭게 생긴 스텟을 확인한 후 스킬 포인트를 골고루 분배해 찍었고, 장비창을 보며 능력에 만족했다.

아이템은 총 다섯 개의 등급으로 나눠진다.

아무런 능력치가 없는 아이템을 무급이라 부르며 레벨 50까지 착용이 가능하다. 하나의 옵션이 있는 아이템은 D급으로 레벨 51부터 100까지 착용 가능했다. 둘의 옵션이 있는 아이템은 C급으로 레벨 101부터 200까지 착용이 가능했으며, 셋의 옵션이 있는 아이템은 B급, 레벨 201부터 300까지 착용이 가능했다. 그리고 넷의 옵션이 있는 아이템은 A급으로 레벨 301부터 400까지 착용이 가능했다.

자신의 급과 장비의 급이 다르면 착용할 수 없지만 자신보다 낮은 급일 경우 착용이 가능했다.

그리고 A급 위로 다섯 개의 옵션이 있는 S급이 존재했는데 아직 몇 개 발견되지 않은 상황이며, 현재 착용할 수 있는 이가 없었다. 가장 높은 레벨이 300 초반이니.

아이템은 무기와 방패, 신발과 장갑, 갑옷 상, 하의를 장착할 수 있으며, 레벨 100이 넘어 2차 전직을 끝내면 투구나 문신 중 하나를 선택할 수 있다.

레벨 200이 넘어 3차 전직을 끝내면 망토와 날개 중 하나를 선택할 수 있는데, 보통 망토의 능력치가 더 좋은 편이고, 날개는 일명 폼으로 착용하는 이들이 많았다. 물론 능력치가 좋은 날개도 존재했다.

마지막으로 액세서리의 경우 반지와 팔찌, 귀고리와 목걸이를 착용할 수 있으며, 장비든 액세서리든 세트로 착용할 경우 각 세트마다 +옵션이 존재했다.

눈류는 현재 액세서리 없이 무급의 장비를 차고 있었다. 액세서리를 착용하지 않는 것은 50까지는 마법 몬스터가 별로 없기 때문이었다.

기적 역시 무급의 장비로 착용을 한 상태이며, 눈류와 다른 점은 방어 기사이기에 방패를 차고 있다는 것이었다.

배고픔과 피로도를 모두 회복한 눈류와 기적은 곧 일어섰다. 이제 레벨 25를 찍었기에 초보섬을 빠져나갈 수 있었다. 그런데 이상한 것이 눈에 들어왔다.

"행님, 저기 뭡니꺼?"

"나도 잘 모르겠는데?"

눈류는 눈에 힘을 주어 다시 바라봤다. 분명 언덕 아래에 처음 보는 오크가 둘 있었다. 그것도 해괴한 꼴로 말이다.

"저건 초보섬의 보스 몬스터다!"

눈류의 외침에 기적도 눈을 비비더니 손바닥을 치며 소리쳤다.

"행님, 맞네예. 샤인이 말한 것이랑 똑같습니더!"

눈류는 웃으며 고개를 끄덕였다. 돌격 오크가 나타난다는 것은 보스 오크가 나온다는 뜻이라고 샤인에게 들은 적이 있었다. 그런데 이렇게 앞에 나타나다니?

"그런데 행님, 저희 둘이 잡을 수 있겠습니꺼? 샤인 말로는 20대 유저 8명 정도가 풀파해야 한다던데……."

기적의 말에 잠시 생각에 잠긴 눈류.

"뭐, 못 이기면 한번 죽자."

"그래예!"

역시 생각을 길게 하지 않는 눈류와 기적이었다.

"정보!"

눈류는 모래로 만들어진 언덕을 내려가며 외쳤다.

[신랑 오크와 신부 오크(초보섬 보스 급)]

행복이 가득해야 할 결혼식 날, 신랑 오크가 울프 부인이랑 바람피운 것을 들켰고, 둘은 크게 싸워 무척 기분이 좋지 않으며 분노한 상태이다.

"행님, 저놈이 바람피웠다는데예… 이 겜 운영자들, 좀 이상한 것 같습니더."

"그 말에 공감이다."

실소를 흘리며 기적이 먼저 도착했고, 그 뒤를 이어 눈류가 뛰어서 착지했다. 그러자 순식간에 괴성과 함께 달려드는 신랑 오크와 신부 오크. 덩치와 어울리지 않는 속도였다.

크어어엉!

크아아앙!

"크흑!"

검은색 턱시도를 입고 심기 불편해 있던 신랑 오크의 주먹질에 기적은 방패로 막았음에도 불구하고 뒤로 나가떨어졌다.

"기적아!!"

눈류는 신음을 흘리며 빠르게 움직였다. 파티창으로 확인하니 신랑 오크의 주먹질 한 번에 기적의 생명력이 삼분의 일이나 줄어 있었다.

'올 체력이 저 정도면 난 한 번에 죽는다.'

눈류는 거리를 벌리며 최대한 정신을 집중했다. 그사이 기적은 꽉 끼는 드레스를 착용한 신부 오크에게 쫓겨 다니고 있었다.

'분노와 일격필살을 동시에 사용한다. 단 한 번에 보내야 해.'

스킬이 발동되자 눈류의 손에 들린 롱 소드가 바르르 검신을 떨었고, 생명력과 마나가 줄어들기 시작했다. 그때 신랑 오크는 지척까지 접근한 상태.

"타합!!"

푸우욱!!

크아앙!!

"젠장!"

눈류는 신랑 오크의 주먹을 피해 황급히 바닥을 굴렀다.

급소를 공격했음에도 불구하고 레벨 차이 때문인지 신랑 오크는 순식간에 피했고, 허벅지에 상처를 입었다.

워낙 데미지가 강한 스킬들이라 피가 얼마나 남았는지는 모르겠지만 살아 있다는 것 자체가 위협적이었다.

눈류의 머릿속에는 오로지 '한 대 맞으면 죽는다' 라는 생각으로 가득 찼고, 황급히 뛰며 생명력과 마나를 채웠다. 음식이 아닌 포션의 경우에는 직접 먹지 않아도 인벤토리에만 있으면 흡수할 수 있었다.

"해, 행님, 같이 갑시더!"

눈류의 바로 뒤에서 따라오는 기적.

"기적아, 한 번만 더 몸빵해라. 그러면 신랑 오크는 잡을 수 있을 것 같다."

"시, 싫습니다! 제 생명력 보소!"

달리며 파티창을 확인하니 기적의 생명력은 5분의 1 정도밖에 남지 않았다.

"너, 포션 없냐?"

"필요없을 것 같아서 안 샀습니더."

눈류는 인상을 찌푸리며 뒤를 확인했다. 신랑 오크와 신부 오크가 화난 얼굴로 따라오고 있었다.

'포션을 줄 시간은 없고, 몸빵을 한 번이라도 더하면 기적이는 죽는다. 그렇다고 내가 몸빵을 할 수는 없다. 기적이 생명력과 방어에 그 정도 데미지를 입는다면 난 한 번에 죽어. 어떻게 해야 하지? 젠장.'

결국 결단을 내린 눈류.

"기적아, 너의 의리는 최고지?"

"당연한 것 아입니꺼? 행님이 뒤지라면 뒤질 수도 있습니더!"

"그럼 몸빵 한 번 해."

"시, 싫습니더!"

"뒤질 수도 있다며?"

"마, 말이 그렇단 거지예."

"의리는 희생이다."

"예? 무슨 말입니꺼?"

"미안하다."

말과 함께 돌아선 눈류는 주먹에 온 힘을 담아 기적의 얼굴을 강타했다.

"행님, 무슨… 커허억!!"

코피를 흘리며 줄어드는 생명력을 품에 안고 오크 신랑과 신부에게 자신을 희생… 할 수밖에 없었던 기적.

'오늘 너의 희생을 평생… 잊으마.'

눈류는 곧 기적의 죽음을 애도하며 인벤토리에서 귀환서를 꺼낸 다음 큰 소리로 외쳤다.

"이동!"

그러자 온몸이 흰빛에 감겼다.

"기적아, 곧 마을로 갈게!!"

이미 시체가 되어 사라진 기적을 향해 외친 눈류는 곧 모습을 감췄다.

Part 3

인연의 던전

츠츠츠츠츳.

눈류는 허공에 붕 뜬 느낌을 받으며 눈을 힘겹게 떴다. 온몸을 감싸 안고 있던 빛 무리는 더 이상 보이지 않았고, 어떻게 하면 삐친 기적이를 풀어줄지 고민하며 주위를 두리번거렸다. 그러자 당황스러움이 해일처럼 밀려왔다.

"마을로 가는 귀환서라 했는데?"

재차 눈에 힘을 주며 주위를 확인하는 눈류. 하지만 아무리 좋게 생각하려 해도 이곳은 마을이라 할 수 없었다.

온통 적색으로 물들어 있는 곳. 바닥조차 붉었고, 갈라진 곳곳에서 불꽃이 솟구쳤다. 나무들은 물론 바위나 모든 것이 붉은 세상이었으며, 가만히 서 있음에도 뜨거운 열기로 땀이 맺혔다.

─고열로 인해 모든 능력이 10%로 저하됩니다.

"에에?"

알림을 확인하는 순간 정보창을 열어보니 모든 스텟에 ─10%가 적용되어 있었다.

"도대체 여기가 어디야?"

결국 눈류는 더위로 짜증을 내며 샤인에게 음성 채팅을 시도하였다. 다행히 샤인은 게임을 하고 있었다.

"네가 준 귀환서를 이동이라 외치며 썼는데 여기가 어디야?"

"어? 오빠, 정말 썼어? 푸풉, 정보 확인 안 했어?"

귀환서는 다른 능력이 없기에 당연히 확인하지 않았던 눈류.

"예전에 기억 안 나? 오빠가 예전에 하던 게임을 내가 처음 시작했을 때, 나 골려준다고 일부러 레벨 높은 사냥터에 보낸 일."

눈류는 어이가 없었다. 설마 옛날 일을 가슴에 품고 있다가 이제 와 복수한 것이라는 말인가?

"그럼 여기는……?"

"거기, 화염의 섬이야. 지금 오빠가 이동한 곳은 레벨 200 가까운 몹들이 있을걸? 더 깊이 들어가면 레벨 200 넘는 놈들도 나와. 하여튼 나 지금 사냥하느라 바쁘니까 무사히 죽어서 돌아가!"

─샤인님이 음성 채팅을 종료하셨습니다.

"야, 야, 이 계집애야!! 으아악!!"

눈류는 가슴 밑바닥에서 무엇인가가 울컥하며 솟구쳐 오르는 것을 느꼈다. 그것은 바로 분노였다.

"무사히 죽어서 가라니? 젠장! 거래창이 아닌, 그냥 준 이유가 있었군. 이 계집애!"

화염의 섬! 이곳은 대륙을 십자가 방향으로 감싸고 있는 네 개의 섬 중 하나였고, 화염의 섬을 비롯해 빙하의 섬, 어둠의 섬, 망혼의 섬이 존재했다.

네 개의 섬에서 솔로 플레이를 하려면 최하 레벨 80은 넘어야 했다. 80도 가장 약한 몹들만 나오는 곳에서 가능한 것이다.

"어떻게 빠져나가지?"

주변을 둘러보던 눈류는 한숨을 내쉬었다. 마법 방어가 약해 생명력이 줄어들고 있었지만 가득 산 포션이 있기 때문에 죽지는 않는다. 하지만 나갈 수 있는 방법이 존재하지 않았다. 그렇다고 무작정 움직이자니 레벨 200대의 몬스터라도 만난다면 살아남을 수 없다.

"보자. 정보… 귀환서가 아닌 마법 스크롤?"

뒤늦게 은하가 준 귀환서를 확인한 눈류는 입술을 깨물며 마법 스크롤 5개를 하나하나 확인했다. 혹시나 마을로 돌아가는 것이 있지 않을까 하는 생각 때문이었는데, 모두 이동 위치가 화염의 섬이었다.

'정말 죽어야 하나.'

—롱 소드의 내구력이 20% 저하됩니다.

—강철 장갑의 내구력이 20% 저하됩니다.

—강철 장갑의 내구력이…….

설상가상! 아이템마저 열기를 이기지 못하고 내구력이 저하되었다. 이러다 만약 내구도가 0%가 된다면? 아이템을 고치기 전에는 사용할 수 없다.

결국 눈류는 한숨을 내쉬며 일단 몸을 움직였다. 어쨌든 죽는 것은 마찬가지. 그렇다면 몬스터 구경이나 하자는 생각이었다.

파다닥! 파다닥!!

키에에에에!!

"…저, 정보."

[불타는 와이번]

화염의 섬에 서식하는 상급 와이번. 온몸이 불에 뒤덮여 있으며 고통을 분노로 표출한다. 레벨 150

눈류는 입술을 잘근 씹으며 검끝을 하늘로 향했다. 온몸이 타고 있는 와이번은 그런 눈류를 노려보고 있었다.

“젠장.”

불타는 와이번은 곧 호흡을 크게 하였다. 그러자 점점 부풀어 오르는 배.

“브, 브레스!”

드래곤과는 비교도 되지 못하는 육체 크기와 위력의 불타는 와이번이지만 생김새는 비슷했고, 브레스를 사용할 수 있었다.

쿠하아아아!

화르르륵!

불타는 와이번의 입에서 불꽃의 숨결이 지면을 강타했다. 그러자 대지가 활활 타올랐다.

하나 드래곤이 아닌 와이번이기에 단점이 있었으니…….

바로 브레스를 준비하기까지 시간이 너무 오래 걸린다는 점이었고, 두뇌가 떨어지는 몬스터의 진가를 보여주었다.

“병신.”

이미 자신이 도망친 자리에 브레스를 뿜은 불타는 와이번을 보며 실소를 흘리던 눈류는 불타는 와이번이 곧 빠르게 방향을 틀어 다가오자 기겁하며 다시 뛰었다.

일단 레벨로도 상대가 되지 않았지만, 중요한 점은 공중 공격 스킬이 없는 눈류였다.

“크윽!!”

결국 눈류는 막다른 길에 몰리며 뒤를 바라봤다. 10미터 정도의 높이. 떨어지면 낙하 데미지를 입게 된다.

키에에에!

'죽을 수도 있겠지. 그렇지만 불타는 와이번에게 씹히는 것은 더 싫다.'

"타하압!"

결국 눈류는 이를 악물며 바닥을 향해 뛰어내렸다. 아래엔 혀를 날름거리는 붉은 강이 기다리고 있었고, 눈류의 목표 지점은 강물 옆의 지면이었다. 그런 눈류를 허공에서 쫓는 불타는 와이번.

—낙하 데미지로 생명이 400 감소하였습니다.

다급히 포션을 흡수하며 주위를 둘러보는 눈류.

'어디든지 숨어야 해.'

눈류는 주변을 살폈다. 그러는 동안에도 불타는 와이번은 접근해 왔다.

숨을 수 있는 곳은 붉은 강물뿐. 하지만 풀풀 올라오는 열기가 죽음을 떠오르게 했다.

'어디든지 숨을 곳!'

그때 눈류의 눈에 떨어져 내린 언덕 벽의 작은 구멍이 보였다.

겨우 어른 주먹 하나 들어갈 정도의 크기였고, 관심있게 보지 못하면 쉽게 지나칠 정도였다.

'안이 비어 있는 것인가?'

생각은 곧 행동으로 이루어졌다. 불타는 와이번은 아이큐의 한계를 보여주며 다시 준비 시간이 긴 브레스를 사용하기 위해 숨을 들이마시고 있었다.

'분노, 그리고 일격필살!'

눈류는 빠른 시간 차로 두 가지 스킬을 동시에 발휘했다. 스킬 레벨을 올리면서 일격필살은 생명력이 550이나 줄어들지만 다른 방법이 없었다.

콰콰쾅!!

눈류의 눈에서 섬광이 번쩍하더니 검이 움직였고, 벽면에는 폭발과 함께 충격을 이기지 못해 사람 하나가 기어들어 갈 만한 크기의 구멍이 형성되었다. 두 스킬과 함께 무형의 폭발! 검폭이 발휘된 것이다.

"됐다!"

그때 허공에서 해일처럼 접근하는 불꽃의 숨결. 눈류는 서둘러 구멍 안으로 기어들어 갔고, 그 자세와 속도는 지나가는 개들도 고개를 숙일 정도였다.

위이이이잉.

"뭐, 뭐지?"

힘겹게 기어들어 가자 좁은 공간이 흔들리기 시작하더니 곧 모든 것이 일그러졌다. 마치 공간 이동을 할 때와 비슷했다. 그리고 들리는 음성.

인연의 던전을 최초로 발견하셨습니다.

제한:레벨 25~49. 기사.

혜택:명성 +30, 전체 스텟 +50, 최고 스텟 +50, 단 한 명만이 할 수 있는 인연의 퀘스트 가능.

'대박이다!'

눈류의 입가에 웃음꽃이 피었다. 던전 최초의 발견자! 보상이 대단했다.

명성은 둘째 치더라도 전체 스텟 +50이면 현재 자신에게는 총 +500의 효과다. 더군다나 최고 스텟 +50도 있었으며, 단 한 명만이 할 수 있는 퀘스트라니!!

'아쉽게도 경험치나 아이템 드랍 확률은 오르지 않았어.'

현재 라스트 월드에는 알려진 곳도 있지만 밝혀지지 않은 던전도 많았고, 던전마다의 혜택도 달랐다. 어떤 던전은 경험치와 아이템 드랍이 몇 배인 것도 있었으며, 흔하지 않은 A급 아이템을 주는 곳도 있었다. 그만큼 밝혀지지 않은 던전을 찾기란 쉽지 않았다.

"그런데 제한이 레벨 25에서 49까지의 기사만이라……. 운이 좋았어. 샤인에게 고맙다고 해야 하는 것인가? 이런 제한이 있으니 아직 찾지 못한 것이군. 하긴 위치도 쉽게 발견하기 힘들었지."

현재 눈류가 있는 곳은 화염의 섬에서도 중급 수준의 사냥터. 레벨 200은 되어야 솔로 플레이가 무난한 곳이었다.

─눈류님이 화염의 섬에 존재하는 인연의 던전을 발견하셨습니다. 레벨 25~90까지의 제한이 존재하며, 일주일 뒤 던전 입구로 이동되는 마법진 개설과 함께 개방됩니다.

음성과 함께 붉은색의 메모가 눈앞에 나타났다가 사라졌다. 붉은색은 모든 유저가 볼 수 있는 것이며, 일주일간은 최초 발견자인 눈류만이 던전을 사용할 수 있다.

눈류는 정보창을 확인한 뒤 재차 환호성을 질렀다. 최악이라고 생각한 상황이 좋은 쪽으로 급반전되다니! 역시 사람은 착하게 살아야 복을 받는다는, 자신과 거리가 먼 생각을 하는 눈류였다.

"행님!! 무슨 짓입니꺼!!"

메모를 본 기적이 분노를 담아 음성 채팅을 하였다.

"지를 죽이더만 혼자서 던전을 발견하면 어쩝니꺼?!"

"나도 샤인한테 속아서 이렇게……."

"다 필요 없습니더! 지는 속상하네예!!"

"거참, 사람 말을 좀 들……."

"저도 좀 키워주소!! 행님!! 지도 델고 가주세예!!"

머리가 아파오는 눈류.

─눈류님께서 음성 채팅을 잠그셨습니다. 잠금을 푸실 때에는 해제라 외쳐 주세요.

분명 기적이 난리를 치겠지만, 그 큰 목소리로 흥분하니 머리가 어지러울 정도였기에 어쩔 수 없는 선택이라고 눈류는 스스로를 위안했다.

'일주일 동안 광 렙업이다.'

주먹을 불끈 쥐며 주위를 둘러보는 눈류.

기쁨과 기적으로 인해 아직 어떤 곳인지도 보지 못했다.

주변은 던전 입구인지 넓은 편이 아니었고, 밖과는 달리 시원했으며, 더 이상 체력이 줄지도 장비의 내구력이 깎이지도 않았다.

그때 한쪽 구석에서 무엇인가를 발견한 눈류는 바다를 담은 듯 푸른빛이 뿜어지고 있는 얼음을 향해 다가갔다. 얼음의 크기는 자신의 키와 비슷했고, 폭은 성인 남자 한 명이 들어갈 수 있을 정도였다.

은은한 물방울이 얼음에 맺혀 있었으며, 주변에는 처음 보는 문양들이 새겨져 있었다.

신비함을 풍기는 얼음에 가까이 간 눈류의 얼굴이 놀라움과 함께 굳어졌다.

그 속에는 한 명의 소녀가 있었다.

'바보 같은 놈. 게임이잖아.'

잠시 당황했던 눈류는 스스로를 진정시키며 재차 안을 바라봤다. 소녀는 두 눈을 감고 있었으며, 양손은 기도하는 자세를 취하고 있었다. 이제 15~16세쯤 되었을까? 어려 보이는 소녀를 잠시 관찰하던 눈류는 얼음을 손으로 매만졌다.

'이 소녀가 NPC겠지.'

던전으로 향하는 곳은 어딘지 알 것 같았다. 공간 한가운데에 붉은빛의 마법진이 있었으니. 하나 문제는 퀘스트였다. 단한 명만이 받을 수 있다는 인연의 퀘스트. 던전을 찾은 보상중 하나였다. 그 퀘스트를 소녀가 줄지도 모른다는 생각에 눈류는 자리를 떠나지 않고 얼음을 만져 보았다.

그리고 곧 소녀의 눈이 떠졌다.

100… 아니, 200년, 300년이 지났다. 이제는 얼마 동안 결계에 묶여 있었는지 알 수 없을 정도이다. 그리고 드디어 자신을 찾은 사람이 나타났다.

누구인지, 자신을 찾아온 것인지는 알 수 없지만 레이첼 황녀에게 그런 것은 중요하지 않았다. 결계를 빠져나가야 했다. 그리고 그 사람을 찾아야 했다.

자신을 위해 모든 것을 버린 그 사람, 자신을 위해 스스로의 능력을 봉인한 그 사람…….

슬픔을 눈에 짊어진 가련한 사람, 자신만의 기사였던 그 사람을.

"제발… 저를 구해주세요."

[인연의 퀘스트]

대륙은 태고에 한 제국만이 존재했다. 하지만 시기와 다툼이끊이지 않았고, 제국의 유일한 혈육인 황녀가 공작에 의해 납치되는 사건이 발생했다.

그로 인해 곁을 지키던 기사는 황녀를 찾기 위해 대륙 전체를 돌아다녔고, 결국 찾게 되었지만 구할 수 없었으며, 황녀를 살리기 위해 스스로의 능력을 봉인한 뒤 자취를 감췄다. 그 후 크로아 제국은 네 개의 왕국으로 나눠졌다.

350년 동안 결계에 갇혀 있는 레이첼 황녀를 위해 3층에 있는 라타의 피와 심장을 구해오자.

제한:인연의 던전 최초 발견자. 전직 전 기사.

혜택:명성 +30, 전체 스텟 +30, 전체 패시브 스킬 +5, 추가 스텟 +2 생성, 전투 숙련치 +5%

눈류의 눈빛이 번쩍인다. 던전의 보상보다 더욱 대박이었다.

일단 추가 스텟이 두 개나 더 생긴다. 추가 스텟은 20레벨에 두 개, 1차 전직 후 두 개, 2차 전직 후 두 개, 3차 전직 후 두 개가 생성된다. 4차 전직인 300렙까지 얻을 수 있는 추가 스텟은 총 8개였다.

그런 추가 스텟이 레벨 25에 또다시 두 개가 생긴다면? 레벨 300이 될 경우 새로 형성된 스텟의 능력치가 기본적으로 275가 된다. 총 500 이상의 스텟이 남들보다 앞선다는 뜻.

더군다나 전투 숙련치 5%! 찾기 힘든 보상 중 하나였다.

전투 숙련치란 랜덤 스텟과 비슷한 형식의 시스템이었다. 몹을 잡거나 PK, 전쟁을 하는 등 말 그대로 전투를 많이 할 때 오르는 시스템인데 오르는 속도가 너무 늦다는 단점이 있었다. 현재의 눈류 역시 단 1%도 올리지 못한 상태.

알려진 바로는 레벨 200 후반의 랭커들이 15% 정도이며, 가장 높은 전투 숙련치를 보유한 존재가 바로 진은이라 불리는 찬성이었다. 레전드 급 직업의 혜택인지 몰라도 진은의 전투 숙련치는 무려 25%.

그 정도로 전투 숙련치는 쉽게 오르지 않았고, 렙이 낮은 눈류에겐 꿈도 꿀 수 없는 것이다.

그런 전투 숙련치의 효과는 바로 모든 능력치를 상승시켜 준다.

25%인 진은의 경우, 전체 스텟의 능력이 +25% 된다는 뜻이며 레벨이 높으면 높을수록 더욱 큰 힘을 발휘한다.

그리고 마지막으로 전체 패시브 스킬 +5. 이것도 대박에 속하는 보상이었다. 패시브 스킬은 일정 레벨이 되면 자연적으로 높아지지만 자주 오르는 것이 아니었다.

'쉽지는 않겠지만 놓칠 수 없는 기회.'

─퀘스트를 수락하셨습니다.

─인연의 퀘스트가 시작되었습니다. 착용한 모든 장비의 내구력이 100% 복구되었으며, 남은 시간 143시간 59분 59초.

내구력 복구는 눈류에게 천만다행이었다. 물론 사냥을 하다 보면 장비가 드랍되겠지만, 문제는 그전에 아이템들 내구력이 0%가 된다면? 퀘스트는 성공하기 힘들 것이다.

'시간 제한이라……. 서둘러야겠군.'

눈류는 빠르게 몸을 돌려 방 한가운데에 있는 붉은 마법진으로 이동했다. 다른 곳은 이동할 공간이 없었기에 당연한 판단이었다.

"저기… 성함이?"

뒤를 돌아보니 레이첼 황녀는 걱정스러운 표정이다.

"눈류입니다."

"아, 눈류님. 3층까지 가는 길은 무척 험난하답니다. 라타는 강하고 사악한 괴물이고요. 부디 조심하시기를……."

"걱정하지 마세요. 저를 위해서라도 꼭 성공하고 올 것이니."

대답과 함께 스스로 너무 예의 바른 놈이라 생각한 눈류는 붉은 마법진으로 몸을 이동했고, 레이첼 황녀는 걱정스런 눈길로 그를 바라봤다.

Part 4
라타를 이길 확률

The knight of mask

온통 검고 붉은색의 도배였으며, 지하 동굴을 연상하게 했다. 남자 서너 명이 나란히 걸을 수 있을 정도의 넓이는 길게 이어져 있었고, 몬스터들이 자리를 차지하고 있었다. 던전 안이라 그런지 황녀가 있던 곳처럼 시원하지는 않았지만 동굴 밖처럼 뜨겁지도 않았다.

몬스터들의 종류도 여럿이었는데 대부분 붉은색이라는 공통점이 있었다.

"생긴 꼬라지들 하고는……."

가장 먼저 눈류를 반긴 레이어트를 보며 내뱉은 말.

큰 개의 몸에 두더지 얼굴을 소유한 레이어트는 레벨 30의 몬스터였고, 화염의 섬답게 불을 뿜어내며 공격을 하였다.

'던전을 빠져나가면 꼭 액세서리 아이템을 착용해야겠어.'

눈류는 무기, 방어구만 맞춘 것을 후회하며 한 걸음 물러섰다. 그러자 빠르게 다가오는 레이어트.

눈류의 롱 소드가 순식간에 레이어트의 가슴을 향해 파고들었다.

'소울 트리플!'

푸푸푹!!

섬광처럼 빠른 세 번의 베기.

레이어트의 가슴에 세 개의 검상이 생기며 피가 솟구쳤다.

─레이어트의 피를 습득하셨습니다.

─50라르크를 습득하셨습니다.

우두두두두두!

눈류는 인상을 살짝 찌푸리며 앞을 바라봤다. 레이어트가 죽자마자 멀찍이 떨어져 있던 많은 몬스터들이 달려오고 있다.

"환영 인사치고는 거칠군."

현재 눈류의 스텟은 레벨 25를 훨씬 넘긴 상태. 더군다나 포션과 음식, 물 등이 고급 주머니를 착용한 인벤토리에 가득 찰 정도로 많이 있었다. 그런 눈류에게 달려오는 몬스터들은 감사한 경험치.

"크흐흐, 광 렙업이다."

사악하게 웃으며 침을 흘리는 눈류였다.

―레벨이 오르셨습니다.

―고정 스텟 근력 2가 상승하였습니다.

"크크, 광 렙! 광 렙!"

피의 향연이 이런 광경을 보고 말하는 것일까? 온몸이 몬스터의 피로 색칠이 된 눈류.

쉬지 않고 달려드는 몬스터들을 향해 검을 휘두르며 스킬을 난무하였다. 그와 비례하여 포션 역시 빠르게 사라지고 있었지만 아이템들이 그 자리를 채웠다. 어느새 레벨은 38.

긴 터널 같은 동굴의 끝에 도착한 눈류는 뒤를 돌아보며 잠시 고민에 빠졌다. 1층을 통과하기까지 게임 시간으로 12시간이 넘게 걸린 상태. 물론 몬스터들을 상대하면서 왔기 때문이지만 생각보다 오래 걸렸고, 살짝 피곤했다.

"잠깐 휴식을 취하고 올까? 아니다. 그냥 하자."

제한 시간은 6일. 현실 시간으로는 이틀이다. 이틀 밤을 새는 것은 일도 아니었다.

결심을 내린 눈류는 곧 마법진 위에 올라섰고, 잠시 후 빛과 함께 2층에 모습을 나타냈다.

던전 2층은 1층과 똑같은 모습이었지만 다른 점은 더 넓었으며 몬스터들이 많아졌다는 것, 그리고 보기에도 강력해 보이… 엿같이 생겼다.

마법진 근처엔 몬스터들이 접근을 못하는 듯 주변을 왔다 갔다 하였고, 눈류는 일단 빵과 물로 피로도와 배고픔을 없앴다. 그리고 곧 몸을 풀더니 다시 광전사로 변신한다.

"으하하하! 경험치, 경험치! 퀘스트 보상!!"

빠르게 몬스터들을 향해 파고드는 눈류. 그와 함께 레벨 업은 더욱 속도있게 진행되었고, 24시간이 더 지나 3층에 내려왔을 때는 레벨 56이었다. 그리고 그사이 랜덤 스텟의 영향으로 근력 2, 민첩 2, 신속 1, 검폭 1이 상승되었으며, 패시브 스킬 소드 데미지와 회심의 타격도 1단계씩 올라선 상태였다.

'일단 장비 먼저 바꿀까? 괜찮은 것이 뭐가 있었지……?'

지금 착용하고 있는 롱 소드보다 좋은 것을 습득한 눈류는 마법진에서 인벤토리를 열었다.

"정보."

[벤더의 장검]
불꽃의 하급 몬스터 벤더의 검.
내구력:140/150 공격력:75 제한:D급, 근력 80 이상.
무게:5 옵션:불 속성 마법 저항력:5%

아이템의 이름이 파란색. 한 개의 옵션이 붙어 있는 D급이란 뜻이었다. 보통 던전이 일반 필드보다 경험치나 대박 아이템이 나올 확률이 높았고, 벤더의 장검은 대박 아이템은 아니지만 나쁘지 않은 정도였다. 옵션이 붙은 아이템은 드랍 확률이 낮기 때문에.

"이제 다시 달려볼까?"

눈류의 눈빛에 살기가 어렸다. 아니, 그것은 광기였고, 입에서 흐르는 침을 보니 이미 짐승 전사 모드로 돌변한 상태.

비록 레벨 70~90대의 몬스터들이 기거하고 있는 3층이지만 눈류는 두려움이란 것을 몰랐다.

자신에게는 최대의 아이템인 포션이 가득했기 때문.

"크하하! 다 덤벼라! 이 몸은 빨리 퀘스트를 끝내고 전직하러 가야 한다!"

원래 눈류의 계획은 50을 찍은 후 전직을 하고 돌아오는 것이었다. 1차 전직은 렙 50부터 가능하며 바로 하는 것이 좋았다. 그 이유는 전직을 해야 추가 스텟이 생성되었고, 전직 후 증가하는 스텟 포인트 등 보너스를 일찍 받는 것이 좋기 때문이다.

레벨 50때 전직한 이와 레벨 80때 전직한 이는 그로 인해 능력치에서 차이가 생긴다.

'별수 없지. 퀘스트를 깬 후 렙따를 하는 수밖에.'

눈류는 흥분을 불태우며 몬스터들 사이로 파고들었다.

취이이이익!

초록색의 독극물이 덮쳤고, 눈류는 이를 악물며 황급히 바닥을 굴러 피했다. 그러자 붉은 철갑 몬스터가 거대한 도끼를 내려쳤다.

콰지지직!

지면에 금이 가며 박혀 버린 도끼. 눈류는 거친 호흡을 삼키며 스킬 분노를 발동하였고, 독극물을 뿜는 붉은 거미를 향해 검을 휘둘렀다.

―크리티컬!

키에에엑!!

잘려진 다리에서 피를 뿜으며 쓰러지는 성인 크기의 거미.

눈류는 쉴 틈 없이 바로 일격필살을 발동하며 철갑 몬스터의 목을 정확하게 강타했다.

콰콰쾅!

검폭이 발휘되며 폭발과 함께 살점과 핏물이 사방으로 튀었다. 그와 동시에 빵과 물을 먹으며 배고픔과 피로도를 없애는 눈류.

그러나 시간은 오래 주어지지 않았다. 통로 양쪽에서 다가오는 몬스터들이 보였기 때문이며, 어느새 바로 옆에 리젠되어 있었다.

'너무 많고, 리젠이 빠르다. 위험해.'

3층에 도착한 지 36시간이 흐른 상태. 하나 아직 끝이 보이지 않았으며, 라타 역시 볼 수 없었다. 레벨 업은 50 이후 속도가 조금씩 늦어졌지만 포션과 함께 쉬지 않고 풀로 싸웠기에 다른 이들보다는 빨리 올라 62였으며, 랜덤 스텟으로 능력치도 오른 상태였다.

문제는 포션이 얼마 남지 않았다는 것이다.

만약 포션을 가득 채운 상태가 아니었다면 이곳까지 오는 시간이 한참이나 걸렸을 테고, 레벨 다운을 피하기 힘들었을 것이다.

"생명력 포션이 652개, 마나 포션이 40개 남았다. 어쩔 수 없군."

어느새 몬스터들은 지척까지 다가온 상태. 눈류는 공간을 찾았다. 다행스럽게도 3층은 2층보다 더욱 넓었다. 물론 그로 인해 다가오는 몬스터들의 수도 많아졌지만 피할 공간 역시 확보할 수 있었다.

'지금이다.'

제발 검폭이 발휘되기를 바라며 눈류는 바로 앞 지면을 강타했다. 그러자 몬스터가 아닌 사물이어서인지 검폭은 쉽게 발휘되었고, 무형의 폭발과 함께 굉음이 울리며 돌과 먼지가 튀어 올랐다. 그사이 눈류는 빠르게 공격… 을 하고 싶었지만 뛰었다.

'언제까지 가야 하는지도 모르니 싸워봐야 포션과 식량이 떨어지면 죽는다. 일단 그 라타를 볼 때까지 무조건 달리자.'

물론 라타를 보기 전에 죽을 수도 있었고, 만난다 할지라도 이길 방법은 그리 많지 않았다. 하지만 이렇게 있다가는 만나기도 전에 백 프로 죽는다. 1%의 가능성. 그 가능성 하나를 믿고 눈류는 달렸다.

보스 몬스터였던 신랑, 신부 오크가 나타났을 때도 많던 돌격대장들이 주변에서 사라졌다.

'제발… 나의 추측이 맞기를.'

캬아아아아!!

눈류의 뒤에는 수많은 몬스터들이 따라오고 있었고, 앞에서도 기다리고 있었다. 그로 인해 어쩔 수 없이 틈틈이 맞으며 달려야 하는 눈류.

'생명 포션이 600개 남았다.'

통증은 둘째였고, 레벨 다운도 상관없었다. 그렇지만 퀘스트의 보상은 포기하기가 힘들었다.

'제발, 제발 비켜! 분노!'

싸우지 않고 달리기를 시작한 눈류는 마나가 찰 때마다 분노를 사용하여 지면이나 벽을 강타했다. 그러자 레벨이 없는 사물이라서 그런지 잦은 확률로 검폭이 발휘되었고, 몬스터들의 시야가 잠시 가려졌다.

몬스터들에게는 간혹 발휘되는 검폭의 새로운 성능을 깨달은 눈류는 피로 게이지와 배고픔으로 인해 뛰면서 음식과 물을 먹는 신기술을 발휘하며 쉬지 않고 달렸다.

─랜덤 스텟의 영향으로 민첩과 신속, 체력이 1 상승하였습니다.

'생명 포션 21개.'

눈류는 이를 악물었다. 이미 얼마나 달렸는지도 잊은 상태. 싸우지는 않았지만 계속 몬스터들에게 맞으며 쫓겨 다녔기에 랜덤 스텟이 올랐다.

"젠장! 도대체 출구가 어디야!!"

답답함이 담긴 눈류의 외침. 그사이에도 타격을 허용하여 포션을 또다시 소모하였다.

그때 눈류의 눈동자에 이채가 감돌았다.

그것은 피의 빗물이었다. 마치 커튼을 친 듯 붉게 빛나는 빗물이 하염없이 내렸다.

'제발……'

눈류는 제발 그곳이 라타에게 가는 공간이기를 바라며 더욱 속도를 높였다. 유독 그 앞에는 몬스터들이 많았지만, 맞는 순간 포션을 흡수하는 눈류의 동작도 만만치 않았고, 결국 포션 하나를 남겼을 때 눈류는 붉게 빛나는 빗물 안으로 들어갈 수 있었다.

지이이이잉.

들어서는 순간 공간이 일그러지더니 형태가 바뀌었다.

던전의 모습은 순식간에 사라졌고, 던전 입구와도 같은 넓은 공간에 홀로 서 있는 눈류.

원의 형태를 갖춘 홀은 백 명이 들어와도 될 만큼 넓었으며, 각종 기괴한 몬스터의 모형이 벽에 새겨져 있었다.

크르르르, 크르르르.

눈류는 귀가 아플 정도의 큰 소리에 인상을 찌푸리며 한가운데를 바라봤다. 코끼리만 한 크기의 몬스터가 잠을 자는 듯 엎드린 채 소리를 내고 있다.

바다 거북이의 얼굴에 사자의 몸, 박쥐의 날개를 가지고 있었고, 입술을 삐져 나온 서슬 퍼런 이빨이 위협적이었다.

바로 인연의 던전 보스 몬스터 라타였다.

"정보."

[라타:인연의 던전 보스 몬스터]

거북이의 얼굴에서는 핏물을 토해내고 사자의 힘과 속도를 갖추었으며, 박쥐의 날개에서는 독 가루를 발출한다. 그리고 단단한 비늘이 전신을 감싸고 있다.

수면을 좋아하는 게으른 보스 몬스터 중 하나로 항상 잠에 빠져 있지만 공격을 받으면 상대를 죽이기 전까진 잠들지 않는다.

"지금은 자고 있다는 말인가?"

눈류는 일단 안심하며 바닥에 주저앉았다. 현실과 게임이 적절히 조화된 라스트 월드이기에 그렇게 뛰고 싸웠어도 배고픔과 피로 게이지를 채우면 금방 회복되었다. 하나 현실의 습관으로 인해 자연스럽게 주저앉은 것이다.

"일단 담배나 한 대 피워야지."

라스트 월드에서는 담배도 팔고 있다. 물론 현실의 형태가 아닌 마법으로 만들어진 종이의 모습이었지만 꽤 비싼 값에 거래되었다.

흡연가라 할지라도 라스트 월드에 접속하면 게임 안에서는 흡연 욕구가 대폭 줄어든다. 하지만 가끔씩 버릇처럼 피우고 싶을 때가 존재했고, 매일 죽고 죽이는 세상에서 스트레스를 날리기 위해 찾는 이들이 많았기에 인기 품목이었다. 아무리 피워도 현실의 건강에는 문제가 안 생기니 얼마나 좋은가.

치이이익.

은하가 챙겨줬던 담배를 입에 물고 1회용 마법 불을 피워 길게 한 모금 빨아들이는 눈류.

"하아!"

라스트 월드에서 처음으로 피우는 담배였다.

맛은 현실보다는 좀 순한 것 같지만 나쁘지 않았으며, 평소 흡연을 해서인지 왠지 편안해지는 기분. 하지만 문제점이 나타났다.

─흡연으로 인해 전체 능력치가 *1시간 동안 5% 저하됩니다.*

"……."

능력치의 저하를 몰랐던 눈류의 인상이 구겨졌고, 스텟창을 확인해 보니 정말 모두 ─5%가 되어 있었다.

"하여튼 담배는 게임이나 현실에서나 좋지 않군."

앞으로는 전투가 없을 때 피울 생각을 하며 눈류는 라타에게 다가갔다.

'한 방에 끝내는 것이 최선이다.'

현재 남은 생명 포션은 겨우 하나. 보스 몬스터라 레벨은 뜨지 않지만 분명 상당히 강할 것이다. 자고 있을 때 한 번의 공격으로 최대한 피해를 줘야 한다.

눈류에게 가장 강력한 스킬은 분노와 일격필살 조합.

'치명타를 입힐 수 있는 곳.'

문제는 라타의 몸체였다. 엎드려서 자고 있는데, 모든 부분이 단단해 보이는 비늘로 덮여 있었다.

단 한 번에 끝낼 수 있는 부위가 보이지 않자 눈류는 계속 라타의 몸 주위를 빙빙 돌며 약점을 찾았다.

'건드리거나 공격을 하면 분명 깨어날 것이다. 기회는 단 한 번인데… 젠장. 모두 비늘에 덮여 있으니……. 잠깐.'

눈류는 한참을 돌다가 멈칫거렸다. 유일하게 비늘이 없는 곳을 발견했기 때문이다.

'하필이면…….'

찜찜한 기분이 들고 왠지 망설여지는 곳이었지만 다른 방법이 없었다.

"미안하다. 하지만 난 꼭 그놈 때문에라도 강해져야 되거든."

슬픈 표정으로 말한 눈류는 스킬을 발동하며 벤더의 장검에 힘을 주었고, 신속하게 그곳을 찔렀다.

푸욱!!

―강력한 조임으로 인해 벤더의 장검을 뽑을 수 없습니다.

"……."

크르르르르!!

참외만 한 라타의 항문을 어이없는 표정으로 바라보던 눈류는 괴성에 긴장하며 거리를 벌렸다.

라타가 통증과 함께 깨어난 것이다.

'젠장, 무슨 놈의 항문이 검을……!'

한때 치질에 걸려봤기에 미안한 마음이 가득했던 눈류는 롱 소드를 서둘러 착용하며 라타를 노려봤다. 아무리 보스 급 괄약근을 가졌다 할지라도 방금 공격은 꽤 큰 타격이었고, 심하게 분노한 상태.

파앗!

라타가 순간적인 스피드를 이용해 눈류에게 달려들었다.

'너, 너무 빠르다. 피할 수 없어.'

얼마나 빠른지 눈류가 손쓸 수 없는 정도였고, 어쩔 수 없이 한 대 맞을 것을 각오했다. 체력 포션 하나가 남았으니 한 대 맞고 바로 생명을 채운 후 공격할 생각!

퍼어억!!

라타의 거대한 앞발이 눈류의 가슴을 후려쳤다.

―사망하셨습니다.

'…….'

─인연의 퀘스트로 인해 30분 뒤 이 자리에서 다시 부활이 가능합니다.

눈류는 바로 수락했다. 마을로 돌아가게 된다면 다시 이곳까지 오다가 모든 시간을 허비할 것이며, 어차피 단 한 번의 공격에 죽는다.

그 말은 포션도 필요없다는 뜻이다.

'일단 로그아웃을 하자. 30분이니 10분 쉬었다가 오면 되는군.'

로그아웃을 한 진하는 은하의 방으로 향했다.

삐이익.

캡슐 밖에 있는 하늘색 버튼을 누르자 호출음이 울렸고, 라스트 월드를 하던 은하가 나왔다.

"어? 오빠! 왜 음성 차단했어?"

자신을 호출한 것이 진하란 사실을 알고 따지며 묻는 은하.

"던전 발견했다며? 혜택이 뭐야? 어떤데? 지금 사냥하고 있었던 거야? 이야! 나 때문이니 나중에 고렙돼서 꼭 보상해야 해? 말 좀 해봐!"

은하의 속사포 같은 질문에 인상을 찌푸리는 진하. 자신에게는 시간이 없었다.

"일단, 나 지금 너무 바쁘니까 이것 좀 사다줘."

"에? 뭐?"

"정화 속옷이랑 D4 알약."

“…게임에 미쳤구나? 단, 꼭 보상해야 해?”

“알았어.”

정화 속옷은 5년 전에 개발된 것으로, 간단하게 말하면 크고 작은 볼일을 볼 수 있는 것이다. 화장실을 갈 시간도 아까운 바쁜 이들과 치매에 걸린 노인들을 위해 개발된 이 정화 속옷은 최첨단 살균 시스템과 정화 시스템으로 인해 볼일을 보고 5분도 안 되어 새 속옷과 같이 깨끗해졌으며, 찜찜함도 사라진다. 단점은 그 5분 동안은 찜찜함을 느껴야 하며, 10회만 정화가 된다는 것이다.

하나 단점보다 장점이 뛰어났기에 인기있는 상품이었다.

그리고 D4 알약 역시 바쁜 이들을 위해 개발된 것으로 하나만 먹어도 하루 종일 배가 고프지 않았으며, 하루에 섭취해야 할 모든 영양소가 다 들어 있었다.

단점은 아무런 맛이 없다는 것이다.

인간은 누구나 맛있는 것을 원하는 식탐이 존재했고, 진하 역시 그런 이유로 D4를 선호하지 않았다. 그렇지만 바쁘고 건강 챙기기를 좋아하는 이들은 좋아했으며, 만약의 비상 사태를 대비하여 대부분의 사람들이 가지고 있는 알약이었다. 이로 인해 많은 이들이 사고를 당해도 구조를 기다리다 굶어 죽는 일은 거의 없었다.

얘기를 끝낸 진하는 급하게 화장실로 달려가 볼일을 봤고, 주방에 가서 놀라운 속도로 음식을 먹어 배를 채웠다.

"9분이 지났군."

진하는 가볍게 몸을 푼 뒤 다시 라스트 월드에 접속했고, 곧 죽은 자리에서 부활하였다.

"젠장, 정말 죽을 때의 기분은 좋지 않아."

조금 전의 서늘한 느낌을 떠올리며 눈류는 인상을 찌푸렸다. 라타는 그사이 다시 잠에 빠져 있었다.

'어떻게 해야 이길 수 있지? 하아! 기존에 있는 퀘스트라면 공략법이라도 볼 수 있을 텐데.'

답답했다. 단 한 번에 자신을 죽이는 보스 몬스터를 어떻게 이길 수 있단 말인가?

최초로 발견한 던전과 알려지지 않은 퀘스트의 보스 몬스터다. 공략법도 존재하지 않았으며, 누구에게 도움을 요청할 수도 없었다.

'어떻게 한단 말인가……. 어떻게 해야 하지…….'

해답을 내리지 못한 채 눈류는 계속 생각에 잠겼다.

'항문을 다시 공격할까? 만약 검폭과 크리티컬이 작렬한다면?'

현재로서는 가장 가능성이 높은 공격이다. 조금 전에는 검폭과 추가 데미지가 작렬하지 않았기에 희망이 존재했다.

결심을 내린 눈류는 바닥에 누워 생명력과 마나가 회복되기를 기다렸다. 자신이 쓸 수 있는 가장 강력한 스킬 두 가지를 발휘하기 위해서.

“제발!!”

두 번째 시도. 눈류의 롱 소드가 빠르게 라타의 항문을 공격했다. 조금 전의 경험을 기억하며 일부러 구멍의 살짝 위를 목표로 한 공격.

콰아아앙!

―크리티컬!

“됐다!”

검폭과 함께 동시에 터진 크리티컬.

자신이 발휘할 수 있는 최고의 데미지들이 모두 조합되었다는 뜻이다.

‘제발… 제발…….’

눈류는 초조한 마음으로 라타를 바라봤다. 다행스럽게도 이번엔 항문에 끼지 않아 검이 무사했지만, 이번 공격에도 죽지 않는다면 다른 방법이 없었다.

크르르르르!!

눈류는 허탈한 미소를 지었다. 라타는 죽지 않았고, 순식간에 공격을 감행했다.

그리고 곧 날개에서 발출된 독 가루로 인해 다시 죽고 말았다.

“젠장!!”

캡슐에서 나온 진하의 외침.

그 모습에 막 은하와 교체하려고 집에 들어온 박하가 움찔하며 자신의 아들을 바라봤다.

분노가 가득 담긴 고함은 9분 동안이나 끊이지 않았고, 박하와 은하는 그런 진하를 보며 조용히 묵념했다. 미칠 것이면 곱게 미치라고.

세 번째 접속. 제한 시간은 계속 흐르고 있었다.

'이번에 또 죽으면 레벨 다운이겠군.'

라스트 월드에서는 죽음에 대한 패널티가 여러 가지 있지만 상관없었다. 아이템과 라르크는 다시 접속해서 주우면 그만이었고, 어차피 전직 때문에 레벨 다운을 생각하고 있었다. 물론 50까지 다운을 시키려면 수없이 죽어야 하겠지만.

'그나마 다행인 것은 레벨이 다운되어도 랜덤 스텟은 그대로라는 것인가?'

보통 죽으면 경험치 일부가 줄어들고, 레벨이 다운될 경우 업을 하면서 얻은 스텟이 감소된다. 고정 스텟과 포인트로 올린 스텟이 레벨 업을 하기 전과 똑같아지는 것.

하지만 경험으로 쌓이는 랜덤 스텟과 전투 숙련치, 추가 스텟은 레벨 100에서 1까지 다운을 시켜도 유지되었다.

"항문은 포기다."

아무리 생각해도 답이 나오지 않았다. 그렇다고 포기할 수도 없다. 그럼 부딪치는 방법밖에.

눈류는 롱 소드를 강하게 쥔 후 비늘로 뒤덮인 라타의 머리를 노리며 강하게 내려쳤다.

카앙!

카아아아악!!

파지직!

―사망하셨습니다.

―인연의 퀘스트로 인해 30분 뒤 이 자리에서 다시 부활이 가능합니다.

"으아아아악!! 이 괴물 자식!!"

진하는 이젠 정해진 수순처럼 메시지를 보자마자 캡슐을 빠져나왔고, 다시 발광을 시작하였다. 그 모습을 자신의 아버지와 여동생이 구경하고 있다는 것도 모른 채.

"아빠, 정신병원에 연락할까?"

"원래 저랬잖니."

"으아아아악!!"

현실에서 진하는 5분에 한 번 나와 10분 동안 분노의 체력 단련을 한 후 다시 캡슐에 들어갔고, 그 모습은 수없이 반복되었다.

"남은 시간은 30분. 이제 마지막 기회인가? 아니, 기회는 없겠지. 돌아가는 시간까지 계산하면……."

모든 상황이 절망적이다. 퀘스트 역시 실패한 것과 다름없었다. 설령 마지막 기회에 라타를 죽인다 할지라도 황녀에게 돌아갈 시간이 없었다.

'퀘스트가 실패한다 할지라도 너는 죽이고 만다.'

이대로 포기하기에는 억울했고, 마지막 기회를 버릴 수 없었다.

지금까지 수없이 죽으며 레벨 51이 되었지만, 그나마 다행인 것은 라타의 행동과 패턴을 알게 된 것이다.

그리고 그 죽음에는 라타를 살짝 쳐서 깨운 후 아무런 공격도 하지 않은 적도 많았다. 그 이유는 첫 번째로 라타의 약점을 파악해야 했다.

그래서 공격이나 방어에 집중하는 것이 아니라 자신이 죽기 전까지 라타의 약점을 찾았다. 그 결과, 단 한 곳이 발견되었다. 바로 눈.

그 어떤 존재라도 단련할 수 없는 부분. 물론 이곳은 판타지 세계가 적용된 곳이지만 다행스럽게도 라타 역시 눈동자만은 비늘이 없었다. 그리고 또다시 관찰만 하며 여러 번 죽었는데, 깨어나고 공격하기까지의 패턴을 읽기 위해서였다.

눈류는 일단 라타의 머리를 건드린 후 자신을 공격하기까지의 움직임을 몇 번이나 관찰하며 죽음을 맞이했다. 그 결과 라타는 깨어나는 순간 자리에서 일어서며 고개를 들었고, 그 다음으로 눈을 떴다. 그 후 눈동자가 360도 회전하며 적을 찾았으며, 발견하는 순간 공격을 감행했다.

셀 수 없이 죽으며 재접속하는 힘든 시간들이었지만 그나마 가능성을 찾은 눈류는 계속 눈을 노리며 공격했다. 하지만 모두 실패.

그렇다고 아무런 이득이 없는 것은 아니었다. 실패는 성공의 어머니란 말처럼 눈류 역시 공격이 더욱 날카로워졌기 때문.

눈류는 재차 힘주어 검을 쥐었다. 이미 사냥으로 얻은 몇 개의 검들이 모두 파괴된 상태였고, 지금 쥐고 있는 것이 마지막이었다.

더불어 눈류는 갑옷도 벗었다. 거의 차이는 나지 않지만 무게를 줄여 조금이라도 속도를 올리기 위해서이다. 어차피 갑옷을 입고 있어도 한 번 맞으면 죽으니 차라리 벗는 것이 나았다. 그리고 마지막으로 자리에 앉아 명상을 하였다. 어차피 마지막 기회. 마음을 진정시켜야 했다.

"사람이 검을 움직이는 것이 아닌, 검을 믿고 따라가는 것이다."

아버지의 말을 떠올리는 눈류.

아버지 박하는 이것저것 많은 운동을 하였는데 그중 대표적인 것이 불교 무술과 검술이었다. 그로 인해 눈류도 어릴 때부터 무술과 검술을 배웠고, 어느 날 목검으로 실력을 겨루다 들은 말이었다.

사람이 움직이는 것이 아닌 따라가라는 말. 당시 눈류는 그 말을 이해할 수 없었다.

'사람이 움직이는 것이 아닌 따라간다.'

눈류는 명상을 하며 검과 자신을 떠올렸다. 자신이 검을 움직였고, 검이 자신을 움직인다.

몸이 아닌 명상으로 하는 수련.

'검이 나를 움직인다. 검이 나를 움직인다……'

눈류는 자리에서 일어섰다. 그리고 라타를 보며 정신을 집중했다. 마지막 기회.

'검이 나를 움직인다……. 젠장, 아직 난 부족한 것인가.'

남은 시간은 10분. 더 이상 지체할 수 없기에 눈류는 이를 악물며 라타의 머리를 건드렸다. 그러자 일어남과 동시에 눈을 부릅뜨고 적을 찾는 라타.

눈류는 높이 뛰었다.

'검이 나를 움직인다… 검을 믿는다… 검을 믿고 따른다…….'

오로지 한 가지 생각에 몰두했고, 검이 목표를 향해 파고들었다. 그 순간 라타의 고개가 옆으로 움직인다.

'검이… 검이!'

그때 눈류 역시 빠르게 어깨를 틀며 검로를 바꾸었다. 의지와는 상관없는 행동! 예상을 초월한 속도는 라타 역시 피하지 못할 정도였고, 곧 날카로운 검이 라타의 눈 깊숙이 박혔다.

퍼퍼퍼펑!

무형의 폭발! 두 번째 이후 발휘되지 않던 검폭이 드디어 발휘된 것이다.

─크리티컬!

쿠우웅!

눈류는 바닥에 떨어지며 라타를 쳐다봤다. 눈을 파고든 상태에서 검폭이 발휘되어 머리가 팽창하더니 곧 모든 구멍에서 피를 쏟아내며 바닥에 쓰러진다.

쿠우우우!

'이, 이겼다.'

극도의 긴장감이 눈 녹듯 사라지고, 그 이상의 기쁨에 빠진 눈류는 모든 힘이 사라진 듯 바닥에 누워 일어서지 못했다.

─레벨이 오르셨습니다.

─고정 스텟 근력 2가 상승하였습니다.

─하급 결석을 습득하셨습니다.

보스 몬스터를 죽여서인지 다섯 번의 레벨 업과 아이템 습득 소리가 쉬지 않고 이어졌다.

─랜덤 스텟의 영향으로 근력과 민첩, 신속, 검폭, 정신이 1 상승하였습니다.

─라타의 심장과 피를 얻었습니다. 황녀 레이첼에게 이동됩니다.

"어?"

눈류는 자신의 주변에 생긴 마법진에 당황하다가 곧 환호성을 지른다.

돌아가는 시간 때문에 퀘스트를 완료하지 못할 것이라 생각했다. 그런데 마법진으로 바로 갈 수 있다니!

지이이잉.

곧 눈류는 황녀 레이첼이 있는 입구에 도착할 수 있었고, 이제 남은 시간은 1분.

서둘러 인벤토리 창을 열어 라타의 피와 심장을 레이첼의 지시대로 얼음 같은 결계에 뿌리고 던지자 곧 눈부신 빛이 결계에서 발출되었다.

─인연의 퀘스트를 완수하셨습니다.

─명성이 30 상승하였습니다.

─전체 패시브 스킬이 5 상승하였습니다.

─추가 스텟 투혼이 생성되었습니다. 스킬 포인트를 부여할 수 없으며 레벨 업과 함께 상승됩니다.

─추가 스텟 가호가 생성되었습니다. 스킬 포인트를 부여할 수 없으며 레벨 업과 함께 상승됩니다.

─전체 스텟이 30 상승하였습니다.

─전투 숙련치가 5% 상승하였습니다.

'최고다.'

투혼:한계 능력 이상을 발휘한다.

가호:축복으로 인해 방어력이 상승한다.

새로운 스텟을 확인한 눈류는 만족의 미소를 지었다.

투혼은 말할 필요 없이 좋았다. 모든 스텟의 능력이 강해진 다는 말이었다.

그리고 가호 역시 좋은 스텟이었다. 데미지 위주인 눈류이 기에 방어력이 약했고, 부족한 부분을 채울 수 있으니.

아무래도 육 일 동안 수없이 맞았기에 생긴 스텟인 듯했다.

눈류가 보상에 만족하는 순간 눈부신 빛은 어느새 줄어들 었고, 한 소녀가 모습을 드러냈다. 바로 레이첼 황녀였다.

"……."

직접 얼굴을 보는 순간 잠시 할 말을 잃은 눈류.

그 정도로 레이첼 황녀에게서는 표현할 수 없는 매력이 물 처럼 흐르고 있었다.

허리까지 흐르는 바닷빛 머리카락과 같은 색을 발하는 예 술 작품 같은 눈동자, 조각상을 옮긴 듯한 얼굴선에 우윳빛 피 부, 165 정도 되어 보이는 키와 나무랄 곳이 없는 몸매 등…….

라스트 월드 유저들 대부분이 자신을 미남, 미녀로 생성하 여 게임을 플레이하지만 레이첼 황녀에게는 외모뿐 아니라 기품까지 존재했다.

"눈류님, 감사합니다."

은은한 멜로디 같은 목소리에 눈류는 정신을 차리며 고개 를 끄덕였다.

'병신 같은 놈. 은진이도 잊지 못했으면서 정신이 나가다 니…….'

"네, 레이첼 황녀님."

눈류의 대답에 환한 미소로 재차 말하는 레이첼 황녀.

"구해주셔서 감사해요."

"아닙니다. 보상을 후하게 받았으니."

"보상이요?"

'하긴 NPC인 것도 모르는데 보상을 알 리가……'

황급히 손을 흔들며 말문을 여는 눈류.

"아, 아무것도 아닙니다."

"네에… 그런… 헉!"

신음과 함께 갑자기 표정이 일그러지는 레이첼 황녀.

'뭐지?'

눈류 역시 긴장하며 바라봤다.

"두, 두 번째 결계가… 흐윽!"

'두 번째 결계?'

레이첼 황녀의 온몸이 화려한 금색 빛에 휘감겼다.

"누, 눈류님, 이것을 받아주세요."

―기사의 가면을 습득하셨습니다.

어디서 꺼냈는지는 모르지만 눈류는 레이첼 황녀가 던지 듯 준 가면을 받았고, 빛은 더욱더 밝기가 강해져 눈을 뜨기 가 힘들었다.

그런 눈류의 귀로 들리는 레이첼 황녀의 비명 같은 외침.

"제… 제발 기사님을……!"

파아아앗!

눈류는 자신의 눈을 매만지며 주위를 둘러봤다. 레이첼 황녀는 그 어디에도 존재하지 않았다.

"연계 퀘스트인가? 아닌데……. 그렇다면 퀘스트 창이 떠야 하는데."

갑작스런 상황에 황당함을 느끼던 눈류는 가면을 바라봤다.

눈 밑부터 이마까지 가릴 수 있는 가면이었다. 눈 옆으로는 날카로우면서도 부드러운 여러 개의 공작 깃털 같은 선이 옆머리와 귀를 보호하고 있는, 마치 하나의 예술품 같았다.

독특하게 귀에 연결 고리가 없는 가면은 검은색 바탕에 금빛으로 줄기 같은 문양이 새겨져 있었다.

"정보."

[기사의 가면]

기사가 레이첼 황녀를 위해 만들어준 가면.

내구력:1,500/1,500 제한:인연의 퀘스트를 완수한 자.

무게:0 옵션:가면의 기사를 찾을 수 있는 유일한 아이템.

"뭐야, 이게?"

눈류는 어이없는 표정으로 정보창을 닫았다. 내구력은 대단했지만 그 외에는 별것 없었다.

가면을 가지고 어떻게 하라는 것인지, 뭘 해야 하는지도 알 수 없다.

"뭔가가 있을 텐데……."

눈류는 가면을 만지작거리다가 얼굴에 대보았지만 아무런 변화가 없었다. 분명 인연의 퀘스트 보상이고, 황녀의 행동 역시 심상치 않았기에 중요한 아이템일 것이다. 결국 인벤토리에 보관해야겠다고 생각한 눈류. 곧 한숨을 내쉬었다.

가면에 대한 것도 답답했지만 돌아갈 방법이 없었기 때문이다.

"젠장, 어떻게 돌아가란 말이야?"

새로운 던전이 발견되면 일주일 동안은 발견자만이 사용할 수 있고, 그 뒤에야 왕국이나 마을에서 한 번에 이동할 수 있는 마법진과 던전 층계 마법진이 생긴다. 그 말인즉 던전에 들어온 지 육 일이 지난 눈류는 돌아가기 위해선 하루에 가까운 시간을 기다려야 한다는 뜻이다.

"별수 없군."

결국 던전으로 이동하는 마법진에 올라선 눈류.

기분은 나쁘겠지만 어쩔 수 없었다. 어차피 전직 때문이라도 50까지 레벨 다운을 해야 하니…….

─사망하셨습니다.

눈류는 사망과 함께 화염의 섬과 가장 가까운 크로아 왕국의 작은 마을로 이동되었다.

Part 5
가면의 기사

"돼, 됐다!!"

하란 마을에 온 눈류는 한참이나 레벨 다운을 위해 노력했고, 결국 레벨 50을 만들었다.

―레벨 50이 되어 전직이 가능하십니다. 크로티아의 벨란츠 백작을 찾아가세요.

'이 순간을 위해 얼마나 죽었던가! 크흑! 이제 전직이다!'

감동에 울먹거리는 눈류의 모습을 보며 사냥을 하던 주변 사람들의 생각은 하나였다.

미친놈! 그리고 독한 놈!

다른 사람들은 모두 열심히 레벨 업하기에 바쁜데 혼자 열심히 죽으러 다녔으니 당연한 생각.

　그런 반응을 아는지 모르는지 계속 감동의 늪에 빠져 짐승 모드가 되어가는 눈류.

　"정보창."

생명:2,000 마나:1,480

이름:눈류 레벨:50 성향:무 길드:무

칭호:없음 명성:99 악성:0 직업:견습 기사

근력:247(+139) 체력:14(+88) 민첩:23(+88) 지식:10(+80)

재치:10(+83) 정신:12(+87) 예술:10(+83) 상술:10(+85)

검폭:28(+80) 신속:30(+80) 투혼:1(+30) 가호:1(+30)

공격력:1,158(+45) 방어력:204(+100)

마공력:270 마방력:198

스텟 포인트:0 스킬 포인트:0 전투 숙련치:5%

　'힘들었지만 그 이상의 보상이다. 사냥을 많이 해서인지 랜덤 스텟도 골고루 올랐어.'

　순수 공격력 1,158은 올 근력일지라도 눈류의 레벨에선 불가능한 일이었고, 전체 스텟과 패시브 스킬도 마찬가지였다. 더군다나 전투 숙련치는…….

눈류는 정보, 스킬창을 확인한 후 뿌듯한 마음으로 로그아웃을 하였다. 퀘스트 때문에 현실 시간으로 이틀이 넘게 잠을 못 잤기 때문이다.

"으으윽."

캡슐을 빠져나온 진하는 크게 기지개를 켜며 몸을 풀었다. 피로가 쌓여 있다. 이럴 때 최고의 방법은 찜질방.

"예, 행님."

전화를 걸자 자고 있었는지 기적이가 잠긴 목소리로 받았다.

"아, 피곤해 죽겠다. 찜질방 가서 자자."

"지금예? 던전처럼 혼자 가시지 그래예?"

"아직도 삐쳐 있냐?"

실소를 흘리는 진하. 아쉬운 억양으로 말한다.

"내가 너 줄려고 좋은 것 하나 챙겨놨는데……. 뭐, 어쩔 수 없지."

"좋은 거예?"

"어? 별것은 아니고… 검은 어정쩡한 것만 나왔는데 괜찮은 방패가……. 상급 옵션이 붙은 D급……."

"해, 행님, 지금 나갈께예. 행님이 오라면 언제든 가지 않습니꺼!"

전직을 끝냈지만 돈이 부족하여 좋은 장비를 맞추지 못하고 있던 기적은 순간 잠이 확 깼다. 가격으로 치면 크지는 않겠지만 기존보다 더 좋은 장비를 맞출 때의 쾌감은 이루 말할 수 없다. 그리고 던전에서 나온 방패라면 나쁘지 않을 것이다.

'…세상 사는 법을 아는군.'

서두르는 기적의 모습에 웃음을 짓던 진하는 곧 옷을 갈아입고 집 앞 찜질방에서 기적을 만나 들어갔다.

6시간 뒤.

진하는 평소 6시간 이상을 자지 않았다. 하루 6시간이면 충분한 수면을 취할 수 있었고, 더 자는 것보단 차라리 다른 일을 하는 편이었다.

찜질방에 들어가자마자 잠에 빠진 진하는 5시간 30분을 자고 깨어났고, 기적과 함께 밥을 먹으며 대화를 하고 있었다.

"우와! 진짜라예? 보상이 대박입니더!"

"어, 진짜 대박이더라. 그런데 그 정도 보상은 어쩌면 당연하지. 만약 내가 포션을 가득 가지고 있지 않았더라면 불가능했겠지. 아니, 성공한 자체가 기적이다. 마지막 순간에 나도 모르게 몸이 움직이지 않았더라면 실패했을걸?"

"어쨌든 성공했잖아예. 하튼 행님, 부럽습니더. 운 지대네예."

기적의 말에 건강 음료를 마시며 진하는 동의했다. 정말 운이 좋았다.

은하에게 속아 그곳으로 간 것도, 하필이면 도망친 곳에서 던전 입구를 발견한 일도 말이다. 그리고 마지막 순간의 승리도 운이 없었다면 불가능했을 일들.

"그런데 너, 전직했냐?"

"하모예. 직업이 실드 팔라딘인데예. 방어력이 지대고 신성 마법도 사용할 수 있습니더."

"신성 마법?"

"전직할 때 먼저 전직의 아이템 퀘스트를 해야 하는데예, 아마 거기서 레전드 직업이 나오지 않나 싶습니더. 전직의 아이템 퀘스트를 완료하면 랜덤 형식으로 아이템이 떨어지고, 그 아이템을 가지고 자신이 원하는 직업을 선택하는 겁니더. 그러면 직업 +아이템의 능력해서 새 직업을 가지게 되는 거라예. 저는 방어 쪽에 특화된 실드 나이트를 택했는데, 아이템을 잘 무그서 신성 마법까지 사용할 수 있는 직업이 되었습니더. 좋더라고예. 버프도 몇 개 되고 말입니더."

방어 기사가 신성 마법까지 사용할 수 있다면 상당히 괜찮은 직업이다. 버프로 방어를 더 올릴 수도 있으며, 부족한 공격력도 채워줄 수 있으니 말이다.

'유일하게 레전드를 얻을 수 있다는 1차 전직. 난 어떻게 될까?'

"그런데 행님은 전직 안 하십니꺼?"

"오늘 해야지."

"좋은 직업 나오기를 바랍니더! 그런데 방패 옵션은 뭔데
예?"

찜질방에서 나온 진하는 기적과 헤어진 후 도장으로 향했
다. 온몸이 가뿐한 것이 컨디션이 좋았다.

도장에 도착한 진하는 목검을 찾은 후 가부좌를 틀고 명상
을 시작했다. 라타와의 마지막 격돌을 수십 번 떠올리고 또
떠올리며 머릿속에서 과정을 그렸고, 잠시 후 자리에서 일어
나 그때의 반사적인 행동과 속도를 내기 위해 움직였다. 하나
두 시간이 지나도 실패의 연속이었다.

"도대체 어떻게 한 것이지?"

땀에 젖은 이마를 닦으며 혼자 중얼거리던 진하는 곧 샤워
를 마치고 집으로 내려갔다.

'그런데 만약 아버지가 기사나 파이터를 했다면 정말 대단
했겠군.'

진하는 밥을 먹던 아버지 박하를 잠시 바라보다 곧 실소를
흘리며 방으로 들어갔다.

현실의 능력도 일부 반영되는 라스트 월드이기에 만약 박
하가 진하의 생각처럼 기사, 파이터 등의 캐릭터를 선택했다
면 그 위력은 대단할 것이다. 하지만 박하는 철저히 현실주의
자였고, 오로지 돈 많이 버는 캐릭터가 최고였기에 장인의 길
을 걷고 있다.

방에 들어선 진하는 은하가 사다 놓은 정화 속옷을 입고

D4를 복용한 후 라스트 월드에 접속했다.

'오늘 안에 각종 퀘스트와 전직을 모두 끝낸다.'

곧 캡슐 안에서 확인 절차와 함께 진하는 눈부신 빛 무리로 인해 두 눈을 감았다.

"이제 마지막인가?"

눈류는 지친 표정으로 허름한 목조 건물을 바라봤다. 라스트 월드에 접속한 지 23시간이 지났다. 그동안 눈류는 가능한 온갖 퀘스트를 다 하였고, NPC들과 수다를 나누었다. 그나마 50레벨까지는 퀘스트가 그리 많은 편이 아니었고, 전직 전 기사는 크로아 왕국의 퀘스트만 할 수 있었으며, 퀘스트 아이템을 사람들에게 샀기에 일찍 끝낼 수 있었다.

눈류가 이렇게 열심히 퀘스트를 하는 이유는 바로 명성 때문이었다.

'만약 레전드 직업과 명성이 관련없다면……?'

생각만 해도 끔찍한 상상에 고개를 저으며 눈류는 곧 건물 안으로 들어갔다.

스스슥, 스스스슥.

겉은 허름해 보였지만 안은… 무너질 것 같았고, 눈류는 이런 건물에서 영업을 하는 주인을 기가 찬 표정으로 주시했다. 손님이 왔음에도 그림만 그리고 있다.

"으흠, 크흠."

결국 눈류는 헛기침을 하였고, 그때서야 주인은 고개를 돌려 시선을 마주쳤다.

"손님이 오신 줄도 모르고……. 죄송합니다. 이곳 주인장 아메라 합니다. 무엇을 찾으시나요?"

아메의 말에 눈류는 먼저 입술에 침을 바른 후 빛나는 아부를 시작했다. 던전에서 얻은 스텟으로 인해 상술 포인트 역시 높아졌기에 더욱 자연스럽고 화려했다.

"워낙 실력이 뛰어난 분이라는 소리를 들어 찾아뵙게 되었습니다. 그런데 이렇게 찾아와서 보니 아메님은 예술가가 아니시군요."

"예? 무슨 말이시죠?"

"아메님은 예술 그 자체입니다."

"하하, 너무 과찬이 심하시군요."

'알긴 아는구나.'

눈류의 속보이는 아부가 싫지 않은지 아메의 얼굴이 밝아졌다.

"하긴 저보다 뛰어난 예술가를 찾기란 쉽지 않지요. 크로아가 제국이던 시절부터 저희 가문은 대대로 그림을 그려왔으니……."

"아, 그러셨군요. 그래서 작품 하나하나가 이렇게 예술 혼이 살아 있나 봅니다. 저기에 있는 드래곤은 숨을 쉬는 것 같고, 기사는 금방이라도 검을 휘두를 것 같습니다. 그동안 입만 예술인 자들로 인해 더 이상 작품은 없다고 생각했는데,

이곳에 와보니 제 마음이 평화를 되찾은 것 같습니다."

"그림을 볼 줄 아시는군요. 직업이 무엇이죠? 혹시 예술 쪽……."

"아닙니다. 저는 아직 직업이 없습니다."

"그러세요? 그렇다면 그림에 관심이 많으신가요?"

'만화는 좋아하지.'

마음과는 달리 힘차게 고개를 끄덕이는 눈류.

"제 혼을 불태우고 싶을 정도입니다."

―명성이 1 상승하였습니다.

'됐다.'

어느새 눈류의 명성은 125.

"그렇다면 저를 따라오세요."

돌아선 아메는 주위를 두리번거리더니 곧 구석진 마룻바닥을 발로 쿵쿵 두 번 걷어찼다. 그러자 놀랍게도 안에서 작은 문이 열렸다.

'비밀의 문인가?

쿠에스트를 기다리던 눈류는 곧 아메를 따라 지하로 들어갔다. 퀘스트 이상의 것을 얻을 수 있다는 기대와 함께.

"원하신다면 저와 함께 예술 혼을 불태웁시다."

"……"

해맑게 웃는 아메. 지하에서 그림을 그리고 있는 여러 명의 사람들. 마지막으로 그들 사이에 누드로 있는 한 여자.

[비밀 직업 퀘스트]

아메는 어둠의 예술가이다. 그의 특기는 누드를 그리는 것이며, 수많은 여자들이 그 앞에서 옷을 벗었다. 노예, 평민, 귀족, 왕족 할 것 없이 그에게 빠져들면 옷을 벗게 된다.

제한:아메의 예술 혼을 이해하는 자.

혜택:비밀 직업인 누드 화가로 전직할 수 있다. 누드 화가가 될 경우 동성이든 이성이든 벗고 싶게 만드는 스킬이 생긴다.

비밀 직업! 눈류는 그 말만 들었을 때는 가슴이 터질 듯 두근거렸다. 정해진 직업 외에 이렇게 간혹 NPC 마음에 들었을 때 얻게 되는 직업이 있는데, 그것이 바로 비밀 직업이었다. 그런데 하필 누드 화가라니!

벗고 싶게 만든다는 스킬이 무척 탐났지만 자신이 원하지 않는 직업이었고, 스킬로 인해 쉽게 떨어지지 않는 발걸음을 애써 돌려야 했다.

"젠장, 그냥 퀘스트로 명성이나 주지 누드 화가라니……. 그런데 스킬이 참……."

계속 스킬이 마음에 남는 눈류였다.

마법진으로 크로아의 수도 크로티아에 이동한 눈류는 놀라움에 잠시 입을 다물지 못했다.

초보자의 섬에도 많은 사람들이 있었지만 수도 크로티아

에 비할 바가 아니었다. 고급스럽게 만들어진 크고 작은 건물들, 그리고 그보다 더 많은 사람들. 초보자의 섬은 술집도 음식점도 없었지만 크로티아는 대도시에 온 듯 거대했으며 아름다웠다.

"대단해, 정말."

눈앞에 놓인 화려한 금빛 분수를 감상하던 눈류는 순백의 새하얀 조각상으로 고개를 돌렸다. 항아리를 들고 있는 나체의 여인에게서 은은한 꽃 향기가 풍겨왔다.

절대 나체라서 본 것이 아니다.

"56 위저드 파티 구합니다!"

"음식 팔아요! 체력, 마나 모두 회복시키는 마법의 음식! 쌉니다!"

"이동 스크롤 삽니다! 마나의 링, 팔찌 팝니다!"

"혼돈의 검 팝니다! 옵션 3개 B급!"

마법진이 있는 위치여서인지 주위는 온갖 외치기로 시끄러웠다.

마법진은 각 마을이나 성 혹은 중요한 지점에 설치되어 있었는데, 무료도 있었지만 대부분 돈을 지불해야 되는 경우였고, 왕국을 이동하는 마법진의 이용료는 상당히 비싼 편이기에 돈이 적은 사람들은 먼 거리를 이동할 경우 배를 이용하였다.

'잡템을 처리해야 하는데.'

인벤토리에 가득 찬 아이템들과 5만 라르크. 던전에서 얻은 또 다른 보상이었다.

"아버지."

눈류는 결국 아버지 박하다에게 음성 채팅을 시도했다. 그러자 바로 대답이 왔다.

"무슨 일이냐?"

"저 이제 전직하러 가야 하는데 잡템들 좀 가져가세요. 가격은 대충 처리해 주시고요. 그리고 저 51때부터 쓸 수 있는 D급 아이템은 어떻게 됐어요?"

잡템 처리보다 아이템이 목적이었던 눈류.

"아, 안 그래도 아이템 주려고 했는데 잘됐구나. 내가 괜찮은 것들로 구해놨지. 지금 어디냐? 내가 가마."

"마법진 타고 이동했는데 크로티아예요. 주변에 분수랑 나체 여자 조각상도 있고… 조각상 앞에 있을게요."

"어딘지 알겠군. 금방 가마."

3분 후 눈류는 자신을 향해 웃으며 달려오는 중년 남성을 발견한 눈류. 바로 박하였다.

라스트 월드는 외모와 키 등 모든 변형이 가능하지만 성별과 나이는 변경할 수 없었다. 그로 인해 아무리 멋지게 바꾼다 할지라도 현실에서 50살이 넘으면 게임에서도 50살의 연륜있는 모습으로 설정된다.

눈류는 먼저 거래를 신청해 기적이에게 줄 방패와 51까지 입어야 할 장비를 제외한 모든 아이템과 잡템들을 건넸다.

"허얼, 사냥을 많이 했나 보구나."

"그렇게 됐어요."

현재 레벨 50이지만 던전에서 60이 넘을 동안 사냥을 했으니 당연한 결과. 더군다나 던전은 일반 필드보다 아이템이 더 많이 드랍된다.

"얼마 정도예요?"

눈류가 시세를 묻자 아이템을 제작하는 장인인 박하다, 금방 계산에 들어갔다.

직업으로 인해 수많은 장비를 만들며 팔았고, 잡템들을 구매하는 그였기에 시세를 누구보다 잘 알았다. 비록 처음 발견한 던전에서 나온 아이템과 잡템들이었기에 헷갈리는 부분도 있었지만 능력치와 성능으로 가격을 매겼다.

"음… 25만 라르크 정도다."

25만 라르크에 모인 돈을 합하면 30만 라르크. 하지만 포션 값을 빼면 상당한 손해. 현실 시간으로 48시간을 쉬지 않고 게임한 결과물이었지만 아쉬움은 없었다.

'레벨이 높아지면 벌 수 있는 돈도, 아이템의 가격들도 높으니 상관없다. 그리고 어차피 돈을 많이 쓴 것은 포션 때문. 파티 플레이를 하면 적어도 손해는 없어진다. 그리고 대박 아이템 하나만 뜬다면…….'

곧 눈류는 박하다에게 장비를 받고 만족의 미소를 지었다. 이번에는 액세서리도 있었기 때문이다.

“음… 지금 내가 준 것들은 모두 D급의 옵션이 붙은 것이다. 레벨 101을 찍으면 돌려줘야 한다.”

“예, 알겠어요.”

“그럼 재료 값 25만 라르크는 대여비로 하마.”

“예에?”

대여비라니? 눈류는 멍해진 정신을 수습하며 따졌다.

“아버지! 어차피 제가 101이 되면 장비들을 가져가서 다 팔잖아요. 그런데 대여비라니요?”

“이놈아, 아무리 부자지간이라도 돈 관계는 확실히 해야 하는 법. 25만 라르크면 네가 가진 장비들 구경도 못한다. 서로 좋은 게 좋은 거 아니겠냐? 으하하!”

‘아무리 아버지가 현실파이며 돈을 좋아한다는 것은 잘 알지만…….’

“걱정하지 마라. 설마 내가 네 물약 값도 안 주겠냐? 자, 20만 라르크! 물약 값으로 써라.”

자신의 돈으로 생색내는 아버지의 모습에 눈류의 표정이 황당하게 일그러졌지만 곧 체념의 한숨을 내쉬며 고개를 저었다. 어차피 하루 이틀 겪는 일도 아니었고, 이젠 면역이 된 수준이다.

“에휴! 그런데 아버지, 아, 아니에요.”

기사의 가면을 물어보려던 눈류는 곧 생각을 바꿨다. 처음 발견한 퀘스트의 물건이니 아버지가 알 리가 없다고 판단했기 때문이다.

"싱겁기는. 그런데 너, 정보 좀 보자, 정보."

—박하다님이 눈류님의 정보를 원합니다. 수락하시겠습니까?

라스트 월드에서 상대의 정보를 볼 수 있는 방법은 두 가지인데, 그중 하나는 파티였다. 다만 파티를 할 경우에는 상대의 레벨과 생명력, 마나만을 볼 수 있었고, 다른 하나는 정보창을 띄우는 것인데, 이럴 경우 상대의 동의가 있어야 한다.

눈류가 수락하자 박하다는 아들의 정보창을 한참 바라보더니 경악한 표정이 되었다.

"전직을 안 했는데 스텟이 열두 개? 더군다나 전 스텟 능력치가 네 레벨을 훨씬 상회하잖아! 하아, 이건 또 뭐야? 전투 숙련치 5%에 명성이 125?"

박하다가 너무 큰 소리로 외쳐서인지 주변에서 웅성거리며 눈류를 쳐다본다.

"일단 가요. 가면서 설명할 테니."

눈류는 놀란 표정의 사람들을 뒤로한 채 황급히 아버지 박하다를 데리고 자리를 떴다.

"이곳이다."

폭죽을 쏘듯 화려하게 물을 뿜는 분수대들과 보기만 해도 평온해지는 녹색의 나무들이 반겨주었고, 그 뒤로 그보다 아름다운 정원과 화려한 저택이 눈에 들어왔다.

바로 벨란츠 백작이 기거하는 곳이었다.

아버지 박하다는 안내를 해준 후 떠났고, 눈류는 길게 호흡을 내쉬며 입구를 바라봤다. 성에서 백작의 거처까지 이동 가능한 마법진이 없었기에 두 시간을 넘게 걸어왔다.

'제발 레전드… 레전드!'

물론 레전드가 아니더라도 레벨이 높고 운이 좋다면 찬성을 이길 수 있을 것이다. 하지만 그 확률은 극히 미비했고, 기왕이면 레전드 직업이기를 간절히 바라는 눈류였다.

눈류는 간단한 절차를 끝낸 후 병사를 따라 안으로 들어갔다. 전직을 하기 위해서인지 많은 사람들이 있었고, NPC로 보이는 병사와 기사가 유저들을 관리했다.

백작을 만나기 위해서는 줄을 서야 했는데, 만약 새치기를 하거나 규율을 어기면 기사와 병사들이 용서하지 않았다. 그로 인해 사람들은 자로 잰 듯 줄을 서고 있었다.

"하아암!"

눈류는 평온한 정원에서 차례를 기다리는데, 금방금방 끝나는 데도 불구하고 사람들이 얼마나 많은지 한참을 기다려도 차례가 오지 않아 하품만 쉬지 않고 해댔다.

그때 눈류의 뒤로 여자들의 재잘거리는 목소리가 들렸다.

"레몬아, 너는 전직 뭐로 할 거야?"

"나? 당연히 드래곤 나이트! 공격력 위주가 좋아. 라일라, 너는 클레릭을 한다고 했지?"

“웅. 헤헤.”

“나 때문에 이곳까지 오고, 미안해. 전직 퀘스트 다 받으면 네 전직하러 마르코 왕국 가자.”

“웅.”

왠지 낯익은 이름들. 아니, 낯익은 수준이 아닌 눈류가 확실히 아는 이름이다.

‘젠장.’

눈류는 짜증난 얼굴로 조심스럽게 고개를 돌렸다. 분명 레몬이라면 그 싸가지없던 계집애.

“허억.”

“……”

하필 살짝 고개를 돌려 얼굴을 확인하는 순간 레몬과 눈이 마주친 눈류. 황급히 시선을 피하지만 그날 일로 이를 갈던 레몬이 가만있을 리 없다.

툭툭.

“개념없는 놈 맞지?”

자신의 머리를 툭툭 치며 똑같이 갚아주는 레몬으로 인해 참지 못하고 또다시 고개를 돌린다.

“이 계집애가……. 전직 전이라 부정 탈까 봐 가만있으려 했더니.”

“뭐, 뭐, 부정? 네 얼굴이 더 부정이거든?”

“이봐, 난 이 얼굴이 실물이고 잘생긴 편에 속해. 어디서 가짜 얼굴 주제에.”

“난 실물이 더 예쁘거든? 어이가 없네, 진짜. 라일라, 네가 말해봐.”

라일라는 한숨을 내쉬었다. 레몬의 얼굴이 예쁘다는 것은 틀린 말이 아니다. 하지만 그렇다고 편들기도 뭐한 상황. 분명 전의 일은 자신들의 잘못이었고, 지금 라일라에게는 레몬이나 눈류나 똑같은 애들처럼 보일 뿐이었다.

“라일라, 그래, 네 말이 맞아. 그만 해. 그리고 성함이……?”

“눈류.”

“예, 눈류님도 그만 화 푸세요.”

안 그래도 청순한 외형의 라일라가 조심스럽게 말하자 눈류는 어쩔 수 없이 고개를 끄덕였다. 더 싸우기라도 하면 울 것 같은 표정.

꼭 라일라가 아니더라도 주시하는 NPC들로 인해 자제해야 했다.

‘전직 전이다. 부정 타지 말자. 참자, 참아.’

뒤에서 레몬이 계속 씹고 있었지만 눈류는 참을 인 자를 떠올리며 이빨을 꽉 물었다.

‘저것들은 서 있는 것이 일인가.’

결국 눈류의 분노는 NPC 기사, 병사들을 향했다. 말다툼이 금방 끝나서인지 움직이지 않는 그들.

“하여튼 사내새끼 주제에 쪼잔해 가지고……. 그러니…….”

'아, 이 계집애 좀 빨리 처리하란 말이야.'

마치 삼각관계처럼 레몬과 눈류의 비난은 한참이나 돌고 돌았다.

잠시 후, 드디어 눈류의 차례가 왔고, 병사의 안내로 화려한 저택 안으로 들어갈 수 있었다. 물론 가기 전에 레몬을 향해 가운뎃손가락을 펼쳐 보이는 배려를 잊지 않은 눈류.

'분명 혼자 열 받아 뒤집어졌겠군.'

분개해하는 모습을 상상하며 웃음 띤 얼굴로 병사를 따라가던 눈류는 곧 황금빛 드래곤이 새겨진, 자신의 키보다 1.5배는 큰 방문 앞에 도착했다.

똑똑.

"들어오게."

스르르르륵.

문은 물 흐르듯 조용하고 부드럽게 열렸고, 안에는 50대 후반으로 보이는 거한이 의자에 앉아 일을 하고 있었으며, 그 옆에는 30대 기사로 보이는 이들 둘이 서 있었다.

딱 보기에도 강인함이 묻어 나오는 외형.

"무슨 일로 온 것인가?"

거한, 남자다운 인상의 벨란츠 백작의 질문.

"직업을 얻기 위해 왔습니다."

"그래? 강해지는 것은 쉬운 일이 아니지. 직업을 얻고 싶다면 능력을 보여야 하네."

‘이것이 바로 전직 전에 한다는 아이템 퀘스트.’

“마침 자네가 할 만한 일이 있는데…….”

[전직의 아이템 퀘스트]

전직을 하기 위해서는 먼저 벨란츠 백작의 임무를 완수하여 그 능력을 보여야 한다.

“자, 잠깐. 자네는 이곳에 올 사람이 아니군. 자네의 손에 들린 것은…….”

─전직의 아이템 퀘스트가 취소되었습니다.

“에에?”

눈류는 당황했다. 전직을 하기 위해서는 꼭 필요한 아이템 퀘스트가 취소되다니? 그리고 이곳에 올 사람이 아니란 말은 무엇을 뜻하는 것인가? 더군다나 자신의 손에는 꺼내지도 않은 가면이 들려 있었다.

─기사의 가면이 다시 인벤토리로 이동됩니다.

“내가 몰라봤군. 미안하네. 카르엔 공작님을 찾아뵙도록 하게. 내가 연락을 취해놓을 것이니.”

“네? 무슨 말이신지…….”

“자네, 아직도 거기 있었나? 빨리 카르엔 공작님을 찾아가 보게!”

벨란츠 백작의 호통과 함께 눈류는 병사들에 의해 저택에

서 쫓겨났다. 저항을 하려 했지만 마음뿐이었다. NPC들과 싸
워서 득이 될 일이 없었고, 병사들은 몰라도 현재 자신의 능
력으로 기사들까지 이길 수 없다고 판단했다.

"젠장, 뭐가 어떻게 돌아가는 거야?"

저택을 바라보던 눈류는 어쩔 수 없이 박하다에게 음성 채
팅을 시도하여 카르엔 공작의 위치를 알아냈다.

"가라면 가는 것이 유저들의 인생이지. 하아!"

카르엔 공작을 만나기 위해 재차 세 시간을 걷고 뛰어야 한
눈류. 그나마 다행인 것은 벨란츠 백작이 연락을 취해놓아서
인지 저택 입구에서 이름을 말하자 쉽게 만날 수 있었다. 물
론 만나기까지 마차를 타고 20분이나 이동했지만.

'뭔 놈의 정원이 이렇게 넓어?'

마차에서 20분 동안 투덜거린 눈류였다.

눈류는 마법으로 만들었는지 현실 세계보다 더욱 푹신하
고 물컹한 의자에 앉아 카르엔 공작이 오기만을 기다렸다. 접
대실인 듯한 공간은 상당히 넓어 60평이 넘어 보였고, 사방
벽면이 모두 책으로 진열되어 있었다. 그리고 창가에는 의자
와 책상이 있었고, 눈류의 맞은편에도 소파 형식의 의자와 그
사이에 금빛으로 빛나는 테이블이 있었다.

딸깍.

그때 문이 열렸고, 눈류는 자리에서 일어나 바라봤다. 판타
지를 좋아했던 눈류이기에 공작이라면 왕 다음으로 높은 위

치라는 것을 잘 알고 있었다.

‘공작급 NPC한테 찍히면 뭐 된다.’

한 가지 생각으로 또다시 아부 스킬을 준비하고 있는 눈류를 한참이나 바라보던 흰머리가 가득한 공작이 정색하며 말한다.

“자네가 정말 기사의 후예인가?”

‘아, 아까부터 뭔 소리야?’

앞뒤를 다 자르고 물어보니 백작의 저택에서부터 당혹스러웠지만 애써 침착을 유지하며 대답하는 눈류.

기사인 것은 맞으니…….

“맞습니다.”

“오오! 그렇다면 증표를 보여주겠는가? 기사의 가면 말이네.”

‘기사의 가면? 조금 전 백작의 저택에서 나타난…….’

눈류는 인벤토리에서 기사의 가면을 꺼내 건네주었다.

“오! 정말이군, 정말이었어. 이 가면을 누구에게 받았나?”

“레이첼 황녀님에게 받았습니다.”

“오오… 레이첼 황녀님은 어떠신가? 아니, 어디에 계신가?”

눈류는 던전의 일을 떠올렸다.

“저도 잘 모르겠습니다. 두 번째 결계라 하며 순식간에 사라지셨습니다.”

“그랬군… 그랬어. 그 마도 놈으로 인해… 크흑…….”

눈류의 심장이 빠르게 뛰었다. 예상하지 못한 상황.

'분명 레이첼의 퀘스트와 이어지는 것이다. 그리고 공작까지 나타날 정도면 흔한 것이 아냐.'

그때 공작이 서두르며 외쳤다.

"이럴 시간이 없네! 빨리 나를 따라오게나!"

[가면의 기사 전직 퀘스트]

350년 전, 눈앞에서 자신의 주인 레이첼 황녀를 구해주지 못한 가면의 기사는 4대공작 중 하나이자 레이첼 황녀 납치극의 주범인 대마법사 마르크 공작과의 약속으로 모든 능력을 봉인한 뒤 스스로를 결계에 가두었다.

인연의 끈이 닿은 자, 그의 후예가 되어 레이첼 황녀를 구하라.

제한:인연의 던전 최초 발견자. 기사의 가면을 소유한 자. 전직 전 기사.

혜택:전설의 직업! 가면의 기사로 전직.

"…어… 어……."

눈류는 자신의 눈과 귀를 의심했다. 전설의 직업 가면의 기사라니!

'그, 그렇게 원하던 레전드 직업 퀘스트를 얻게 될 줄이야.'

온몸이 떨리며 참을 수 없는 희열과 쾌감이 파도처럼 덮쳐왔다. 하나 기쁨을 느낄 시간이 없었다. 공작이 재촉했기 때문에.

눈류는 곧 카르엔 공작을 따라 지하 깊숙한 곳으로 이동했다.

"이곳은 기사의 부탁으로 인해 만들어진 곳이네. 기사의 친구이자 스승이었던 블랙 드래곤 카렌의 힘이 담겨 있기에 그 어떤 존재도 찾을 수 없지. 들어가게나."

신성한 흰빛과 암흑의 검은빛이 동시에 뿜어져 나오는 거대한 문.

"기사의 수련은 힘들 것이네. 아니, 어쩌면 죽을 수도, 힘을 얻지 못할 수도 있을 것이네. 하지만 꼭 해내기를 바라네. 황녀님을 한 번이라도 뵙기 위해 어둠의 힘으로 목숨을 이어가는 이 늙은이의 소망을 위해서라도."

카르엔 공작은 염원을 담아 젊은 기사를 바라봤다. 350년 동안 어둠의 힘을 빌려 목숨을 연명하고 있다. 그리고 드디어 희망을 발견했다.

350년 전, 가면의 기사는 레이첼 황녀를 찾았지만 구해줄 수 없었다. 마르크 공작의 능력은 자신보다 낮았지만 레이첼 황녀를 언제든지 죽일 수 있었기 때문이다.

가면의 기사는 망설였다. 자신을 위해 싸워달라는 주인 레이첼 황녀와 모든 힘을 봉인하고 사라진다면 레이첼 황녀를 결계에 가두기만 할 뿐 죽이지 않겠다며 설득하는 마르크 공작.

마르크 공작, 그 역시 불안한 상황이었다. 만약 가면의 기사가 황녀를 포기하고 싸우려 한다면 이길 수 없었기에 계획대로 되기를 바라며 최선의 회유를 시도했다.

결국 가면의 기사는 후자를 선택했다. 자신의 주인이 죽는 모습을 볼 자신이 없었기에.

끝내 기사는 자신의 친구이자 스승인 카렌에게 부탁해 아무도 찾을 수 없는 결계를 부탁했고, 카렌은 기사의 동료였던 카르엔 공작의 곁에 그를 봉인하였다.

드래곤은 인간의 싸움에 참여할 수 없기에 도움을 주지 못해 안타까워하던 카렌은 카르엔 공작의 부탁을 받아들여 그를 어둠의 힘으로 죽지 않는 존재로 만들었다.

그렇게 가면의 기사가 사라지자 마르크 공작은 자신의 모든 마나를 발휘해 황녀를 결계에 가두었다. 총 네 번의 결계. 첫 번째 결계가 깨어지면 두 번째 결계가 발휘되는 형식이었고, 어둠의 힘을 사용하는 카라스의 저주까지 함께 걸었다. 만약 가면의 기사가 약속을 깰 경우, 자신이 살아 있든 죽었든 레이첼 황녀의 수명이 끝나도록 한 것이다.

그 후, 마르크 공작은 모든 세상이 자신의 것이라 생각했다. 술수를 부렸기에 첫 번째 결계가 발견되려면 최소 300년은 지나야 한다. 그 시간이면 자신의 목표를 이룰 수 있다.

크로아 제국에 강력한 실력자들과 중립을 지키는 이들이 있었지만 자신과 함께하는 이들 또한 적지 않았다. 말 그대로 모든 것이 완벽했다.

하지만 오래 지나지 않아 그 생각은 바뀌었다.

가면의 기사가 사라지자 마르크의 왕국은 제국을 위협할 수 있었지만, 오히려 그것이 독이 되었다. 황제를 원한 것은 마르크 공작만이 아니었고, 가장 강력했던 기사의 부재는 다른 실력자들 역시 욕심을 내게 하였다.

결국 내부의 분열이 시작되었다.

그로 인해 20년 뒤 크로아 제국은 네 개의 왕국으로 바뀌게 되었다.

카르엔 공작이 주축인 기사들의 땅, 남쪽의 크로아 왕국. 마르크 공작이 이끄는 마법의 땅, 북쪽의 마르코 왕국. 파라트 대신관이 이끄는 신의 땅, 서쪽의 발키리 왕국. 마족의 힘을 사용하는 카라스를 필두로 한 어둠의 땅, 동쪽의 발라트 왕국.

그렇게 네 개의 왕국으로 나눠지자 서로가 서로를 견제하는 시간이 이어졌으니, 결국 그 어떤 왕국도 자신들의 염원이었던 제국을 이루지 못했다.

그 후 200년이 지났을 때 마르크 공작은 원통함을 가슴에 품으며 숨을 거두게 되었다. 하지만 레이첼 공주에게 걸린 저주와 결계의 효력은 유효했고, 350년이 지난 지금 드디어 첫 번째 결계가 풀렸으며, 후계자가 될 수 있는 자가 나타난 것이니 카르엔 공작의 기대는 클 수밖에 없었다.

자신을 너무나 간절하게 바라보는 카르엔 공작의 시선에 한숨을 내쉬는 눈류. 그들에게는 수백 년에 걸친 처절한 사투

이겠지만, 자신에게는 퀘스트를 주기 위한 에피소드일 뿐이었다.

'그냥 NPC인 것을 알게 만들던가. 스토리도 그렇고, 차암……. 인간들이 너무 진지하잖아.'

눈류는 곧 거대한 문에 손을 갖다 댔다.

지들끼리 치고 박든 말든, 죽이든 살리든 어차피 게임의 스토리 라인. 자신과는 상관없다. 중요한 것은 이제부터였다.

'기다려라, 진은. 가면의 기사가 되어 꼭 찾아갈 테니.'

눈류는 진은을 생각하며 눈부신 빛이 휘몰아치는 거대한 문을 힘차게 열었다.

"황녀님, 바람이 찹니다."

문을 열고 들어온 눈류는 한 치 앞도 분별하기 힘든 어둠 속에서 눈앞에 나타난 영상을 바라봤다. 직사각형의 영화관 스크린 같은 화면에서는 기사의 과거를 보여주었다.

"조금만 더 있을게요."

혀를 살짝 내밀며 자신의 기사에게 애교 섞인 미소를 짓는 레이첼 황녀.

"알겠습니다."

그런 황녀의 곁에서 변함없이 든든한 나무처럼 서 있는 가면의 기사.

순식간에 바뀌는 영상.

"네가 아무리 강할지라도 우리 둘을 이길 수는 없다."

거대한 도끼를 든 남자의 말에 옆에 있던 아름다운 마법사가 주문을 외웠다. 그 모습을 바라보던 가면의 기사의 입에서 차가운 음성이 흘러나온다.

"가면은 얼굴을 가려주는 역할도 하지만……."

눈류가 가지고 있던 가면과 똑같은 형상의 가면을 천천히 벗는 기사.

"나의 능력을… 나의 폭주를 제어하는 역할도 했지."

가면이 벗겨짐과 동시에 두 눈동자가 붉게 변한 기사의 온몸에서 형용할 수 없는 기운이 방출되었고, 기사와 함께 전설이라 불리는 그들은 당황했다.

트드드드득!

지면이 뒤틀리며 금이 갔다. 그와 함께 기사의 양손에 들린 검에서 빛이 뿜어져 나왔다. 하나는 검었으며, 다른 하나는 성스러울 만큼 흰빛이었다.

영상이 재차 바뀌었다.

온몸이 피로 뒤덮인 가면의 기사는 맞은편을 노려보고 있었다. 그 자리에는 푸른색 로브를 입은 80대 노인 마르크 공작과 온통 검은색 일색인 50대의 남자 카라스가 레이첼 황녀를 가운데에 두고 서 있다.

"내가 너를 어떻게 믿을 수 있지?"

기사의 말에 마르크 공작이 서둘러 대답한다.

"혼의 언약을 하지. 그것이 무엇을 의미하는지는 잘 알겠지? 어떤가? 나의 거래를 받아들이겠나? 그럴 경우 황녀의 목숨은 안전하다. 어차피 너에게 중요한 것은 제국이 아닌 황녀가 아닌가?"

가면의 기사는 자신의 주인인 레이첼 황녀를 바라봤다. 고개를 젓는 황녀의 큰 눈동자에서 슬픔이 흘러내린다.

"좋다."

"그래, 잘 선택했다. 단, 나 역시 조건이 있다. 첫째, 네 스스로 힘을 봉인한 뒤 결계에 갇힌 것을 내가 알 수 있게 해야 한다. 둘째, 네놈과 황녀를 아는 모든 이들은 황녀가 봉인된 결계를 찾아선 안 된다. 셋째, 황녀의 첫 번째 결계가 풀릴 경우라도 네놈과 황녀를 아는 모든 자들은 네 번의 결계가 깨지기 전까진 움직여선 안 된다. 그리고 네 번째, 카라스가 황녀에게 저주를 걸 것이다. 그 저주는 만약을 대비하는 것이고, 우리 둘 모두가 죽어도 풀리지 않을 것이니 저 세 가지 중 하나라도 어긴다면 황녀는 죽게 된다."

기사는 상관없다는 듯 지그시 황녀를 처다봤다. 그리고 곧 그곳에서 모습을 감추었고, 마르크 공작과 카라스는 서로를 보며 한참을 웃었다.

그 후 레이첼은 결계와 저주에 걸려 그 누구도 찾기 힘든 공간으로 보내졌고, 며칠 뒤 마르크 공작은 카렌의 마법 영상을 통해 결계에 갇힌 기사를 볼 수 있었다. 카렌의 숨막히는 살기에 호흡도 제대로 못하며.

'그래서 후계자를 키우는 것인가? 레이첼 황녀를 구하라고?

화면은 나타난 것처럼 순식간에 사라졌고, 눈류는 생각에 잠겼다. 비록 게임이라는 것을 알고 있지만 이렇게 직접 보니 기사와 레이첼 황녀의 마음을 느낄 수 있었기에 가슴이 아렸다.

허구라는 것을 알면서도 영화나 드라마를 보고 눈물을 흘리는 것처럼 말이다.

아니, 그 이상이었다. 이곳은 자신이 주인공인 또 다른 현실이었으니.

그 순간이었다. 어둠 속의 한 공간에서 붉은빛이 눈류의 눈을 자극했고, 알 수 없는 강력한 힘이 그를 자석처럼 끌어당겼다.

"크흑."

잠시 놀라서 저항하던 눈류는 곧 힘을 풀며 빛을 향해 이끌려 갔다. 자신의 힘으로는 거부할 수도 없었으며, 레전드 직업을 얻기 위한 과정이었다.

"그녀는 무사한가……."

붉은 얼음과 같은 결계에서 들리는 기사의 첫 말.

"무사합니다."

"그렇겠지. 결계 안에 있는 동안은 수명의 영향을 받지 않았을 것이야."

기사의 음성은 위압감과 함께 가슴을 울리는 슬픔이 가득

했다.

"350년이나 걸렸군."

회상을 하는 것 같은 말투. 잠시 정적이 흐른다.

"강해지고 싶은가?"

가면의 기사가 묻자 눈류는 고개를 끄덕였다.

"이유는?"

아무런 망설임 없이 대답하는 눈류.

"죽이고 싶은 놈이 강합니다."

"그렇군. 그럼 그 누구보다 강한 힘을 얻는다면 어떻게 할 것인가?"

잠시 생각을 정리하던 눈류는 실소를 흘리며 대답한다.

"힘이 강하다고 누구를 지배하고, 힘이 약하다고 침묵하고 그런 것은 생각해 본 적 없습니다. 단지 저를 건들면 상대가 누구이든 내가 어떻든 그 이상으로 갚아줄 뿐, 절대 제가 먼저 다른 사람을 아프게 하지는 않을 것입니다."

말을 끝내자마자 잘 보이기 위해 한마디를 추가하는 눈류.

"그리고 레이첼 황녀를 도와주고 싶습니다."

"크…크크큭. 크하하하하!"

어이없다는 듯 광소를 터뜨리는 가면의 기사.

'젠장, 아부가 약했나?

레전드 직업 퀘스트를 얻은 눈류, 더 이상 NPC들한테 아부를 떨 필요가 없었다. 하나 만약이라는 것이 있기에 마지막

아부성 멘트를 날린 것인데, 아무 말도 없이 웃기만 하니 걱정이 밀려왔다.

'혹시… 마음에 안 든다고 취소되는 것은 아니겠지?

혼자 심각하게 걱정하는 순간, 기사의 목소리가 재차 들렸다. 마치 머릿속에서 울리는 듯한 음성.

"이곳은 카렌의 힘이 살아 숨 쉬는 곳… 죽어도 죽지 않으며, 배고픔도 체력의 저하도 존재하지 않는다. 강해지고 싶다면 한계를 뛰어넘고 자신을 극복하라."

[가면의 기사 전직 퀘스트 1차]
가면의 기사에게 인정받기 위해서는 한계를 뛰어넘고 자신을 극복해야 한다.
몬스터 200마리를 처치하자.
제한:포션 사용 불가.

'1차? 쉽지 않겠군.'

보통 1차 전직 퀘스트는 단 한 번에 끝난다. 하지만 퀘스트 1차라는 말은 적어도 두 번이라는 뜻이다.

기회를 얻었음에도 대다수가 포기할 만큼 어렵다고 알려진 레전드 직업의 전직 퀘스트가 드디어 시작되었다.

지이이이잉.

공간이 일그러짐과 동시에 눈류는 주변을 두리번거렸다.

　마치 숲 속에 온 듯 나무와 바위가 눈에 보였고, 작은 다람쥐와 토끼가 고개를 갸웃거리다 자리를 이동했다.

　바스락, 바스락.

　크아아아아!

　눈류는 검을 손에 쥐며 소리가 난 곳을 향해 휘둘렀다. 죽이지 않으면 죽는 이 세계에 익숙해진 행동.

　츠파앗!

　녹색 피를 뿜으며 머리가 사라진 고블린의 시체.

　―몬스터 한 마리를 처치하셨습니다. 남은 숫자 199.

　그와 함께 퀘스트 알림이 들리자 씨익, 웃는 눈류.

　'고블린, 오크, 이런 놈들이라면 200도 무섭지 않다. 분명 배고픔도 피로도 역시 없다 했으니……'

　바스락, 바스락, 바스락.

　키아아아아!

　크어어어어!

　오크와 고블린이 동시에 나타나 방망이를 휘둘렀다. 고개를 숙여 첫 번째 공격을 피하자마자 검으로 고블린의 옆구리를 베어버린 눈류.

　파아아앗!

　탄산이 폭발하듯 피가 뿜어져 나왔고, 오크의 왼쪽 다리를 사선으로 베어버리자 기우뚱거리며 큰 체격이 무너졌다.

　"세 마리."

바스락, 바스락, 바스락, 바스락, 바스락, 바스락.

조금씩 많아지는 발소리. 눈류는 환영의 웃음을 지었다. 빠르면 빠를수록 좋았다.

"자, 어서 와… 크윽."

소리가 난 곳을 주시하던 눈류의 표정이 굳어진다.

"오우거……."

3m의 키에 우람한 근육을 자랑하는 파괴의 대명사 오우거. 레벨 90의 몬스터로 위력이 오크와는 천지 차이였다. 그런 오우거가 하나도 아니고 다섯. 더군다나 뒤에서 들리는 발소리에 돌아보니 오크 열 몇 마리와 스피드가 빠르고 2미터의 크기를 가진 레벨 62의 거미 몬스터 스파이즈까지 보였다.

"어쩐지 쉽다 했어."

눈류의 이마로 긴장이 한 방울 흘렀다.

"오빠, 아직 전직하고 있는 거야?"

진하는 자고 일어나 음료를 마시다 은하의 말에 침묵을 지킨다.

1차 퀘스트를 받고 현실 시간으로 1주, 게임 시간으로는 3주가 지난 상태. 빠르게 전직을 하고 레벨 업을 하기 위해 잠도 네 시간으로 줄인 뒤 미친 듯 플레이했지만 아직도 완료하지 못한 상태였다.

진하가 아무런 말이 없자 은하가 재미있다는 듯 말한다.

“이야, 독종인 오빠가 1차도 아직 못 깼다니… 진짜 레전드 퀘스트가 어렵긴 어렵나 보구나. 뭐, 어쩌겠어? 만약 완료하면 그만큼 보답이 있는 것이니 참고 해야지. 아참, 오빠. 기적이 오빠는 벌써 레벨 100이 눈앞이야. 빨리해서 따라잡아야 할 텐데……. 레전드 퀘스트 얻으면 뭐 해, 깨지도 못하고. 그동안 찬성이 오빠는 계속 강해지고 있을 텐데. 푸풉.”

‘…저 계집애가…….’

은하는 자신의 말에 자극을 받아 음료수를 든 채 부들부들 떠는 진하를 바라보다 곧 방으로 들어갔다.

자꾸 음성 채팅이 불가한 지역에 있다고 해서 진하에게 요즘 어디에 있느냐고 물어봤던 은하는, 가면의 기사라는 레전드 직업 퀘스트를 하고 있다는 말을 듣고 잠시 얼이 빠졌었다.

레전드 직업. 불가능하다고 생각했다. 그래서 레전드 직업을 못 받으면 자신의 오빠도 일부 사람들처럼 캐릭터를 새로 키울 것이라 확신하고 있었다.

그런데 진짜로 레전드 직업 퀘스트를 받게 되다니…….

“오라버니, 빨리 직업 얻어서 고렙되면 동생 장비나 밀어주세요.”

라스트 월드에 접속하는 은하의 얼굴엔 가득 웃음꽃이 피었다. 레전드 직업이라……. 친구들에게 자랑할 거리가 생겼고, 앞으로 최대한 자신의 오빠를 부려먹을 생각으로 머릿속이 복잡했다.

‘레전드 직업을 완료하면 분명 다른 직업보단 강력할 것이고, 음… 만약 시비가 붙으면 오빠한테 다 처리해 달라고 하면 되겠어. 아, 아빠랑 상의해서 길드도 만들까? 레전드 유저가 있다고 하면 가입자들도 엄청 많을 텐데. 좋다, 좋아.’

“크흑.”
눈류는 자신의 목을 노리며 빠르게 파고든 날카로운 손톱을 검으로 막아냈다.
챙강!
검과 손톱이 부딪쳤음에도 불구하고 쇳소리가 났고, 힘에 밀려 한 걸음 물러서는 눈류.
‘젠장, 괴물 같은 힘이군.’
떨리는 손을 애써 달래며 재차 검을 강하게 쥔 뒤, 눈앞에 서 있는 3미터 크기의 오우거를 보며 이를 악물었다.
오우거는 처치하기 어려운 몬스터는 아니다. 말 그대로 힘만 강하기 때문이며, 레벨 차이가 있지만 자신 역시 던전과 퀘스트로 인해 레벨에 비해 상당히 강한 편이다.
하지만 문제는 오우거 하나만 있는 것이 아니란 점이었다. 여러 종류의 수십 마리가 동시에 덤비니 도망치기에도 바빴다.
‘벌써 4주. 이번에는 성공할 수 있을까…….’
달려드는 몬스터들을 피해 재차 달리며 기회를 틈타 한 마리씩 처치하는 눈류.

그나마 다행인 점은 몬스터들과 계속 전투를 해서인지 랜덤 스텟이 올랐고, 기사의 말처럼 피로가 없었다. 그로 인해 24시간을 달려도 지치지 않았다.

또 생명력이 0이 되어 사망할 경우에 죽기는 했지만 패널티가 없었고, 생명력과 마나가 가득 찬 상태에서 바로 부활이 가능했다. 물론 몬스터를 잡아도 경험치를 얻지 못했다.

다만 20%의 고통은 그대로 적용되기에 이미 수백 번의 죽음과 고통을 겪어야 했으며, 사망할 경우 퀘스트를 처음부터 다시 시작해야 했다.

바로 앞 퀘스트 때 175마리에서 죽어 다시 한 마리부터 시작하는 중.

'그래도 4주 동안 개고생을 하며 생긴 노하우가 있어서 다행이군.'

눈류는 달리다 말고 고개를 들었다. 와이트가 자신을 빠르게 쫓고 있다.

와이트란 와이번보다 하급 몬스터로, 데미지는 약하지만 속도 하나는 대단했다. 그로 인해 뛰면서 하나씩 처치하는 눈류의 입장에선 귀찮은 몬스터였다.

'하나, 둘, 셋. 지금이다.'

와이트가 허공을 두 바퀴 돌자 속으로 시간을 재던 눈류는 순식간에 신형을 뒤틀며 스킬 일격필살을 사용했다. 그러자 미처 피하지 못한 독수리를 닮은 와이트의 얼굴이 폭발하며 피와 함께 추락했다.

그동안 수없이 몬스터들에게 죽으며 알게 된 공격 방식이었다.

―몬스터 한 마리를 처치하셨습니다. 남은 숫자 27.

"젠장, 아무리 피곤을 느끼지 않아도 쉬고 싶다!"

와이트를 해치운 뒤, 그사이 자신을 다시 따라잡은 몬스터들을 보며 질린 듯 외친다. 일격필살로 인해 생명력은 물론 마나까지 많이 줄었기에 또 달려야 했다. 달리며 채우는 수밖에 없었다.

가만히 서 있거나 좁은 곳에 숨어서 회복을 시도하면 몬스터들에게 추적 장치라도 있는 듯 언제나 쉽게 발견되었고, 한 번 갇히면 빠져나갈 방법이 없기에 이렇게 계속 뛰고 도망치면서 싸우는 것이다.

'여기다!'

그와 함께 효과적인 방법은 레벨이 있는 몬스터가 소유한 무기엔 일정 확률이지만, 레벨이 없는 사물의 경우 높은 확률로 발휘되는 검폭을 사용하여 처치하는 방법이다. 큰 나무나 바위, 지면에 사용하면 파편이 튀면서 뒤따라오는 몬스터들에게 일정한 데미지를 입힐 수 있었기에 눈류는 수시로 검폭을 사용했고, 지금도 마찬가지였다.

좁은 골목과도 같은 지형. 검폭의 효과가 최대로 발휘된다.

눈류는 속도를 늦추며 뒤를 바라봤다. 여전히 수십 마리의 몬스터가 원수를 따라오듯 달려오고 있었고, 비좁은 지형 사이로 진입했다.

워낙 좁기에 나란히 설 수 있는 몬스터는 총 세 마리. 오우거는 한 마리였다.

‘스킬 분노.’

분노를 발휘하자 마나가 줄어들기 시작했고, 기회를 보던 눈류는 빠르게 검을 양 방향으로 두 번 후려쳤다. 다행히 검폭이 발휘되며 폭발이 일어났다.

콰콰콰쾅!

그와 동시에 앞으로 재빠르게 구른 눈류는 오크 등 세 마리의 몬스터가 깔리는 것을 보며 재차 뛰었다.

─몬스터 세 마리를 처치하셨습니다. 남은 숫자 24.

‘조금만 더 힘내자.’

이를 악물며 달리는 눈류의 뒤로 어느새 새로 나타난 몬스터들이 쫓기 시작했고, 허공에서는 다시 와이트 무리들이 다가오고 있었다.

‘와라!’

─가면의 기사 전직 1차 퀘스트를 완료하셨습니다.

“아아……!”

눈류는 알림과 함께 자리에 주저앉았다. 그렇지만 체력적인 소모는 없었다. 하지만 4주란 시간 동안 포기하지 않고 계속 달려야 했고, 싸웠으며, 죽이고 또 죽였다.

그 모든 것이 끝나자 자신도 모르게 힘이 풀리는 착각을 느끼며 주저앉은 것이다. 현실에서의 습성이 남아 있는 이상 지금까지 버틴 것만 해도 기적이었다.

'꽤 많은 시간을 허비했다. 기적이는 전직을 끝내고 벌써 레벨 100에 가까워지고 있어. 진은도 시간과 함께 강해지고 있겠지.'

게임 시간으로 4주. 적지 않은 시간이다. 은하 역시 이미 100레벨을 넘어선 지 오래였고, 반복되는 퀘스트로 인해 눈류만 뒤처지고 있는 상황. 하지만 나쁘지만은 않았다.

일단 실패하거나 포기하지 않는 이상 레전드 직업으로 전직을 하게 될 것이고, 4주 동안의 퀘스트로 랜덤 스텟이 골고루 112개가 상승하였으며, 전투 숙련치 역시 0.5%가 올랐다. 한 달 내내 쉬지 않고 전투를 했기에 얻은 보상이었다.

물론 4주 동안 사냥을 하면 랜덤 스텟과 전투 숙련치를 얻으며 레벨 업도 되겠지만 레전드가 되기 위한 눈류에게는 현재 불가능한 일이며, 랜덤 스텟과 전투 숙련치에 만족했다.

지이이이잉.

또다시 기이한 소음과 함께 공간이 일그러졌다. 이제는 익숙한 일이기에 침착을 유지하며 눈을 감았다.

[가면의 기사 전직 퀘스트 2차]

가면의 기사에게 인정을 받기 위해서는 한계를 뛰어넘고 자신을 극복해야 한다.

강력한 공격력과 함께 빠른 스피드를 보유하고 있는 드래곤 나이트를 단 한 번 공격하라!

제한:포션 사용 불가. 피로도 저하. 장비 장착 불가.

눈류의 표정이 일그러졌다. 드래곤 나이트. 레전드가 되지 않았더라면 캐릭터를 새로 키웠겠지만, 공격 기사 중에서 가장 괜찮다고 생각한 직업이다.

물리 데미지와 속도, 회피 위주인 드래곤 나이트. 그를 공격한다는 것은 어려운 일이다. 더군다나 기존과는 달리 체력 저하가 존재했다.

그 말은 현실과 마찬가지로 많이 움직이면 움직일수록 지치게 된다는 뜻이다.

'힘들겠어. 장비도 착용할 수 없고.'

눈류는 긴장을 유지하며 주변을 둘러봤다. 어느새 동굴로 바뀐 환경.

크기는 사방 수백 미터는 되어 보였고, 동굴의 형태였다. 그리고 마법으로 만들었는지 금빛이 나는 주먹 정도 크기의 구슬이 허공에 둥둥 떠서 주변을 밝히고 있었다.

"나는 카렌님의 기사, 너를 테스트하겠다."

"크흑."

투투투툭.

눈류의 입에서 뿜어져 나온 침이 턱을 지나서 바닥에 떨어졌다. 말과 함께 시작된 단 한 번의 가격.

배가 터질 것 같은 충격을 느끼며 흐트러지는 정신을 애써 붙잡았다.

20%의 체감 충격이지만 나이트의 공격은 그 위력이 상상을 초월했다.

같은 20%라 할지라도 어린아이가 따귀를 때리는 것과 레슬러가 때리는 것의 차이라고나 할까?

"커어억, 쿠엑!"

결국 구토를 참지 못하고 침을 토해내는 눈류.

만약 현실에서 이 정도 위력의 공격을 맞았다면 죽든가 정신을 잃었을 것이다.

"한심하군. 이 정도밖에 안 되다니……."

다시 머릿속에서 울리는 나이트의 목소리에 눈류는 이를 악물며 일어섰다. 아직 모습은 보지도 못했다. 그 정도로 빨랐으며, 어디에서 나타났는지도 알지 못한 상태.

'단 한 번, 한 번만 공격하자.'

장비까지 모두 벗은 상태의 눈류는 정신을 집중하며 주위를 두리번거렸다. 일단 어디에 있는지 찾아야 했다.

"뒤다."

바로 귀 뒤에서 들리는 목소리. 눈류는 소름이 돋는 것을

느끼며 황급히 거리를 벌리고 돌아섰다. 하지만,

쾅쾅쾅쾅.

발차기 한 번에 5m를 나가떨어지는 눈류. 코에서 피가 흐르고 앞니 두 개가 부러졌지만 곧 자연적으로 회복되었다.

'크큭. 이곳, 괜찮군. 어떤 부상을 입어도 죽지 않고 회복된다……. 말 그대로 고통만 느끼는 곳.'

분할수록 오기가 치솟았고, 드래곤 나이트처럼 강할 진은이 떠올랐다.

비틀거리는 몸으로 애써 일어서는 눈류.

역시 피로도는 회복되지 않았다. 부상은 사라졌지만 통증은 남아 있었고, 호흡 역시 가빠졌다.

힘겹게 고개를 든다. 그러자 검은빛이 반짝거리는 갑옷을 걸친 30대 후반의 건장한 남자가 보였다. 바로 드래곤 나이트.

눈류의 눈에 드래곤 나이트와 진은이 겹쳐진다.

'지금처럼 현재 네놈에게 나는 상대가 되지 않겠지. 하지만 만족하지 마라. 그 순간 너는 추락하며, 나는 강해진다.'

스르르르륵.

순식간에 눈앞에서 흐릿해지는 드래곤 나이트. 그리고 뒤에서 느껴지는 소름 끼치는 이질감.

빠가각!

"커어어억!"

드릴로 두개골을 부수는 듯한 통증을 느끼며 무너지는 눈류. 잠시 후 부상이 회복되자 재차 일어서며 드래곤 나이트를 향해 달렸다.

"하아압!!"

어렸을 때부터 진하는 누구에게도 져본 적이 없었다. 아버지 밑에서 운동을 배우면서부터는 호랑이가 날개를 단 격이었고, 아버지가 집을 떠나 있을 때도 진하는 도장에 꾸준히 다니며 운동을 쉬지 않았다.

그런 진하가 아버지와 처음으로 대련을 하게 된 것이 18살 때였다.

그때 진하는 반항기 시절을 보내고 있었고, 가족들의 마음을 아프게 했다.

처음 진하는 아버지와 대련을 하지 않으려고 했다. 아버지는 아버지였기 때문이다.

하지만 아버지의 고집을 꺾을 수 없었고, 공격을 당하자 진하 역시 움직였다.

어릴 때부터 운동을 배워온 자신, 그리고 나이가 많이 드신 아버지.

당연히 이길 수 있다고 생각한 진하.

하지만 결과는 참패였다.

비교할 수 없는 실력의 차이. 처음으로 무력감이라는 것을 느꼈다.

밖에서 싸움을 할 때 강한 사람들을 몇 번 만난 적이 있었고, 위기감 역시 느꼈지만 이 정도는 아니었다.

아무것도 못한 채 져버린 진하는 바닥에 누워 멍하니 있었다. 그 어떤 생각도 할 수 없는 상태. 그때 아버지 박하가 진하의 곁에 다가가 앉더니 말문을 열었다.

"다들 불가능하다고 했지. 한국 사람… 그리고 나 같은 촌놈이 어떻게 세계 챔피언이 되겠냐고."

박하 역시 어릴 때부터 운동을 했지만 그의 걸음은 좋지 않은 쪽으로 흘러갔고, 그 타고난 능력을 싸움에 사용했으며, 그 시절에 아내를 만나게 되었다.

천사 같은 미소와 순수하고 여린 마음을 간직했던 아내로 인해 박하는 그 길을 벗어나 도장을 차리며 평탄한 세월을 살게 됐다.

행복했다. 사랑하는 아내와 목숨 같은 아들과 딸. 남들보다 잘살지는 못했지만 심적으로 평온했고, 그 누구의 인생보다 행복하다고 느꼈다.

그렇지만 하늘의 질투를 박하는 막을 수 없었다.

인간의 평생의 적이라는 병. 현대 의학의 발전으로 과거에 치료하지 못하던 병들은 대부분 치유가 되었지만 언제나 질병은 한 걸음 빨랐다.

수많은 목숨을 잃은 후에야 겨우 치료법을 개발하면 그 이상의 병이 나타났고, 박하의 아내 역시 병마의 희생양이 되었다.

"꼭 챔피언이 되는 모습을 보고 싶었는데… 다음 생으로 미뤄요, 우리. 그리고 당신은 강한 사람이니 제가 없어도… 아이들을 잘 부탁해요…….."

아내가 남긴 마지막 말.

항상 챔피언이 되겠다고 농담 식으로 말하던 박하와 그 모습을 기다리겠다며 웃어주던 아내.

비록 농담으로 시작된 말이지만 아내의 유언은 박하에게 목표가 되었다.

그 후 피 같은 세월이 흘렀다. 하루 종일 운동과 수련. 방방곡곡 강하다는 사람들을 모두 찾아다녔고, 그로 인해 진하와 은하는 아이 때부터 외할머니 손에서 자랐다.

그렇게 10년이란 세월이 흐르고, 세상은 깜짝 놀랐다.

당시 스포츠 중 가장 많은 인기를 얻은 종합 격투기.

룰도 없으며 반칙도 없던, 말 그대로 죽음의 시합에서 최초의 동양인 챔피언이 탄생했다.

그의 이름은 박하. 조국은 한국.

박하가 챔피언이 되자 한국은 물론 전 세계가 놀랐고, 많은 방송국과 기자들이 그를 취재하기 위해 나섰다.

하지만 박하는 챔피언이 되자마자 은퇴를 선언했고, 단 한 번의 인터뷰만 했을 뿐이다.

"늦어서 미안하다."

처음이자 마지막인 인터뷰에서 그 한마디를 남긴 박하는

한국에 오자마자 아내를 찾아갔다.

그리고 챔피언 벨트를 보여주며 그날 하루 동안 아내의 곁에서 많은 대화를 나누다 잠이 들었다.

그 후 박하는 다시 도장을 열었고, 지금까지 언론을 피해 살아왔다.

하지만 인터넷 강국이라 불리는 한국의 네티즌들은 그런 박하를 찾아냈고, 많은 이들이 수련을 받기 위해 찾아와 도장은 번창했다.

"사람이 강해지기 위해서는 목표가 필요하다. 그리고 그 목표를 이루기 위해서는 자기 자신을 먼저 극복해야 한다. 그렇지 못한다면 강해질 수 없다. 지금의 너처럼 말이다."

박하의 말에 진하는 여전히 바닥에 누운 채 침묵을 지켰다.

"난 네가 강해지기를 바란다. 그래서 언젠가는 나를 넘길 바란다. 지금처럼 자신의 화도 이기지 못한 채 싸우고 다닌다면 평생 그 자리에서 머무를 것이다. 강해져라. 나 역시 그랬듯 목표를 가지고 강해지고 또 강해져라. 남을 위협하는 것이 아닌, 소중한 이들을 지키기 위해서 말이다."

한 번도 아버지와 제대로 된 대화를 해본 적이 없는 진하는 그날 홀로 한참을 울었다. 이유를 알 수 없는 눈물, 아니, 인정할 수 없는 눈물이었다.

이후 진하에게는 아버지를 넘겠다는 목표가 생겼고, 화가 나면 누가 말리든 주먹이 먼저 나갔지만 한 번은 참게 되었으며 진하는 그렇게 조금씩 변해갔다.

　쿵쿵.
　도장 안쪽 수련실에서 이마를 벽에 반복적으로 박는 진하.
　지금 진하는 처음 아버지와 대련했을 때처럼 절대적인 무력의 차이 앞에 지친 상태였다.
　2차 퀘스트를 받고 게임 시간으로 벌써 두 달이 흘렀다.
　수없이 노력하고 드래곤 나이트를 공격하기 위해 별 짓을 다했지만 아직 한 번도 성공하지 못한 상태.
　좌절감이 온몸을 휘감았고, 포기란 단어를 몇 번이나 떠올렸으며, 언제든지 퀘스트를 포기할 수 있다는 알림은 진하를 유혹했다.
　2차가 끝이 아닌 3차가 있을 수도 있었다. 언제 끝날지 모른다는 불안감. 차라리 다른 직업을 얻고 레벨 업을 한다면……. 랜덤 스텟은 사냥을 해도 오르는 것이고, 그렇게 한다면 진은에게 조금 더 근접할 수 있을 것인데…….
　온갖 잡념이 그를 괴롭혔고, 육체는 물론 마음도 지쳐 가던 진하는 요즘 매일 하루 두 시간씩 도장에 올라와 명상과 운동을 하였다.
　"하아!"
　답답함을 또다시 한숨으로 표현하는 진하.
　'포기할 수 없다. 나에겐 그놈을 이겨야 하는 목표가 있고,

그놈도 해낸 일이야. 그런데 내가 포기한다면 지는 것이다.'

재차 벽에 머리를 박는 진하.

'만약 아버지라면 어떻게 하셨을까. 젠장. 지친다, 지쳐.'

스르르륵.

그때 문이 열리며 누군가가 들어왔다.

"뭐 하냐?"

"아버지."

"전직이 힘든가 보구나."

진하는 말없이 고개를 숙였다.

"아버지, 눈으로 보기도 힘들 만큼 빠른 놈을 어떻게 공격해요?"

간절한 희망을 담은 진하의 질문. 항상 자신의 예상보다 강하고 노련한 아버지였기에 무슨 방법이 있지 않을까 하는 생각에서였다.

"방법이……."

"방법이 있어요?"

"없지."

"……."

"그런 놈을 어떻게 때려? 보이지도 않는다면서? 그냥 포기해."

너무나 쉽게 포기란 결정을 내린 아버지로 인해 진하는 어이가 없었고, 그 모습을 바라보던 박하는 따스하게 웃으며 돌아선다.

"눈으로 찾기 힘들면 귀로 들으면 된다. 그것도 힘들면 육감으로 기척을 느끼면 되는 법."

"예?"

"하긴, 너 같은 허접은 힘들겠지."

허접이란 단어 한 방으로 진하에게 비수를 박은 박하는 웃으며 나갔다.

그때, 잠시 패닉 상태에 빠져 있던 진하의 눈동자에 생기가 감돌았다.

"소리로… 기척으로라……."

"젠장! 아버지!! 크흑!!"

또다시 드래곤 나이트의 공격에 눈류는 무릎을 꿇었다.

아버지와의 대화 이후 최상의 컨디션을 만들기 위해 노력했다. 하루 여섯 시간 숙면에 두 시간 운동을 지켰으며, 그중 한 시간은 감을 조금이라도 잡기 위해 눈을 감고 몸을 움직였다. 또 한 시간은 명상에 집중했고, 그 외 시간은 라스트 월드를 플레이하였다. 속옷과 알약이 있었기에 하루 열여섯 시간씩 쉬지 않고 한 것이다.

'제발…….'

눈류는 눈을 감은 채 재차 다가오는 기척을 느끼며 손을 휘두른 눈류. 하지만 빈 허공만이 잡혔다.

눈을 뜨고 싶은 욕구가 강렬했지만 애써 참는다.

처음 드래곤 나이트를 눈을 감고 상대할 때는 미친 짓이란 생각까지 들었지만, 참고 참다 보니 정말 조금씩 느낄 수 있었다.

눈으로 볼 때는 들리지 않던 움직임이 들렸고, 가까이 다가올 때 기척을 미약하게나마 감지했다.

그렇게 상대한 지 한 달째.

츠츠츠츠츠.

쉬이이익.

'오른쪽. 다가온다.'

치익!

'피했다. 이번에는 어디지?'

주먹이 볼에 스쳤지만 공격을 피한 눈류는 침착을 유지하며 다시 기척을 감지하기 위해 노력했다. 2주 전 처음 공격을 피했을 때 얼마나 기뻐했던가.

'오른쪽, 왼쪽, 다시 오른쪽… 크흑… 외……'

뿌드드드득.

"으으윽."

다리가 부러지며 통증이 밀려왔다. 그러나 이를 악물며 드래곤 나이트를 찾는다.

'상처는 곧 낫는다. 더 지치면 찾는 것도 힘들다. 정신 차려라.'

입에서 단내를 풍기며 눈류는 지친 호흡을 가다듬었다.

고요했다. 통증으로 인해 육체는 힘들었지만 마음은 고요했다.

츠츠츠츠츠.

그때 또다시 드래곤 나이트가 움직였다.

'왼쪽… 아니, 오른쪽이다. 빠르게… 더 빠르게!'

오른쪽에서 강력한 발차기가 눈류를 가격했다. 하지만 그 전에 눈류의 주먹이 먼저 움직인 상태.

"…헙."

아무런 데미지를 입지 않았지만 드래곤 나이트는 신음을 흘렸다. 발차기를 한 뒤 순식간에 빠지는 그 타이밍에 주먹이 몸에 닿았다. 그 말은 발차기를 하기 직전에 자신의 판단을 믿으며 움직였다는 것이다.

―가면의 기사 전직 2차 퀘스트를 완료하셨습니다.

"돼… 됐다!! 으아아!"

알림과 함께 눈류는 바닥에 대 자로 뻗어버렸다. 통증도 잊을 정도로 행복한 기분에 사로잡혔고, 피로에 손가락 하나 움직이기 힘들었다.

2차를 깨는 데에만 석 달이란 시간이 지났다. 현실 시간으로는 한 달이 걸린 것.

어느덧 눈류가 게임을 시작한 지 현실 시간으로 한 달 하고도 보름이 지나가는 중이었고, 대부분을 퀘스트만 했다.

만약 사냥을 하였더라면 이미 2차 전직을 끝내고 200레벨을 향해 달리고 있을 것이다.

눈류처럼 자는 시간을 제외한 나머지 시간에 게임과 사냥만 했을 때, 현실 시간으로 레벨 50까지는 이틀이면 가능했고, 레벨 100까지는 총 12일 정도면 달성할 수 있다. 레벨 100에서 200까지는 두 달이 걸리고, 200에서 300까지는 여섯 달이 넘는다.

이 모든 것은 단 하루도 쉬지 않고 플레이를 했을 경우이며, 현재 라스트 월드에서는 마의 200대를 넘어 300대에 오른 유저들이 일부 나타나기 시작했다.

눈류의 목표인 진은 역시 300대 진입을 눈앞에 두고 있었다.

'하아, 빨리 레벨 업을 해야 하는데……. 그래도 이번에는 랜덤 스텟이 꽤 많이 올랐고 패시브 스킬도 한 단계씩 올랐어. 그리고 전투 숙련치 역시 1.6% 상승.'

눈류가 만족과 걱정을 동시에 느끼고 있는 그 순간 재차 알림이 떴다.

[가면의 기사 전직 퀘스트 3차]

가면의 기사에게 인정받기 위해서는 한계를 뛰어넘고 자신을 극복해야 한다.

가면을 파괴하라.

제한:허용된 검만 사용 가능. 피로도 있음. 스킬 사용 불가.

‘가면을 파괴하라? 그리고 또다시 피로도가 존재하는
군.’

눈류의 얼굴이 일그러진다. 1차와 달리 2차가 오래 걸린
이유도 피로도가 존재했기 때문이다. 싸우다 보면 지치고, 지
쳐서 피로도를 회복하기 전까지는 손도 움직이기 힘든 상태
가 되어버리니 말이다.

“하라면 하는 것이 유저지.”

곧 체념을 하며 일어서는 눈류.

그와 함께 공간이 다시 일그러졌고, 눈을 뜨자 드래곤 나이
트와 싸울 때보다 반은 더 좁은 동굴이 보였다.

눈앞엔 붉은빛을 내뿜는 큰 돌이 존재했으며, 그 위에 눈류
가 가지고 있던 기사의 가면과 똑같은 모양의 가면이 반듯이
자리 잡고 있다. 은빛의 장검과 함께.

챙강! 챙강!

“하아… 하아…….”

쉽지 않을 것이라 예상했다. 아니, 기존보다 더 어려울 것
이라 생각했다. 역시 예상은 틀리지 않았다.

게임 시간으로 한 달이 넘게 검으로 가면을 내려쳤다.

하지만 가면은 흠집도 나지 않았고, 오히려 검만 수십 개
파괴되었으며, 그렇게 파괴되면 바로 새로운 검이 나타났다.

그럼 또 가면을 치는 일이 반복됐다.

하루 종일 검으로 내려치다 보니 팔에 쥐가 났고, 태산보다 무겁게 느껴졌다. 그러면 잠시 자리에 앉아 다리와 팔을 풀고 피로를 회복했다.

다행인 것은 1, 2차도 그랬지만 배가 고프지도, 목이 마르지도 않다는 것이었다.

챙강! 챙강!

"젠장! 좀 깨져라!"

현재 눈류는 현실 시간으로 이틀째 잠도 자지 않고 가면을 치고 있다. 게임에서 육 일 동안 단 한 번도 안 쉬고 있다는 말이다. 라스트 월드를 플레이할 때는 잠을 안 자도 되기 때문에 가능한 일이었다.

만약 라스트 월드에서 자는 유저가 있다면 현실의 플레이어가 게임을 하다 잠든 경우이다.

그리고 지금, 눈류 역시 눈이 감기고 있었다.

"하아, 일단 한숨 자야겠군."

결국 눈류는 졸음을 이기지 못해 로그아웃을 하였고, 다음 날 깨어나자마자 다시 접속했다.

챙강! 챙강!

끊임없는 반복의 시간. 외로움과 고독함, 지루함과 육체의 고통.

온갖 잡념이 괴롭혔지만 이를 악물고 묵묵히 내려치는 눈류.

“제발… 제발…….”

챙강!!

─검이 파괴되었습니다.

“하아……!”

지이이이잉.

검이 새로 나타남과 함께 눈류는 바닥에 털썩 누워버렸다.

“도대체 뭘로 만들었기에 저리 단단한 거야? 깨지기는 하는 거야? 그리고 검폭은 왜 발휘되지 않는 거야?”

지친 목소리로 투덜거리는 눈류.

레전드란 직업을 얻었음에도 왜 아홉 명이 포기를 했는지 이해가 갔다.

현실에서의 시간으로 20일, 게임 시간으로 2개월. 두 달 동안 아무도 없는 곳에서 희망도 보이지 않는 같은 일을 반복해야 한다는 것, 언제 끝날지도 모르는 일에 1, 2차 퀘스트까지 합치면 모두 반년이었다.

음성 채팅도 불가했기에 눈류는 사람과 대화를 나눠본 적이 언제인지 기억도 나지 않았다.

육체, 정신적으로 미치기 딱 좋은 일이었다.

모든 레전드 퀘스트가 같은지는 모르지만, 전설의 직업을 얻은 세 명이 존경스러울 정도였다.

“분명 저 가면은 검보다 강하다. 다른 방법이 없을까?”

바닥에 누워 있던 눈류는 깊은 생각에 잠겼다. 하지만 마땅

한 방법이 떠오르지 않는다.

부수기만 하면 되는 일이지만 그럴 방법이 없다.

주변에 다른 도구가 될 만한 것은 없었으며, 오로지 퀘스트 검만 사용할 수 있다.

"더욱 단단한 것을 부술 수 있는 방법이 뭐가 있지?"

여전히 생각에 잠긴 눈류.

하루든 이틀이든 해답을 찾아야 했다. 언제까지 내려치기만 할 수는 없었다.

"방법… 방법… 소드 익스퍼트? 큭."

스스로 어이없는 생각이란 판단에 실소를 흘린다.

보통 판타지 세상에서 깨달음을 얻은 기사들이 마나를 검에 보내어 대단한 파괴력을 발휘한다. 보통 단계를 나눌 때 익스퍼트, 마스터의 순서였고, 흔히 무협지에서 나오는 검기와 비슷한 것이다. 하지만,

"하아, 그런 것은 책에서나 가능한 것이고, 내가 어떻게 마나를 사용하나. 젠장."

눈류는 판타지의 마나를 완전한 허구라 생각하지는 않았다. 자신 역시 기라는 것을 배웠기 때문이다.

흔히 동양의 기는 단전호흡이나 뇌 호흡을 통해 몸에 축적한다. 하나, 그것은 말 그대로 아주 조금이며, 느낄 수도 없는 정도이다. 아니, 있는지 확신할 수도 없다.

눈류 역시 아버지에게 단전호흡을 배워 명상을 자주 한 편

이지만 기는 개뿔.

어느 날 결국 참지 못한 눈류가 아버지에게 따지듯 물었다.

"아버지, 단전호흡을 하면 정말 기가 모이고 사용할 수 있어요?"

그러자 박하의 간단한 대답.

"어? 잘 모르겠는데? 그냥 있다니 하는 것이란다."

"……."

"그런데 진짜로 기는 있단다. 기로 인해 건강해진 사람들이 그 예지. 그리고 기를 통해 연약한 사람이 돌을 부수기도 하지 않냐? 물론 대부분이 사기꾼이지만, 그들로 인해 진짜조차 거짓으로 매도하면 안 된다. 그리고 많이 쌓인다면 분명 느낄 수 있다고 했다. 그냥 해라."

말을 그럴듯했지만 결국은 그냥 좋다고 생각하며 하라는 것이다.

"하아, 무협지나 판타지처럼 뭐, 영약 같은 것을 먹으면 또 모르겠지만."

혼자 상상의 끝을 보이던 눈류는 곧 다시 일어나 검을 쥐고 가면을 내려쳤다. 현재로서는 이것이 유일한 방법.

"젠장, 차라리 스킬을 사용할 수 있다면……. 마나도 남아도는데."

그 순간 석고상처럼 굳어버리는 눈류.

'잠깐, 마나… 마나! 현실에서는 없지만 지금은 라스트 월

드의 세계. 내 몸에는 마나가 있잖아.'

너무나 당연해서 떠올리기 힘든 생각이었다.

이전 온라인 게임도 그랬고, 모든 캐릭터에는 마나가 존재했다. 그래서 너무나 익숙한 설정일 뿐이었다.

아무리 자신이 캐릭터가 되어 살아가는 또 다른 세계라 할지라도 누가 몸속에 있는 마나를 직접 사용할 수 있다고 생각할까? 더군다나 느끼지도 못하는데 말이다.

"그래, 근력이 높아지고 체력이 높아지면 힘이 더 세지고 맷집이 강해져. 그럼 분명히 마나도……."

눈류는 검을 내려놓으며 바닥에 가부좌 자세로 앉았다.

스스로 생각해 봐도 어이없었지만 가능성은 이것밖에 존재하지 않았다.

눈류는 곧 명상과 함께 마나를 느끼기 위해 노력했다.

'아버지 말이 사실이라면 현실과는 비교도 안 되는 기… 마나가 존재할 것이니 분명 느낄 수 있다.'

가부좌를 튼 눈류의 이마와 코에 땀이 맺히기 시작했고, 한참의 시간이 지나도 일어날 줄을 몰랐다.

'됐다!!'

눈류의 얼굴 가득 피어오른 희열.

명상을 시작한 지 게임 시간으로 한 달이 흐른 상태였다.

두 달 동안 검으로 내려치기만 했기에 딱 두 달만 해보자는 심정으로 시작한 일.

지금 드디어 마나라는 것을 느낄 수 있었다.

배꼽 아래쪽 단전에서 꿈틀거리는 마나. 눈류는 기쁨과 놀라움이 가득한 얼굴로 한참 동안 마나를 느꼈다. 책과 영화에서나 가능하다고 생각한 일을 직접 겪고 있었다.

아니, 웃기는 모순이었다. 몬스터와 싸우고, 레벨 업과 함께 강해지는… 이 게임 자체가 책과 영화에서나 가능한 일을 현실로 느끼게 해주고 있지 않은가.

'이제 움직여 보자. 팔로, 그리고 검으로.'

명상을 하는 눈류의 입가에 웃음꽃이 피었다. 가능성은 곧 현실이 될 수 있다는 희망을 얻었기 때문이다. 쉽지는 않겠지만 가능할 것이다.

마나를 느끼게 된 후 3개월이 지났다. 3차에서만 6개월. 1, 2, 3 모두를 합치면 총 10개월이란 시간이다.

가면을 노려보는 눈류의 표정이 밝았다. 그리고 손에 들린 검에서는 이전까진 볼 수 없었던 푸른색의 빛이 은은하게 뿜어져 나오고 있었다.

마나를 움직이는 것은 정말 힘든 과정이었고, 10개월 동안 포기하지 않았던 눈류에게 내려진 보상이었다.

"타하압!!"

모든 감정을 담은 눈류의 외침과 함께 마나가 담긴 검은 빠르게 가면을 노리며 달려들었다.

쩌어어억!!

가면뿐 아니라 검은빛이 나는 돌까지 단 한 번의 공격으로 두부처럼 베어졌다.

"됐… 다!!"

한 번의 사용으로 빛은 사라졌고, 그 위력은 상상을 초월했다.

눈류가 성공에 기뻐하며 미친놈처럼 동굴을 뛰어다니던 그때 오랜만에 들리는 알림 말.

―가면을 파괴하셨습니다.

―가면의 기사 전직 퀘스트를 완료하셨습니다.

"퀘스트 완료?!"

4차가 아닌 퀘스트 완료를 뜻하는 알림 말. 드디어 길고도 길었던 레전드 전직 퀘스트가 끝난 것이다.

지이이잉.

감격에 들떠 있던 눈류는 곧 공간의 일그러짐을 느꼈다.

"여기는?"

주변을 둘러보자 이동된 곳이 어디인지를 쉽게 알 수 있었다. 바로 가면의 기사가 봉인되어 있는 장소.

'참 많은 시간이 흘렀군. 가면만 치고 명상만 해서 받지 못할 줄 알았는데… 퀘스트의 영향인지 다행히 랜덤 스텟도 받았어. 아쉽게도 정신 쪽으로 많이 얻었지만……. 그리고 전투 숙련치는 얻지 못했군.'

방을 둘러보던 눈류의 얼굴에 미소가 어렸다. 너무나 힘든 시간이었다. 현실 시간으로도 3개월이 넘었다.

그동안 샤인을 통해 기적이가 벌써 레벨 200이 넘었다는 얘기를 들었고, 진은과 라인 역시 레벨 300이 넘어 4차 전직을 마쳤다고 한다. 그리고 샤인도 게임을 자주 했는지 200이 넘었으며, 아버지도 마찬가지였다.

'이제 나에게 남은 것은 레벨 업.'

눈류는 주먹을 불끈 쥐었다. 너무 많은 시간을 레전드 전직에 매달려야 했다. 그로 인해 레벨에 비해 엄청난 랜덤 스텟 포인트를 얻었지만, 그 시간에 레벨 업을 했다면 랜덤 스텟 +보정 스텟, 스텟 포인트에 추가 스텟, 전투 숙련치까지 얻고 받을 수 있었기에 레전드의 특혜라 볼 수 없었다.

만약 누군가가 레벨 업을 생각하지 않고 10개월 동안 몬스터와 싸우며 레벨 업, 다운을 반복해도 비슷한 효과를 볼 수 있었다.

물론 눈류만큼 받을 수는 없다. 사냥터에서 위의 경우를 반복할 경우, 죽으면 생명력과 마나가 회복되지 않은 상태로 마을에서 부활하며 다시 사냥터로 이동해야 한다.

그렇기에 퀘스트로 인해 죽어도 생명력과 마나가 모두 가득 찬 상태로 그 자리에서 살아나 전투만을 한 눈류만큼 랜덤 스텟을 받을 수 없었지만, 설사 똑같이 받는다 할지라도 그럴 사람은 존재하지 않는다.

같은 10개월이란 시간을 투자해 레벨 200이 넘으면 랜덤 스텟뿐 아니라 더욱 강해지는데 누가 레벨 업과 다운을 반복해서 오히려 약한 저레벨에 남겠는가.

'중요한 것은 레전드 직업이다.'

눈류는 봉인된 기사를 바라봤다. 랜덤 스텟만 얻을 것이라면 개고생을 할 이유가 없었다. 오로지 이 순간을 위해 지금까지 견디고 참아온 것이다.

10개월 동안 그 고생을 하며 레벨 50에 머무른 이유! 레전드 직업과 보상, 그것뿐이다.

"오랜만이군."

기사의 음성이 눈류에게 들렸다.

"결국 해냈군. 카렌의 테스트는 절대 쉬운 것이 아닌데 말이야."

'이 자식아, 죽는 줄 알았다.'

속마음과는 달리 웃으며 고개를 끄덕이는 눈류.

"자격을 얻었다."

위이이잉.

기사의 말과 함께 눈류의 손 위에 하얀 빛이 번쩍이더니 무엇인가가 떨어졌다.

―기사의 가면을 습득하셨습니다.

―가면의 기사 전직 퀘스트를 완료하셨습니다.

―전설의 직업, 가면의 기사가 되셨습니다.

―모든 유저 분들에게 알립니다. 전설의 직업, 가면의 기사

가 탄생하였습니다.

'드디어…….'

퀘스트 완료와 함께 뜬 붉은색의 알림.

기쁨이 가슴속에서 휘몰아쳤다. 하지만 그것으로 끝이 아니었다.

이미 기적이에게 들어 전직을 할 경우 어떤 보상이 있는지 알고 있었지만 레전드 직업은 그 이상이었다.

―가면의 기사 스킬을 배우실 수 있습니다.

―추가 스텟 심안이 생성되었습니다. 스킬 포인트를 부여할 수 없으며 레벨 업과 함께 상승됩니다.

―추가 스텟 마나가 생성되었습니다. 스킬 포인트를 부여할 수 없으며 레벨 업과 함께 상승됩니다.

―추가 스텟 가면이 생성되었습니다. 스킬 포인트를 부여할 수 없으며 레벨 업과 함께 상승됩니다.

'세 개! 일반 직업은 두 개인데!'

―패시브 스킬 증폭이 생성되었습니다.

―패시브 스킬 어둠의 가면이 생성되었습니다.

―패시브 스킬 빛의 가면이 생성되었습니다.

―패시브 스킬 소드 데미지가 소드 파워로 한 단계 상승되었습니다.

'패시브 스킬도 하나가 더 많다. 음, 상승도 있나 보군. 추가 데미지가 더 좋아지겠어.'

―생명이 2,000 증가됩니다.

―마나가 1,000 증가됩니다.

―명성이 100 상승하였습니다.

―전체 스텟이 100 상승하였습니다.

―최고 스텟이 100 상승하였습니다.

―스텟 포인트가 100 주어집니다.

―깨달음으로 인해 전체 스텟이 100 상승하였습니다.

―전체 패시브 스킬이 20 상승하였습니다.

―스킬 포인트가 50 주어집니다.

―전투 숙련치가 5% 상승하였습니다.

스텟 추가 포인트는 고생한 보람을 느끼게 했다. 일반 직업과 다른 점은 추가 스텟과 패시브 스킬이 하나 더 많다는 것이고, 깨달음으로 인한 +100의 전체 스텟과 전투 숙련치 5%. 나머지는 차이가 있지만 다른 직업 역시 받는 것들이었다.

'이제 중요한 것은 추가 스텟과 패시브 스킬, 엑티브 스킬의 능력이다.'

그 순간, 기사의 음성이 다시 들린다.

"나의 후예가 된 자여, 황녀님을 구해주겠는가?"

[레이첼 황녀를 구하라]

두 번째 결계에 갇힌 황녀를 구하자.

제한:가면의 기사, 레벨 100

‘연계 퀘스트인가? 아님 2차 전직을 미리 알려주는 것인가? 어쨌든 100부터면 한동안 레벨 업만 할 수 있겠구나.’

눈류는 승낙을 표시했다. 황녀와 관련된 퀘스트는 가면의 기사만 할 수 있고, 분명 보상이 좋을 것이다. 혹은 2차 전직 퀘스트일 수 있기에 거절할 수 없었다.

―스킬 수련의 장으로 이동됩니다.

곧 눈류는 푸른빛에 휩싸였고, 순식간에 모습을 감췄다.

Part 6

화염의 구슬

"으랏차!!"

눈류는 스킬창을 빠져나오자마자 크게 기지개를 켰다. 정말 힘껏 말이다.

"드디어 탈출이구나!!"

공기를 힘껏 들이마시고 큰 목소리로 외친 눈류는 주변을 둘러보며 환호와 함께 방방 뛰었고, 그런 자신을 사람들이 이상하게 쳐다봤지만 신경 쓰지 않았다.

'10개월 만에 보는구나. 하아! 감회가 새로운데?

라스트 월드는 전직을 하러 가기 전보다 오히려 더 붐비는 것 같았고, 수많은 사람들이 자신의 일에 열중하고 있었다.

"이제 쉬어야겠어."

스킬의 숙련도를 마스터하기 위해 일주일간 수련을 한 눈류는 현실에서 잠이 부족한 상태였다.

하루만이라도 그냥 푹 쉬고 싶은 마음이 간절했다. 전직으로 인해 너무 오랜 시간 휴식 한 번 가지지 못했고, 레전드 전직 스킬이라 그런지 숙련도 마스터도 쉽지 않았기에 오래 걸렸다.

"어디 볼까. 스킬창."

[패시브 스킬]

소드 파워 Lv. 28:검을 장착했을 시 데미지를 증가시킨다.

크리티컬 Lv. 28:크리티컬 성공 확률이 높아진다.

어둠의 가면 Lv. 21:빛이 어둠이란 가면에 가려질 때 공격력과 방어력이 상승된다.

빛의 가면 Lv. 21:어둠이 빛이란 가면에 가려질 때 공격력과 방어력이 상승된다.

증폭 Lv. 21:액티브 스킬의 위력이 증가된다.

[액티브 스킬]

폭주 Lv. 31:방어력을 낮추며 공격력을 극한으로 끌어올린다. 소모 마나:초당 30

기사의 질주 Lv. 31:순간적으로 잔상을 남기며 빠르게 이동한다. 소모 생명:300 이동 거리:10m

마나 소드 Lv. 31:검과 마나가 하나되어 최대의 파괴력을 발휘한다. 소모 마나:2,000 제한:깨달음을 얻은 자.

마나 스톰 Lv. 31:마나를 검에 실어 다수의 적을 공격한다. 소모 마나:1,000 반경:7m 제한:깨달음을 얻은 자.

마나 소울 Lv. 31:마나와 혼을 검에 실어 날려 보낸다. 소모 생명:1,000 소모 마나:2,000 유효 거리:30m 제한:깨달음을 얻은 자.

눈류는 기존 스킬은 초기화시켰으며 그동안 모인 150의 스킬 포인트를 새로 배운 스킬에 골고루 분배하였다. 깨달음이 가면의 기사 스킬과도 연관이 있는지 마나에 관련된 것들이 많았지만, 아직 1차 전직이기에 종류는 적었다.

'마나 소모량이 너무 많아. 그만큼 위력도 강하겠지만. 뭐, 깨달음으로 정신이 비약적으로 높아지면서 마나가 많아졌으니.'

눈류는 나름대로 만족하며 스킬창을 닫았다. 그동안 범위 공격과 원거리 스킬이 없어 답답했었는데 이번에 모두 하나씩 배울 수 있었다.

"정보창."

생명:7,400 마나:9,060

이름:눈류 레벨:50 성향:혼돈 길드:무

칭호:없음 명성:225 악성:0 직업:가면의 기사

근력:560(+439) 체력:154(+288) 민첩:165(+288) 지식:10(+280)

재치:22(+283) 정신:470(+287) 예술:10(+283) 상술:10(+285)

검폭:32(+280) 신속:85(+280) 투혼:93(+230) 가호:20(+230)

심안:1(+200) 마나:1(+200) 가면:1(+200)

공격력:2,997(+45) 방어력:884(+100)

마공력:870 마방력:1,514

스텟 포인트:0 스킬 포인트:0 전투 숙련치:12.3%

[심안]

마음의 눈으로 만물을 관찰하며, 감각 기관의 능력을 증가시킨다.

[마나]

깨달음을 얻은 자만이 사용할 수 있으며, 자연의 기운을 흡수해 마나를 채운다.

[가면]

기사의 가면을 착용했을 시 전체 능력이 향상된다.

스텟 포인트로 받은 100을 근력에 80, 민첩과 체력에 10씩 투자하였고, 그런 눈류의 스텟은 레벨에 비해 놀라울 정도였다.

하나 이 모두가 10개월이란 개고생이 있었기에 가능한 것이었으니……

"크흑, 그동안 고생이 엿 먹이지는 않는군."

스텟은 물론 성향도 마음에 드는 눈류였다. 성향은 보통 전직을 하게 되면서 빛과 어둠 등등 여러 가지로 나뉘게 되는데, 가면의 기사가 선도 악도 아닌 존재여서 그런지 혼돈으로 표시됐다.

'나 역시 좋은 놈도 나쁜 놈도 아니니 잘 맞는군.'

곧 눈류는 아버지 박하다가 건네준 아이템까지 확인하였다.

"정보."

[환멸의 목걸이]

마도사들이 애용하는 장비.

내구력:120/120 마법 방어력:50 마법 공격력:30 제한:D급, 지식 100 이상.

무게:2 옵션:암흑 속성 추가 데미지 5%

마방 세트를 시작으로 장비들의 성능을 확인한 눈류는 빨리 51을 찍고 착용할 생각을 하며 인벤토리를 닫으려다가 재차 열었다. 전직하며 얻은 가면의 정보를 보지 않았기 때문이다.

"가면이라……. 착용해야 하나? 정보."

[기사의 가면]

가면의 기사가 착용하던 가면.

내구력:3,500/3,500 공격력:100 방어력:100 제한:가면의 기사.

무게:0 옵션:근력+100 가면+90 민첩+80 체력+70 전체 마법 저항력 20%

"……."

눈류는 잠시 멍하니 가면을 바라봤다.

분명 아이템 이름이 빛이 번쩍이는 황금색으로 나타났고, 다섯 개의 옵션이다.

'S… S급?'

더군다나 레벨 제한이 없었고, 성능까지 최상이었다. 여기에 아이템 장인을 통해 최소 하나의 옵션을 추가시킨다면?

'팔면 정말 대박인 아이템이다. S급에 이 정도 옵션과 레벨 무제한이라면 최소 현금으로 수천만 원!!'

눈류는 터질 것 같은 심장으로 아이템을 재차 바라보다 곧 아쉬움의 입맛을 다셨다.

레벨 제한은 없지만 또 다른 제한이 바로 가면의 기사였다.

그 말은 자신 외에는 그 누구도 찰 수 없다는 것이다.

그렇지만 얻은 것 자체가 대박인 아이템이었으며, 눈류는 기쁜 마음으로 로그아웃을 하였다.

"행님, 행님, 일어나봐예."

그동안 게임으로 지친 몸의 피로를 풀기 위해 오랜만에 찜질방에서 잠든 진하는 기적이 흔들자 짜증난 얼굴로 깨어났다.

"왜?"

"티비에 행님 애기 나옵니더."

"뭐?"

비밀을 위해서 주변을 살펴보더니 귀에 작게 속삭이는 기적.

'TV에 내가 나온다니, 난 공개를 허락한 적 없는데……'

진하는 다급히 찜질 숙면실 방에서 나와 중앙 홀로 이동했다. 그곳에는 많은 사람들이 휴식을 즐기며 수다를 떨고 있었는데, 거대한 스크린에서 라스트 월드 게임 방송이 나오고 있었다.

"네! 다들 궁금하시죠? 드디어 차원 판타지에서 레전드 직업을 얻은 유저가 있어서 많은 이들이 궁금해하고 있습니다. 이번이 네 번째죠?"

중후한 남자 MC의 말에 소녀로 보이는 여자 MC가 말을 한다.

"저도 정말 궁금해요. 이번 레전드 직업의 이름은 가면의 기사입니다. 여기서 잠깐! 레전드 직업은 라스트 월드의 세계관에서 가장 강하다고 알려진 20명의 위대한 자들인데요, 관계자의 말로는 20명이 다 차면 추가시킬 계획이랍니다. 그중 가면의 기사는 최상급 위치에 있었다고 합니다.”

“와우! 그래요? 그럼 능력치도 대단하겠네요?”

“그렇겠죠? GM에서 자세히 밝히지는 않지만, 그동안 진은 님과 라스트님을 통해 밝혀진 바로는 위력이 더 뛰어나단 것은 분명합니다. 뭐, 레전드 직업 자체가 퀘스트를 받기도 하늘의 별 따기지만, 얻기란 더욱 힘들다고 하잖아요. 관계자 분들이 가면의 기사에 대해 유일하게 알려준 정보로는, 가면의 기사를 얻은 분도 퀘스트를 깨기까지 10개월이나 걸렸다는 거예요. 아무도 없는 공간에서 홀로 하루도 쉬지 않고요. 정말 독한 분이세요.”

“10, 10개월이요? 후우! 전 그냥 레전드 직업을 받더라도 그 시간에 레벨 업이나 하겠어요. 그런데 가면의 기사를 얻은 유저 분께서는 인터뷰를 허락하셨나요?”

“아, 아쉽게도 유저님께서는 레전드 퀘스트를 끝내자마자 로그아웃을 했고, 아직 접속을 안 한 것으로 알고 있어요. 유저님, 만약 이 방송을 보시면 꼭 인터뷰를 허락해 주세요!!”

기적과 함께 자리에 앉아 음료와 군것질을 하던 진하는 여자 MC의 말에 실소를 흘렸다.

‘미안하지만 나도 공개할 마음이 없다.’

현재 판타지 세계에서 레전드 직업을 얻은 이는 총 네 명. 그중 두 명이 공개를 했고, 나머지 한 명이 공개를 하지 않은 상태. 그렇기에 네 번째 레전드의 탄생은 모든 이들의 궁금증을 자아냈고, 방송은 물론 라스트 월드 게시판 역시 네 번째 레전드 가면의 기사에 관한 얘기로 떠들썩했다.

"그럼 다음 소식으로 넘어가 볼까요? 스타 초대석입니다! 이번 주에는 외모와 실력을 모두 갖춘 스타, 진철 씨입니다."

남자 MC의 말에 30대 초반의 인기 가수 진철이 모습을 드러냈고, 그들은 쉬지 않고 수다를 떨었다.

"진철 씨는 쉬실 때 무엇을 하세요?"

"음… 요즘은 라스트 월드에 푹 빠져 있습니다."

"어머! 저 아이디 좀 알려주세요. 헤헤. 그런데 정말 연예인 분들도 많이 하시나요?"

"당연하죠. 바빠서 게임할 시간이 없기에 더욱 많은 분들이 합니다. 라스트 월드의 세계에서는 현실 시간이 세 배로 적용되잖아요? 그래서 친분있는 연예인들끼리 서로 아이디를 주고받으며 라스트 월드에서 수다를 떨기도 하고 게임도 즐겨요. 연령층도 다양해요. 10대부터 50대 선배님들까지. 제가 알고 있는 분들만 해도 30명이 넘는걸요?"

"그렇군요. 저도 요즘 열심히 레벨 업 중인데……. 몇이세요? 전 102예요."

"저는 열심히 플레이를 하기보단 동료들과 대화하고 노는 것을 좋아해요. 음식도 먹고 술도 마시면서요. 현실과 똑같다 보니 오히려 그곳에서의 만남을 즐기는 편이죠. 그래서 레벨은 낮아요. 이제 87이에요.”

MC들과 진철은 즐겁게 얘기를 주고받았다.

“이야! 행님, 우리도 혹시 모르네에. 게임하다 아는 사람 생기는데 그기 연예인일 수도 있겠네예?”

“그럴 수도 있겠지.”

진하는 가볍게 대답을 하며 자리에서 일어섰다.

자신과 관련된 얘기가 끝났으니 더 이상 보고 있을 이유가 없었다.

“아무래도 연예인이란 직업이 현실에서 제한이 심하잖아요. 하고 싶은 것도 대부분 할 수 없고. 그래서 더욱 라스트 월드를 좋아하는 것인지도 몰라요. 아는 후배는 남자 친구랑 게임에서 데이트를 하던데요? 시간도 더욱 많아지고, 아무도 아는 이가 없으니 말이에요.”

진철의 말을 한 귀로 흘려들으며 진하는 곧 기적과 함께 찜질방을 빠져나왔다.

“행님, 여기서 마셔예.”

집으로 돌아가려던 진하는 기적이 계속 술을 마시자고 재촉하여 결국 호프 집에 오게 되었다.

10개월 동안 힘들게 전직을 끝내고 단 8시간 자고 일어난 상태였다.

'잠시 이렇게 쉬는 것도 나쁘진 않지.'

자리에 앉은 진하와 기적은 곧 술과 안주를 시켰다.

"아, 기적아. 깜빡했네. 방패 어쩌냐?"

원래 전직 끝나고 기적에게 주려 했던 방패. 그런데 예상보다 전직이 오래 걸려서 소용없게 되어버렸다. 이미 기적의 레벨은 200이 넘었으니.

"괜찮습니더. 행님이 일부러 그런 것도 아니고 말입니더. 그런데 뭔 놈의 전직이 그리 오래 걸려예? 저는 하루 만에 끝냈는디. 하튼 지 같은 놈은 하다 승질 나서 치웠을 겁니더."

"잘 아네. 하하."

진하와 기적이가 농을 건네며 대화를 하고 있을 때 곧 술과 안주가 나왔다.

"아, 그란데 행님. 얘기 들으셨습니꺼?"

"무슨 얘기?"

기적이 안주로 나온 소시지를 한입 가득 물고 말한다.

"조만간 이벤트한다고 합니더."

"이벤트?"

"예. 라스트가 일 년이 지났지 않습니꺼? 그래서 첫 이벤트는 했고예. 현실 시간으로 한 달 뒤에 똑같은 방식으로 하나 더 한답니더. 레벨 별로 대회를 치르는데 1~50, 51~100, 101~150, 이런 식으로 나눠서 하고예, 급마다 상품이 다 다를 겁니더.”

한 달이면 게임 시간으로 석 달.

‘그때면 레벨 100 중반은 가능하겠군. 2차 전직이 관건이
지만.’

“레벨 101부터 150까지는 상품이 뭐냐?”

“100~200대는 상품이 똑같습니더. C급 액세서리 세트라
고 하던데예. 최상급이랍니더.”

“그래?”

살짝 호기심이 동하는 진하다. 최상급 옵션의 액세서리면
적어도 레벨 200까지는 마법 방어 세트를 바꿀 필요가 없었다.

‘뭐, 지금 중요한 것은 아니니……. 어차피 난 정신 스텟이
높아 마방이 좋은 편이고, 기사의 가면에도 전체 마법 저항
20%라는 대단한 옵션이 있지.’

현재 진하의 정신은 올 근력인 자신의 근력과도 큰 차이가
나지 않을 정도이며, 전직으로 얻은 +스텟까지 합친다면 레
벨 100대에서 따라올 자가 없었다.

50레벨 기사의 정신 스텟이 757이라면 모두가 경악할 일!

진하는 1시간 동안 기적과 수다를 떨다 집으로 돌아갔고,
집에 가서도 한 시간 동안 아버지와 은하의 축하와 길드에 가
입하라는 협박을 받은 뒤 게임에 접속할 수 있었다.

피시시시!

눈류의 검에 실버 울프의 몸이 반으로 쪼개지며 피가 솟구

쳤고, 검폭이 발휘되며 시체가 깔끔하게 처리되었다.

—레벨이 오르셨습니다.

—고정 스텟 근력 3이 상승하였습니다.

"좋아."

전직 퀘스트로 인해 모든 스텟에 +200이 붙은 눈류이기에 레벨 차이가 크지 않은 몬스터들에게 검폭이 일정 확률 이상으로 자주 발휘되었다.

더군다나 추가 포인트의 증가.

일반 직업의 경우는 1차 전직을 하면 고정 스텟이 3 올랐고, 스텟 포인트는 여전히 2를 받았다. 하지만 눈류는 고정과 스텟 포인트 둘 다 3을 받고 있었으며, 스킬 포인트 역시 다른 이들은 3을 받지만 4를 받았다.

어느새 눈류의 레벨은 57.

'레벨 업 속도가 점점 떨어진다. 고레벨 사냥터로 가야겠어.'

현재 자신의 능력치로는 레벨 100의 몬스터도 어렵지 않게 사냥할 수 있었다.

결심과 함께 샤인에게 음성 채팅을 시도하는 눈류.

"오빠, 왜? 길드 가입하려고?"

"길드는 나중에 가입할게. 아직은 알려지면 안 돼."

"어차피 그 대박 가면 쓰고 있잖아?"

"그래도 가입하면 내 아이디가 길드원들에게 뜨잖아. 귀찮

아. 나중에 진은이 조진 다음에 할게.”

“오케이. 대신 꼭 가입하는 거다?”

“알았어. 그런데 레벨 100 정도 수준의 몬스터가 많이 나오는 곳이 어디야? 아직 지리를 잘 모르다 보니 레벨 업이 느리다. 지금 내 능력치면 금방 100 찍을 수 있을 것 같은데.”

“으음… 오빠의 그 경악스러운 능력치라면 화염의 섬도 나쁘지 않아. 마법진으로 화염의 섬 입구로 이동한 다음에 세 갈래 길에서 가운데로 쭉 가. 그러면 넓은 공터 같은 곳이 나오는데 거기가 리젠이 아주 빠르지. 오빠, 범위 스킬 있지? 몰이도 좋은 곳이야. 거기 몬스터들이 대부분 레벨 100을 넘지만 워낙 사기적인 스텟과 스킬들을 보유했으니… 아, 혹시 모르니까 포션 사 가.”

“그래, 알았다.”

샤인과 음성 채팅을 마친 눈류는 크로티아 성으로 이동하여 생명력, 마나 포션들과 초보 마을보다 등급이 높고 부드러운 고급 빵, 만약 상처 입었을 때를 대비해 약초와 붕대, 그리고 귀환서와 물을 가득 산 후 화염의 섬으로 가는 마법진을 찾아갔다.

아직 샤인이 준 스크롤이 있지만 나중을 대비해 아껴둘 필요가 있었다.

크로아에서 화염의 섬까지는 마법진 사용료가 싸기 때문이었고, 다른 왕국에 가게 되면 사용하려는 생각이었다.

“아, 더워 진짜.”

"그래도 각종 섬들이 레벨 업이 좋잖아. 크로아와 가장 가까운 곳이 화염의 섬이니 좀 참아. 빙하나 다른 곳은 돈을 많이 지불해야 하잖아."

"알아. 그래도 더운 것을 어떻게 해."

"알았어. 자기야, 미안해. 기분 풀어."

'…죽여 버리고 싶군.'

화염의 섬 입구 마법진 주위에는 많은 사람들이 있었다. 그중엔 마을보다 더 비싼 가격에 포션이나 약초 등을 파는 사람들도 있었고, 재료를 구하는 장인들도 자리 잡고 있다.

대부분 파티 플레이를 하는 것인지 여럿이 뭉쳐 있었는데, 눈류의 눈에 확 들어온 유저가 바로 저 닭살 커플이었다.

삐치기와 달래기를 반복했으며, 애교와 하트가 난무했다.

그 옆에서 바라보는 다른 이들도 헛구역질을 하는 것을 보니 눈류가 예민한 것이 아니었다.

"아잉~ 자기, 뽀!"

"아우, 이뻐라!"

"봐!! 파티원이지만 죽여 버리겠어."

"참아. 하하!"

옆에서 구경하던 파티원들까지 흥분을 하게 만드는 키스 작렬.

눈류는 자신도 모르게 스킬 폭주를 발휘한 것을 깨달으며 마음을 진정시켰다. 그리고 주변을 둘러보며 샤인이 말한 길을 찾던 그때, 염장 커플을 살해하려던 남자를 막은 유저가 다가왔다.

키는 180 정도, 온몸의 근육은 보디빌더를 연상하게 하였고, 얼굴은 어울리지 않게 인자했으며, 나이는 30대 후반 정도로 보였다. 직업이 파이터인지 주먹에 무기를 장착한 상태.

"저기요."

"저 말입니까?"

막 가운데 길을 발견하여 가려던 눈류가 남자를 돌아봤다.

"전 루크라고 합니다. 계속 서 있으시는 것을 보니 화염의 섬에 처음 오신 듯한데… 파티를 구하시나요?"

"아닙니다. 혼자 사냥할 것입니다."

"예? 혼자요?"

루크는 어이없다는 표정으로 눈앞의 남자를 쳐다봤다.

이곳에서 솔로잉을 하는 사람은 정말 드물었다. 그 이유는 몬스터들이 나타나는 대부분의 장소가 리젠이 장난 아니기 때문이었다.

또한 동 레벨 몬스터를 잡으면서 솔로잉을 한다는 것은 포션의 소비가 심한 편이었으며, 한번 몬스터들에게 갇혀 버리면 살아남기 힘들기에 대부분 파티 플레이를 선호하였다.

그럼에도 혼자 플레이를 한다면 자신보다 레벨이 좀 낮은 곳에서 사냥하며, 앵벌이와 레벨 업을 겸사겸사 하는 이들이거나, 포션 소비와 상관없이 빠른 레벨 업 혹은 대박 아이템을 혼자 차지하기 위한 목적이었다.

"레벨이……?"

루크는 재차 남자를 위아래로 검사하듯 보면서 물었다.

화염의 섬에서 솔로 플레이를 한다면 최소한 레벨 80.

가장 낮은 몬스터가 레벨 80이기 때문이다. 그것도 물약을 사정없이 빨면서 싸워야 하며, 앵벌이를 하는 사람들도 보통 레벨 100은 넘어서 80몬스터들을 사냥했다.

그런데 루크가 아무리 봐도 남자는 레벨 100이 넘지 않아 보였다. 가면이 독특했지만 가끔 랜덤으로 떨어지는 치장용 아이템일 뿐이었고, 들고 있는 검과 장비들이 얼마 전 고급 세트로 맞춘 자신의 파티원과 똑같았기 때문이다.

"저요? 57입니다만……."

눈류는 자꾸 캐묻는 루크에게 살짝 짜증이 났지만 내색하지 않으며 대답했다. 그러자 루크는 '그럼 그렇지!' 라는 표정으로 고개를 끄덕였다.

루크에게 눈류는 아직 아무것도 모르는 초보 유저였고, 격수가 한 명 부족한 상황에서 적절한 멤버였다.

"이곳은 혼자서 사냥하기 힘든 곳입니다. 최하 몬스터 레벨이 80이기 때문이죠. 그러니 저희와 같이 파티를 하시죠."

눈류는 루크의 뒤를 바라봤다.

조금 전 커플과 남자 하나, 여자 둘이 있었다.

라스트 월드에서 파티 제한 수는 총 열 명.

'파티라……'

눈류도 파티 플레이를 선호했다. 하지만 죽이 맞는 기적이 같은 사람들과 뿐이다. 그것은 이전 게임에서도 그랬고, 라스트 월드도 마찬가지다.

아무하고나 파티를 하게 된다면 오히려 손해만 보는 경우가 많으며, 그로 인해 친해지게 될 경우 대화하는 시간이 많아지고 게임의 속도가 느려진다는 사실을 잘 알고 있었다.

'현재 나에게 저들은 짐만 된다. 오히려 나 혼자 하는 것이 훨씬 빠르다.'

잠시 루크 일행을 바라보던 눈류는 결심과 함께 곧 고개를 저었다.

"죄송하지만 전 솔로 플레이가 좋습니다."

대답과 함께 눈류는 가운데 길을 향하여 뛰었다. 그러자 루크가 당황하며 따라 달렸다. 평소 마음씨 좋은 그이기에 저레벨의 죽는 모습이 빤히 보이는데 가만있을 수는 없었다. 그런데 문제가 있었으니,

"허억! 뭐 저리 빨라?"

루크는 도저히 따라갈 수 없는 속도의 눈류를 보며 당황한 목소리로 말했고, 그것은 파티원들도 마찬가지였다.

현재 눈류의 민첩은 453, 거기에 전체 능력을 상승시켜 주는 가면과 투혼 역시 +스텟으로 인해 상당히 높았다. 그러니 루크의 파티원들은 눈류를 따라잡을 수 없었고, 결국 그들은

엉뚱하게 결론지었다.

"스킬을 발휘한 것 같은데?"

"음, 그런가? 하긴 레벨 50대가 저렇게 빠르기는 힘들 테니."

확신하는 루크와 일행이었다.

눈류는 빠르게 뛰었다. 주변 몬스터들이 달려들면 곧 전투 태세로 들어가며 처치했다.

'좋아.'

마을 근처에서 60레벨 몬스터들을 잡을 땐 당연히 더 강하 다는 생각에 크게 느껴지지 않았지만, 80 이상의 몬스터들을 가볍게 해치우자 높아진 능력이 실감났다.

전체 능력을 상승시켜 주는 투혼과 가면의 성능은 말할 필 요도 없었고, 검폭은 레벨 50~60대 몬스터들보다 발휘되는 횟수가 줄어들었지만 간혹 추가 데미지를 입혔다.

그리고 신속으로 인해 공격받을 땐 더욱 빠른 움직임과 역 공이 가능했고, 심안을 통해 몬스터들의 위치와 공격 방향도 이전보다 일찍 느낄 수 있었다. 또 가호는 공격력에 비해 부 족한 방어력을 채워주웠다.

마지막으로 마나는 기존보다 더 빠르고 많이 회복되었지 만 아직까지 큰 효력은 없었고, 포션을 주로 사용해야 했다. 하지만 시간이 지나고 마나의 스텟이 더 높아질 경우, 특히 포션을 사용할 수 없는 PK 등에서 큰 효력을 발휘할 것이다.

'패시브 스킬도 좋아. 데미지가 더욱 강력해졌어.'

패시브 레벨이 오르며 한 단계 상승된 소드 파워의 효력은 더 좋아졌으며, 크리티컬도 마찬가지였다. 또 어둠과 빛의 패시브로 인해 항상 추가 공격력과 방어력 향상이 된 상태. 그리고 증폭으로 인해 스킬의 위력 역시 놀라울 정도였다.

가장 먼저 폭주의 경우 분노의 상급 단계였고, 방어력이 하락하지만 그 이상의 공격력 상승을 보여주었다. 그리고 기사의 질주는 잔상을 남기며 순식간에 상대에게 파고들 수 있었다. 마나 소드의 경우, 가면의 기사 특수 스킬이라서 그런지 위력의 끝을 알 수 없었다. 아직까지 모든 몬스터가 한 번에 죽었기 때문.

그것은 먼 거리의 적을 공격할 수 있는 마나 소울도 마찬가지였고, 마나 스톰은 비록 데미지는 떨어지지만 주변의 모든 적을 공격할 수 있기에 효과가 뛰어났다.

더불어 높아진 마법 방어력과 장비 때문인지 더위는 느껴졌지만 아이템들의 내구도와 능력치 하락은 더 이상 나타나지 않았다.

눈류는 빠르게 몬스터들을 상대하며 샤인이 말한 곳을 찾아 달렸다.

확실히 몬스터들의 수가 많았다. 많게는 열 마리까지 달려들었고, 그럴 때마다 눈류는 폭주와 마나 스톰을 발휘하여 한 번에 몬스터들을 저승으로 인도했다.

'마나 소모가 너무 많은 것이 문제군.'

현재 눈류는 예전의 조금씩 채워주는 것이 아닌 중급 포션을 사용하고 있었는데, 한 번에 5%가 회복되었다.

눈류의 경우 생명력은 물론 마나 역시 높은 수치를 기록하고 있기에 가격 대비 성능이 뛰어났다. 특히 9,000이 넘는 마나는 455가 회복되었기에 마나 포션을 더 많이 챙겼다.

이제는 스킬이 더 중점이 되는 레벨이기 때문이다.

잠시 후, 눈류는 커다란 공터를 볼 수 있었다.

공터는 눈으로 그 끝을 보기 힘들 만큼 크고 넓었으며, 화염의 섬이라 온통 붉었다. 이미 많은 사람들이 파티 사냥을 하고 있었는데, 눈류는 잠시 돌아다니다 곧 꽤 넓게 비어 있는 공간을 발견했다.

그 자리에는 몬스터 열 마리 정도가 주변을 기웃거리고 있었고, 근처 파티원들은 빠른 리젠으로 인해 자기들 주변의 몬스터들을 상대하기도 바빴다.

"좋군."

눈류가 혼자 그 자리를 향해 다가서자 주변에서 사냥하던 사람들이 어이없다는 표정으로 쳐다봤다. 레벨 100대의 몬스터. 그것도 열 마리다. 그런데 혼자서 사냥을 하려 하다니?

"고렙인가 봐."

"고렙이 여기서 왜 해?"

"그러게. 앵벌이하나?"

주변 사람들이 수군거리든 말든 눈류는 기사의 질주를 발휘하여 눈으로 보기 힘든 속도로 몬스터들 사이에 파고들었다.

레벨 100대의 화염계 몬스터 살라만더. 불꽃 도마뱀의 형상을 갖췄으며, 불의 하급 정령이라 불렸다.

'이 정도 거리면 좋다.'

현재 눈류와 살라만더들의 거리는 대략 5m였고, 스킬 레벨이 37인 마나 스톰의 유효 거리는 8m였다.

마나 스톰의 경우, 적에게만 데미지를 주기에 다른 사람들은 걱정할 필요가 없었다.

라스트 월드에서 적으로 간주하는 경우는 여러 가지가 있는데, 첫 번째로 몬스터와 카오였다. 카오란 동의없이 다른 유저를 죽인 살인자를 뜻한다. 카오가 되면 여러 가지 패널티를 받게 되며, 이마에 붉은 인장이 찍힌다. 그리고 그 인장은 무엇으로도 가려지지 않으며 연한 빛을 뿜어냈고, 많은 사람을 죽일수록 빛이 진해졌다.

그 외로는 전쟁의 경우가 있었고, 길드전이나 공성전, 서로가 동의한 PK 등등이었다.

그리고 동의없이 다른 유저가 공격을 한 경우나 자신이 먼저 공격했을 때 잠깐의 시간 동안 상대가 적으로 간주되지만, 20초가 지날 때까지 더 이상 공격을 하지 않으면 적에게서 풀리게 된다.

이런 제도를 만든 것은 여러 직업의 범위 스킬이 존재했고, 좁은 곳에서 사냥을 하게 되는 경우도 많은데 다른 유저들이 피해를 받지 않게 하기 위함이었다.

단, 이 모든 것들은 범위 스킬에 한해서였다.

쿠에에에에!

살라만더 열 마리가 동시에 입을 벌리며 화염을 토해냈다. 그러자 강렬한 불꽃이 눈류의 몸을 덮친다.

화르르르륵!

'크흑… 살이 타는 것 같군. 그렇지만 D급 액세서리와 전체 마방이 20%인 기사의 가면, 높은 정신의 스텟으로 인해 생각보다 생명력이 많이 줄지 않는다.'

물론 그 생각보다라는 것은 과거에 비했을 때다.

현재 눈류의 생명력은 한 번 공격에 2,000이나 줄어 있었다. 열 마리가 동시에 공격했기 때문이니 마리당 200씩.

하지만 그것도 다른 유저들에 비하면 말도 안 되는 수치였다. 살라만더의 화염 마법은 강했기에 마방과 정신이 높은 유저라 할지라도 이곳에서 사냥할 레벨이라면 1,000이 넘는 데미지를 가볍게 입었다.

그렇기에 주위에서 사냥을 하며 구경하던 사람들은 방금 공격에 눈류가 죽었을 것이라 생각했다. 하나 눈류는 죽지 않았고, 가면의 기사가 되면서 귀에 연결 고리가 없어도 달라붙은 듯 착용된 가면 속 눈동자가 빛나는 순간,

'폭주! 마나 스톰!'

동시에 두 가지 스킬을 발휘한 눈류는 빠르게 한 바퀴를 돌

며 검을 휘둘렀다. 그러자 검에서 푸른빛이 뿜어져 나왔고, 원의 형태를 갖춘 마나의 기운이 살라만더를 휩쓸며 사라졌다.

트트트트특!

카르르륵!

마나 소드나 소울처럼 토막이 나지는 않았지만 몸이 70% 가까이 절단된 살라만더들은 기이한 소리와 함께 바닥에 쓰러졌다.

그와 함께 오르는 레벨과 아이템, 라르크 습득을 알리는 알림.

'좋아, 앞으로 이렇게 한동안 사냥한다.'

곧 살라만더들은 리젠이 되었고, 눈류는 포션을 마시며 마나 스톰만으로 사냥을 반복하였다.

주변에서 놀란 외침들이 들렸지만 전혀 관심 없었고, 빠른 레벨 업만이 머릿속을 지배했다.

'마나 스톰!!'

"저게 인간이야?"

"노, 놀랍군, 정말."

"저 스킬은 도대체 뭐야?"

"어떻게 한 번도 안 쉴 수 있지?"

근처에서 자리를 잡고 사냥을 하던 루크와 파티원들이 기가 차다는 표정으로 대화를 나누었다.

　아무리 피로도가 음식으로 회복된다 할지라도 현실에서의 자연적인 습관으로 인해 전투를 오랜 시간 하면 앉아서 쉬고 싶은 마음이 드는 것이 인간이었다.

　하지만 눈류는 게임에서 단 한 번도 쉬지 않으며 사냥을 하고 있었다. 이미 전직 퀘스트로 이런 일쯤은 우스운 눈류였고, 살라만더와 전쟁을 시작한 지 8일째인 지금 레벨은 96. 현재 속도로 보면 레벨 100까지 하루 정도면 가능했다.

　보통 같은 시간을 하더라도 레벨 50에서 100까지 한 달 가까이 걸린다. 그러나 동 레벨과 비교가 안 되는 능력치를 소유하고 사냥하는 내내 쉴 줄을 몰랐으며, 자신보다 고레벨의 살라만더를 효과적인 마나 소울로 10마리씩 잡았기에 가능한 일이다.

　더군다나 라르크 생각을 하지 않으며 풀 포션 사냥이었다.

　만약 살라만더가 아닌 더 높은 몬스터들을 사냥했다면 이미 100을 채웠을 것이다.

　"마나, 쩝쩝, 소울."

　피로도와 배고픔으로 인해 입 안 가득 빵을 씹으며 재차 나타난 살라만더들에게 마나 소울을 선사한 뒤, 리젠이 되는 짧은 시간 동안 물을 마시고 빵을 입에 넣는 눈류. 그리고 다시 마나 소울을 사용했다.

　독종! 괴물! 짐승!! 눈류의 모습을 본 유저들의 생각이었다.

　'점점 경험치가 줄어드는군. 다른 곳으로 가고 싶은데. 하아.'

원래 눈류의 계획은 레벨 80까지 찍고 더 높은 몬스터들이 있는 곳으로 옮길 생각이었다. 그로 인해 79때 왕국에 들러 잡템들을 아버지에게 넘기고, 포션들을 다시 채워서 돌아왔다. 하지만 눈류의 계획은 샤인으로 인해 깨지고 말았으니…….

"오빠, 레벨 101까지는 거기서 놀아. 그곳에서 20~30일에 한 번씩 보스 살라만더가 나오는데, 굉장히 좋은 아이템을 드랍하거든. 지난번에 나타난 뒤로 보름이 지났으니 곧 나타날 거야. 만약 들어주지 않으면 가면의 기사 아디를 모두에게 알려주고 다닐 것이니 부탁해용!"

─레벨이 오르셨습니다.
─고정 스텟 근력 3이 상승하였습니다.
─랜덤 스텟의 영향으로 근력과 지식, 체력이 1 상승하였습니다.
─전체 패시브 스킬이 1 상승하였습니다.
'망할 계집애, 치사하게 협박이나 하고…….'
랜덤 스텟과 패시브 스킬까지 상승하는 반가운 소리를 들으며 눈류는 여전히 쉬지 않고 마나 스톰을 발휘했다.
파파파파팟!!
이젠 육체가 잘려 버리는 살라만더들.
'레벨 업은 좋은데 돈이 안 벌려.'

눈류는 아쉬운 표정으로 인벤토리를 바라본 뒤 다시 마나 스톰을 사용하며 포션을 흡수했다.

스킬들의 위력은 대단했지만 그만큼 마나 소모가 많았고, 빠른 레벨 업을 위해 포션을 수시로 복용해야 했다. 그렇기에 라르크와 함께 많은 잡템과 간혹 완템도 먹었지만 모은 돈이 하나도 없었다.

라스트 월드에서는 포션의 가격이 높기 때문이었다.

'나중에 진은 놈을 밟아준 다음엔 파티로 사냥해야지. 이거 원, 포션 값이 감당이 안 되는군.'

속으로 구시렁거리며 살라만더들을 아작 내고 있는 그때, 눈류는 오싹한 기운이 전신을 사로잡는 것 같은 기분을 느꼈다.

'뭐지?'

다급히 마나 스톰을 사용하여 재차 리젠된 살라만더들을 해치운 뒤 눈류는 주위를 빠르게 관찰했다. 하지만 다른 이들은 아무것도 못 느끼는지 사냥에 열중하고 있었다.

하지만 온몸을 사로잡는 긴장감!

'뭐… 뭔가 나타난다.'

스텟 심안으로 인해 감각 기능이 한계를 초월한 눈류는 자신의 본능을 믿으며 인벤토리를 바라봤다.

'젠장… 마나 포션이 15개밖에……'

어쩔 수 없다는 듯 한숨을 내쉰 눈류는 자신의 구역에서 벗어나 루크의 파티원들이 있는 곳으로 자리를 옮겼다.

마나 포션을 아껴야 했고, 스킬 없이 살라만더 열 마리를 상대하기는 불가능했기 때문이다.

'분명… 살라만더 보스다.'

현재 레벨 90이 넘는 눈류가 이곳에서 긴장할 정도라면 보스 몬스터밖에 없었다.

그런 모습에 루크와 파티원들은 무슨 일이냐는 표정으로 바라봤고, 눈류는 손을 저으며 말한다.

"좀 쉬고 싶어서 왔습니다. 괜찮지요?"

눈류의 말에 루크는 웃음을 머금은 채 고개를 끄덕였다. 파티를 하지 않았기에 몬스터를 치지 않는 이상 경험치가 나눠질 일이 없었고, 매정하게 내칠 성격의 루크도 아니었다.

'포션이 다 떨어진 것인가?'

눈류가 쉬는 것을 포션 때문이라고 생각하며 루크와 파티원들은 다시 사냥을 가동했는데, 그때 주변이 시끄러워지며 20m 떨어진 곳에서 거대한 붉은 형체가 나타났다.

"보, 보스 살라만더다!!"

"우와! 잡자!!"

작은 도마뱀의 육체에 불꽃을 발하는 살라만더와 달리 보스 살라만더는 크기만 5미터가 넘어 보였고, 불꽃 그 자체로 이루어진 육체를 소유하고 있었다.

"정보!"

[보스 살라만더]

모든 살라만더들의 보스이며 아버지이자 어머니.

온몸이 불꽃으로 이루어졌기에 물리 공격은 통하지 않으며, 강력한 화염계 마법을 사용한다. 마지막 공격을 성공시킨 유저에게는 화염의 구슬이 드랍된다.

'화염의 구슬. 샤인이 원하는 것이 저 화염의 구슬이었군.'

눈류는 보스 살라만더에게 한 걸음 떨어져서 상황을 주시했다. 보스 급의 몬스터는 레벨에 비해 상당히 강하다. 더군다나 보스 살라만더의 경우 체력이 아주 높아 쓰러뜨리기도 힘들었다.

'더… 더 싸워라. 그리고 죽어라. 마지막은 내가 가질 것이니.'

눈류는 보스에 흥분하여 달려드는 사람들을 보며 마나를 회복했다.

"으아아아악!"

"크허어억!"

"사, 살려줘!!"

"아이스 스톰!"

"파워 브레이크!!"

아비규환! 이 말보다 더 적절한 표현이 있을까. 말 그대로 처참한 살육의 현장이었다.

비명과 살 타는 냄새가 사방에 진동했으며, 죽는 이들은 피한 방울 흘리지 못하고 모두 재가 되어 사라졌다.

흔히 레벨 200이 넘으면서 마법 방어력을 올린다. 그때부터는 마법 몬스터들이 많기 때문이다.

그러니 레벨 100도 안 되는 유저들의 마방이 높으면 얼마나 높겠는가? 마법사도 마법 공격력을 먼저 올리는데 말이다.

그 결과 보스 살라만더의 화염 공격을 다른 사람들은 견디지 못했고, 제대로 접근조차 어려웠기에 원거리 스킬을 보유한 자들만이 공격을 감행했다.

"저 사람은 근처에만 가도 타버렸어. 마방이 낮으면 접근도 힘들겠는데?"

루크가 파티원들을 향해 말하자 모두가 고개를 끄덕였다.

"내가 가봐야지."

"일리아, 괜찮겠어?"

"그럼. 난 마법사니 멀리서 공격하고 도망치면 돼."

얼마 전 입구에서 온갖 닭살짓으로 눈류를 괴롭게 한 커플 중 여자인 일리아가 파티원들에게 걱정 말라는 말과 함께 보스 살라만더에게 접근했다.

하지만 눈류에겐 치기 어린 행동으로밖에 보이지 않는다.

'위험할 텐데……'

그때 일리아가 갑자기 돌아서며 필살기를 날린다.

"자기야! 조금만 기다려! 갔다 와서 뽀~ 해줄게!"

입술을 오므린 후 손바닥으로 사랑을 날려주는 일리아. 그 행동에 눈류의 옆에 있던 남자 친구는 하트를 그린다.

그로 인해 수많은 유저들이 비틀거렸지만 철저하게 무시하는 센스!

'그냥 가서 죽어버려.'

결국 악담을 하며 눈류는 자리에서 일어섰다. 많은 사람들은 접근조차 힘들어했고, 마땅한 원거리 스킬이 없는지 멀리 떨어져서 구경하기에 바빴다.

공격하는 유저들은 마법사가 큰 비중을 차지했고, 그 외 기사나 전사, 파이터들도 간간이 원거리 스킬로 데미지를 주고 있었다.

하나 그들 역시 보스 살라만더의 공격은 피하기 힘들었기에 조금씩 수가 줄어들고 있었다.

'이젠 방법이 없다. 고레벨들이 오기 전에 내가 처치해야 해.'

샤인의 말에 의하면 화염의 구슬을 노리는 고레벨이 많았고, 아는 사람을 심어두는 것인지 보스 살라만더가 뜨면 나타난다고 했다.

물론 샤인 역시 눈류에게 나타나면 알려달라고 했지만, 안타깝게도 현재 샤인은 접속을 하지 않은 상태.

'물리 공격은 통하지 않으니 스킬 중에서 마나 소울이 가장 낫겠군.'

마나가 100% 찬 상태에서는 마나 소울을 총 세 번 사용할 수 있었다. 남은 포션까지 합쳐도 몇 번 되지 않았으며, 스킬 폭주를 사용할 경우 그 횟수는 또 줄어든다.

'그 안에 죽어주라.'

눈류는 빠르게 살라만더를 향해 달렸다. 그사이 겁을 먹어서인지 망설이던 일리아가 빙계 마법을 사용한 뒤 달려오는 눈류와 교차하며 후닥닥 자신의 파티원들을 향해 뛰었다.

열기로 인해 접근조차 힘들었기에 그녀로선 최선의 선택이었다.

"크윽… 뜨겁긴 정말 뜨겁군."

마나 소울을 사용할 수 있는 범위 안까지 들어선 눈류는 온몸을 후끈 달아오르게 하는 열기에 신음을 흘렸다. 뜨겁고, 뜨거웠으며, 뜨거웠다. 하지만 견디지 못할 정도는 아니었고, 장비 역시 문제가 없었다.

높은 마법 방어력의 위력이 나타나는 것이다.

'폭주!'

마나가 줄어들기 시작하며 공격력이 상승했다.

'간다! 마나 소울!'

단전에 기거하는 마나의 움직임이 느껴짐과 동시에 검에서 푸른빛이 맺혔다. 그리고 보스 살라만더를 향해 반원 형태를 갖춘 마나가 발출되었다.

쌔애애앵!

캬아아아!

마나는 보스 살라만더의 몸을 관통하며 사라졌다. 불꽃으로 이루어져서인지 보스 살라만더의 육체는 잘렸다가 다시 붙었다. 하지만 데미지는 입었기에 괴성과 함께 눈류가 있는 곳으로 고개를 돌렸고, 순식간에 접근했다.

'빠르다. 기사의 질주!'

눈류는 그 모습을 놓치지 않고 황급히 기사의 질주를 사용하며 보스 살라만더와 거리를 벌렸고, 재차 마나 소울을 발휘하였다.

캬아아악!!

몸이 잘렸다가 붙음과 동시에 괴성을 지르는 보스 살라만더.

'제발 죽어라!! 마나 소울!'

쌔애애앵!!

화르르르륵!

눈류가 세 번째 마나 소울을 발휘하자 보스 살라만더 역시 공격을 결심하며 온몸에서 화염을 토해냈다. 그러자 마나 소울과 물결 같은 화염이 부딪쳤다.

스파아앗!

'젠장!'

뭐든지 자른다는 명칭처럼 화염을 가르며 보스 살라만더를 뚫어버린 마나 소울.

갈라졌지만 슬라임처럼 다시 붙으며 눈류를 공격하는 화

염의 물결.

"크으으윽!"

단 한 번의 공격으로 생명력 3,000이 줄어들었고, 참혹한 고통을 동반했다.

'대단하다. 20%밖에 느끼지 못하는데 이 정도라니…….'

이미 수없는 죽음과 극한의 고통을 겪었고, 높은 정신 스탯과 기사의 가면으로 인해 그나마 견딜 수 있었지만 이를 악물게 하는 통증이었다.

더불어 열기를 이기지 못한 채 떨어지는 장비들의 내구력.

—기사의 가면을 제외한 모든 장비의 내구력이 15% 저하됩니다.

아무리 D급에서 좋은 장비들이라 할지라도 레벨 200이 넘는 보스 살라만더의 위력에 무너지고 말았다.

눈류는 급히 자리를 피한 뒤, 일단 인벤토리에 있는 약초로 부상을 치료했다. 지금처럼 화상을 입거나 독에 중독되고 출혈이 멈추지 않는 상처를 입었을 경우 약초나 붕대 등으로 치료를 해야 했다.

그러지 않고 그냥 놔둔다면 생명력이 조금씩 줄어들게 되어 있었고, 치료를 다 하면 회복하게 되는 것이다.

부상을 입었을 경우 회복되는 경우는 세 가지다. 첫 번째는 마법이었고, 두 번째는 죽어서 부활하는 것, 마지막으로 치료하는 것이다.

치료를 할 경우에는 부상의 정도에 따라 필요한 아이템의 양과 질이 달라지며, 치료를 다 마치면 원래대로 회복되었다. 현실과 게임을 적절히 섞어놓은 결과였다.

하나 잘린 경우 등 큰 부상은 일반 치료로는 힘들었고, 고 레벨의 마법이나 신성 마법으로만 치료가 가능했다.

다행히 눈류는 아주 큰 부상은 아니기에 만약을 대비해 준비한 고급 약초를 다섯 장 쓰자 화상이 사라졌고, 다 탔던 머리카락과 눈썹 등이 새로 돋아났다.

물론 목이 잘리는 등, 도저히 살 수 없는 부상을 입으면 즉사를 하게 되며 치료도 불가능했다.

휙휙.

눈류는 빠르게 주변을 확인했다. 혹시나 자신이 대머리가 된 모습을 본 사람이 있지 않을까 하는 쪽팔림에서였다.

그런데 눈류의 시야에 들어온 일행이 있었으니…….

"크크크큭……."

"푸하하하……."

"히히히… 배 아파……. 헤헤."

조금 떨어진 곳에서 자신을 보며 배를 잡고 웃고 있는 루크와 파티원들.

"이런."

눈류가 눈을 부라리며 쳐다보자 그들은 언제 그랬냐는 듯 정색하며 몸을 돌렸지만, 벌벌 떨고 있는 모습은 분명 힘겹게 참으며 웃고 있는 것이었다.

'제, 젠장! 웬 망신이야!'

퍼퍼퍼퍼펑!

키에에에엑!!

"미, 미친 것들!"

"카, 카오다!!"

"으아악! 살려줘!!"

루크와 파티원들을 보며 '다 죽었어!' 하는 생각과 함께 일어서던 눈류는 갑자기 들려오는 참혹한 비명 소리에 고개를 돌렸다.

그곳에는 보스 살라만더와 유저들이 대립하고 있었는데, 분위기가 심상치 않았다.

사람들을 죽이고 있는 것은 보스 살라만더가 아닌 바로 세 명의 남녀!

언제 나타났는지 두 명의 여자와 한 명의 남자, 총 셋이서 주위의 유저들을 공격하고 있었다.

셋의 공통점은 이마의 문신에서 아주 진한 붉은빛이 뿜어져 나오고 있었고, 몸의 2/3를 가리는 검은 날개를 등에 착용했다는 점이다.

'카오들이다. 그것도 최소 레벨 200.'

가까이 다가간 눈류는 상황을 주시했다.

그들은 보스 살라만더에게 공격을 가하거나 항의를 하는

사람들을 망설임없이 죽였다.

'마지막 공격을 자신들이 하기 위해서인가? 젠장.'

그들의 목적은 분명 화염의 구슬인 듯 보였고, 카오임에도 저렇게 대놓고 다닌다는 것은 실력에 자신이 있다는 뜻이다.

한 명의 여성 유저는 나이가 20대 초반으로 보이는 서구적인 미인이었고, 허리까지 오는 검은 머리카락을 땋은 상태였다.

부드러운 재질로 만들어진 옷을 입고 있었는데 나시와 미니스커트를 연상하게 하였으며,

양손과 발에도 옷과 같은 검은색의 장갑과 장화를 착용한 상태였고, 붉은 검을 소유하고 있었다.

남자는 금발을 짧게 친 상태인데, 검은색의 묵직한 갑옷과 검, 방패로 무장한 상태였다.

'그리고……'

눈류는 그들 가운데에서 보스 살라만더를 상대하는 여자에게 시선을 옮겼다. 마치 장난감을 가지고 노는 듯 마법으로 효과적인 공격을 하고 있었다.

빙계 마법이 대단한지 마법을 발휘하면 보스 살라만더의 몸 자체가 얼어붙었고, 그 틈에 다른 계열 마법으로 데미지를 주는 전술이었다.

'가장 위험하다.'

심안을 얻은 후부터 눈류는 라스트 월드 안에선 자신의 직

감을 따르는 편이었다. 그리고 그 직감이란 놈이 위험하다고
외쳤다.

큰 눈동자는 아무런 감정이 없는 듯 보였고, 어깨까지 내려
오는 회색의 머리카락과 아름다운 얼굴이 조화로웠다.

검은색으로 된 천과 같은 장비를 착용하고 있었는데 여자
들이 현실에서 주로 입는 원피스를 연상하게 했으며, 가슴 윗
부분이 살짝 보였고, 가슴 아래쪽으로는 군데군데 찢어져서
하얀 속살이 노출되었다.

치마 쪽 역시 찢어진 상태로 왼쪽 허벅지가 노출되었고, 장
갑과 신발 역시 같은 재질로 만든 것처럼 보였다.

장갑의 경우는 팔꿈치까지 둘둘 말린 형태였고, 장화는 무
릎 바로 밑까지 위치해 있었다.

그리고 다른 카오들처럼 그녀 역시 검은 날개를 소유하고
있었는데, 한쪽 손에는 창인지 지팡이인지 구분이 힘들었지
만 마법을 주로 사용하는 것을 보면 지팡이일 확률이 높았다.

그녀의 지팡이는 165 정도로 추정되고 자신의 키보다 길었
으며, 물리 공격을 할 수 있게 윗부분은 십자가의 형태로 날
카로운 세 개의 날이 존재했고, 십 자로 이어지는 부분에 원
의 형상이 자리 잡고 연결되어 있었다.

눈류는 이를 악물며 가장 위험하다고 느껴지는 여자에게
서 시선을 떼지 않았고, 그때 그들의 대화가 들렸다.

"얼마 남았냐?"

남자의 말에 보스 살라만더를 공격하던 여자가 짧게 대답한다.

"곧."

"그래? 아, 이번에도 한 건 하는구나. 크큭. 그런데 얼었을 때 빨리 끝낼 수 있었으면서 왜 질질 끌어?"

"그러면 재미없잖아."

"그래, 그래."

남자는 이런 일이 익숙한지 사람들이 죽으며 떨어뜨린 아이템을 습득하였다. 시간은 중요한 문제가 아니었다. 다른 고레벨들이 오기 전에만 처치하면 되었고, 그동안 유저들을 죽이며 얻게 되는 부수입도 짭짤했기 때문이다.

만약 모두가 힘을 합쳐서 달려든다면 위험하겠지만, 그런 경우는 거의 드물었다. 크나큰 힘의 차이 앞에서 자신은 희생양이 되지 않기를 바라는 것이 바로 인간들의 본능이었다.

'곧? 젠장. 내가 얻어야 하는데……'

눈류는 초조했다. 여자와 보스 살라만더는 얼음땡 놀이를 하듯 얼고 풀리고를 반복하고 있었다.

'어쩔 수 없지.'

잠시 망설이다 결국 결정을 내린 눈류는 조심스럽게 뒤로 물러섰다.

여자의 동료들은 누가 마지막 공격이라도 할까 봐 주변을 경계하고 있었다.

현재 마나 소울의 유효 거리는 37m.

보스 살라만더와의 거리를 대략 30m까지 벌린 눈류는 곧 타이밍을 쟀다.

얼었고, 공격 마법이 떨어진 후 다시 풀렸다. 어는 시간은 정확히 5초. 가능했다.

눈류가 노리는 것은 보스 살라만더가 얼어버리는 타이밍.

놈의 생명력이 얼마나 남아 있는지는 모르지만 얼어버린 순간 목을 노리며 마나 소울을 시전한다.

그러면 분명 얼음은 깨지거나 잘릴 것.

그동안 누가 다 잡았냐가 중요한 것이 아니다. 마지막 공격만 하면 된다.

모두가 노리는 것은 화염의 구슬이니 말이다.

'단 한 번의 기회.'

만약 실패한다면 필히 죽게 될 것이다.

눈류는 자신의 위치에서 보스 살라만더의 머리까지의 거리를 재고 각도를 정한 후 때를 노리며 폭주를 시전했다.

찌지지지직.

그 순간 보스 살라만더가 재차 얼었다.

"마나 소울!"

외침과 함께 검에 맺힌 푸른 기운이 기다렸다는 듯 빠른 속도로 얼어버린 보스 살라만더의 머리를 노리며 달려들었다.

그와 함께 얼굴이 일그러지는 카오들.

콰콰콰쾅!!

검폭이 발휘되면서 잘리지는 않았지만 얼어버린 보스 살라만더의 머리가 폭발하였다.

―화염의 구슬을 습득하셨습니다.

'됐다!'

―레벨이 오르셨습니다.

마지막 한 번의 공격이지만 결정타를 날렸기에 꽤 많은 경험치가 들어왔고, 레벨 업이 되었다.

"저런 개자식이!!"

크로우는 분노한 표정으로 외쳤다.

자신과 동료 제일라는 언제나처럼 주변 사람들을 감시했다. 비록 그들이 약하다 할지라도 마지막 타격이 중요했기 때문이다.

그런데 뒤로 물러나기에 신경을 껐던 놈이 먼 거리에서 저런 스킬을 사용할 줄이야!

짜증이 치밀어 오르면서도 어이가 없었다.

'저놈의 아이템은 분명 D급이다. 내가 예전에 착용했던 갑옷이니 확실해. 그렇다면 많아야 레벨 100. 설혹 C급이라 할지라도 우리보다 저레벨이야. 그런 놈이 아무리 월하로 인해 보스 놈이 얼었다고 하지만 한 번에 박살 내다니?

눈류의 가공할 만한 능력치와 가면의 기사가 되면서 얻은 마나 스킬들을 모르는 크로우로선 당연한 생각이었다.

“개자식이라…….”

저들이 카오이든 뭐든 미안한 감을 조금, 정말 조금 가지고 있던 눈류는 개자식이란 발언에 차가운 표정으로 중얼거리며 쳐다봤다.

비록 상대가 레벨이 높고, 자신보다 강하다 할지라도 처음 보는 놈에게 욕을 먹었기에 다혈질 성격이 폭발한 것이다.

속으로는 ‘참아라, 진다, 도망쳐’ 라고 외쳤지만 육체가 말을 듣지 않는다.

스팟!!

“이봐, 죽고 싶…….”

화가 난 음성으로 차갑게 말을 내뱉던 눈류는 오싹한 느낌에 말을 잇지 못하며 서둘러 기사의 질주를 사용했다. 그러자 자신이 방금 서 있던 자리가 움푹 패이며 폭발했고, 소름이 돋는 살기가 느껴졌다.

바로 자신이 가장 경계했던 여자!

‘어, 어느새 내 뒤로 온 것이지?

눈류는 이를 악물며 검을 꽉 쥐었다. 마나 포션은 부족하지만, 생명력 포션은 아직 꽤 남아 있었다.

아무런 말 없이 눈류를 노려보던 월하의 신형이 흐릿해지더니 순식간에 사라졌다. 이동 마법 블링크!

“젠장!”

월하가 나타난 곳은 눈류의 바로 옆이었고, 뾰족하고 날카로운 지팡이가 목을 노리며 쇄도했다.

'기사의 질주!'

목을 살짝 스치며 생명력이 하락하기는 했지만 아슬아슬하게 피한 눈류.

'위기 상황에서 발휘되는 신속이 없었더라면…….'

주르륵.

목을 만지는 눈류의 손에 피가 맺힌다.

"할 수 없군."

지이잉.

눈류의 검에서 마나소드가 발휘되며 빛이 일렁거렸다. 그와 함께 폭주를 사용하며 빠르게 파고들어 속도를 최대한 살려 내려쳤다.

피할 수 없었다. 귀환서를 사용하려 해도 공격을 일정 시간 당하지 않아야 발동된다. 결국 싸우는 것이 최선이다.

사아아악!!

마나를 머금은 검이 월하의 얼굴을 베어버리려는 순간,

스팟!!

블링크로 순식간에 사라진다.

"젠장!"

마나소드는 헛되이 지면을 갈라 버렸고, 눈류는 분노했다. 하지만 자신을 향해 느껴지는 위압감에 황급히 고개를 돌렸고, 월하의 눈과 정면으로 시선이 마주쳤다.

'뭐, 뭐냐?!'

조금 전과는 달리 붉은색으로 변한 눈동자와 마주하자 눈류는 몸이 마비라도 된 듯 움직일 수 없었고, 그때 월하의 날카로운 지팡이가 목을 관통했다.

투투툭.

창과 같은 지팡이 끝 부분부터 눈류의 피가 맺혀 흘렀다.

―사망하셨습니다. 화염의 섬 입구 마법진에서 부활합니다.

생명력이 얼마나 남았든 회복할 수 없는 치명상을 입은 눈류.

라스트 월드를 시작한 후 처음으로 유저와 싸웠으며, 패배했다.

그것도 완벽한 실력의 차이로.

"이 빌어먹을 계집애!!"

화염의 섬 입구 마법진에서 부활한 눈류는 짜증이 폭발할 것 같았다. 다행히 잡템만 일부 떨어뜨렸지만 가슴에서 화가 치솟았다.

'냉정해지자. 젠장, 냉정해지자.'

애써 속으로 자신을 다스리며 마음을 가라앉혔다.

화가 나고 분했지만 싸워봐야 똑같은 결과만 되풀이된다.

'현실이라면 어떻게든 방법이 있겠지만 이곳 세상은 다르다. 힘이 모든 것을 지배한다. 참자, 참자. 젠장.'

그렇지만 끓어오른 화는 쉽게 가라앉을 줄 몰랐고, 그때 낮익은 사람들이 자신을 향해 다가오는 것이 보였다. 바로 루크와 일행.

"괜찮으십니까?"

루크가 걱정스런 표정으로 묻자 굳은 얼굴로 고개를 끄덕이는 눈류.

"그들은 갔으니 걱정하지 마세요."

루크의 말에 눈류의 표정이 일그러진다.

힘이 부족해서 당하고도 다행이라 생각해야 하다니 비참했다.

"아까 그 연놈들의 정체가 뭡니까?"

화가 단단히 난 눈류에게 루크는 간단히 설명했다.

그들은 유명한 카오들이었다. 그리고 많은 사람들이 노리는 카오들이기도 했다.

하지만 자신들보다 강한 상대가 나타나면 순식간에 사라졌기에 잡기가 어려웠으며, 특히 눈류를 죽인 월하는 그중 가장 뛰어났다.

오죽하면 눈류가 전직 퀘스트를 하는 당시, 1주년 첫 이벤트 때 모두가 노렸음에도 불구하고 대회까지 참가할 정도였고, 레벨 201~250 시합에서 우승을 차지했다.

"왜 그러는지 이유는 잘 모릅니다. 뭐, 사람들을 죽여 떨어지는 아이템과 보스템들로 돈을 벌려는 것이겠지요. 아니면 그냥 심심해서 죽이고 다니는 것들이지."

눈류는 고개를 끄덕였다. 카오들은 보통 그런 이유로 사람들을 사냥한다.

"그런데 궁금한 것이 있습니다."

눈류가 월하를 떠올리며 분노를 불태우고 있을 때 재차 루크의 목소리가 들렸다.

"님의 레벨이 알고 싶습니다. 아무리 생각해도 57은 아닌 것 같군요."

'거참, 별것을 다 궁금해하네.'

한숨을 내쉬며 눈류는 거짓말을 하였다. 지금 레벨은 우거봐야 귀찮아질 뿐이며, 레전드라고 생각하게 된다면 더 피곤해진다.

"사실 레벨 100이 넘습니다. 2차 전직을 하며 괜찮은 스킬을 얻었기에 앵벌이나 할까 해서 이곳에 있었던 것입니다."

그러자 눈류와 같은 갑옷을 걸친 염장 커플의 남자가 의심 가득한 말투로 물었다.

"저랑 똑같은 장비로 보이는데… 레벨 100이 넘는 것이 확실합니까?"

예상했다는 듯 방긋 웃으며 대답하는 눈류.

"제가 거지라서요. 아직 C급 장비를 맞추지 못했습니다."

"그렇군요. 괜히 제 동생이 실수를 한 듯……."

사람 좋은 루크가 미안한 표정으로 말하자 눈류는 괜찮다는 간단한 인사와 함께 다시 사냥터로 향했다. 같이 있어봐야 좋을 것이 없었고, 수다를 떨고 싶은 기분도 아니었기 때문이다.

'월하라고 했나? 다음에 만날 땐 꼭 갚아주마.'

Part 7

길드 레전드

The knight of mask

　―레벨이 오르셨습니다.

　―고정 스텟 근력 3이 상승하였습니다.

　―전체 패시브 스킬이 1 상승하였습니다.

[가면의 기사 2차 전직 퀘스트]

　태초에 어둠과 빛이 있었으니… 그대는 모두를 구원하겠는가, 아니면 모두를 파괴하겠는가?

　두 번째 결계는 빙하의 섬에 있다는 것이 확인되었다.

　빙하의 섬 어딘가에 갇혀 있는 레이첼 황녀를 찾아 구출한 뒤 증표를 받아라.

‘2차 퀘스트… 그전에 샤인을 먼저 만나야겠어.’

레벨 100과 함께 2차 전직 퀘스트가 떴지만 1차처럼 얼마나 오래 걸릴지 알 수 없는 일이다. 그렇기에 샤인을 만나 화염의 구슬을 주고 퀘스트를 하기로 결심한 눈류는 귀환서를 사용하려고 했다.

‘뭐지?

누군가가 다가오는 기척이 느껴졌다. 그것도 아주 빨리.

“누구냐?”

눈류는 검을 쥔 손에서 힘을 빼지 않으며 뒤를 돌아봤다. 그곳에는 은빛 머리카락을 길게 휘날리며 한 남자가 서 있었다. 바로 뒤에까지 왔을 것이라곤 생각지 못한 눈류는 긴장으로 침을 꿀꺽 삼켰고, 그때 남자에게서 음성 채팅이 들어왔다.

“안녕하세요, 눈류님.”

수락을 하자마자 들리는 온화한 음성.

“카르미엔이라……. 전 당신을 모르는데 누구십니까?”

“저는 라스트 월드 운영진 중 한 명입니다.”

방긋 웃으며 말하는 카르미엔. 눈류는 고개를 끄덕였다.

바로 앞에 있으면서 왜 음성 채팅을 시도했는지 이해가 되었다.

“눈류님이 혼자 계시기만을 기다리다가 이제야 찾아뵙게 되었습니다.”

“그러시군요. 무슨 일입니까?”

“먼저 가면의 기사가 되신 것을 축하드립니다. 솔직히 저희 운영진들은 유저께서 마나를 깨닫는다 할지라도 최소한 1년은 가볍게 넘길 직업이라 생각했는데 10개월 만에 전직을 끝내셔서 놀랐습니다.”

인상을 찡그리는 눈류.

10개월 만이라니? 그 외롭고 처절한 사투를 알고서 저렇게 말하는 것인가?

마음 같아서는 ‘네가 해보지?’ 라고 외친 후 퀘스트 방에 처넣고 싶었지만 상대는 운영자였고, 그러기엔 자신은 너무나 착한 남자였다.

“제가 이렇게 찾아뵙게 된 것은 공개 여부에 대한 결정을 듣고 싶어서입니다.”

“공개하지 않겠습니다.”

눈류는 단호하게 대답했다.

공개를 한다면 불이익도 존재하겠지만 분명 이득도 있을 것이다.

하나 아직은 아니었다. 적어도 진은보다 강해지기 전까지는 알리고 싶지 않았고, 그 필요성도 느끼지 못했다.

“음, 마지막으로 묻겠습니다. 정말 싫으십니까?”

“네, 싫습니다. 물론 언젠가는 공개하겠지만 지금은 아닙니다.”

눈류의 말에 다시 온화한 미소를 짓는 카르미엔.

그 웃음에서 왠지 게이가 떠오른 눈류였지만 티내지 않으며 함께 씨익 웃었다.

"알겠습니다. 그럼 나중에 공개를 원하실 때 언제든 음성 채팅을 신청해 주세요."

"그러지요."

고개를 살짝 숙이며 인사를 한 카르미엔은 곧 눈으로 따라가기 힘든 속도로 사라졌다.

'저 스킬이 탐나는군.'

기사의 질주보다 더욱 뛰어난 스킬을 탐내며 눈류는 크로티아 성 귀환서를 사용했고, 마법진에 몸을 실었다.

"오빠, 어딘데?"

귀환서로 크로티아 성에 돌아온 눈류는 접속한 샤인에게 음성 채팅을 시도하였다. 그러자 기다렸다는 듯 반문하는 샤인.

"지금 성 3층인데."

"그래? 그럼 내가 지금 그리로 갈게."

"알았어."

음성 채팅을 끝내고 화려한 분수대에 앉아 주변을 둘러보는 눈류의 머릿속으로 번쩍 스치는 생각.

'아이템 성능들을 확인해 봐야지.'

아버지 박하다에게 C급 장비를 얻기로 한 상태이기에 능력치를 알아두려는 것이다. 만약 오늘 본 것들보다 능력치가 낮다면 따질 생각으로.

"레벨 152 흑기사! 마도의 숲 갑니다!"

"어둠의 평원 가실 성직자 분 구합니다!"

"근력 15 이상 올려주는 C급 검 구합니다."

"최상품 너클 삽니다!!"

많은 사람들이 외치며 각자의 장비를 사고팔고 있었다. 그리고 눈류 역시 아이템의 성능들을 확인하며 돌아다니는데 샤인의 음성 채팅에 뒤를 돌아보니 온통 붉은색으로 치장된 예쁜 마법사가 서 있었다.

"뭘 그렇게 찾아?"

"어? 아, 아니야."

서둘러 대답을 회피하는 눈류.

만약 샤인이 알게 된다면 아버지도 100% 알게 될 것이고, 그렇다면…….

'소심한 아버지 성격에 좋은 장비를 안 줄지도 몰라.'

C급부터는 장비가 상당히 중요했다. 200까지 오랜 기간 사용하기 때문이다.

"하여튼 빨리 가자. 다들 기다려."

"다들?"

"아, 가면 알아."

여신처럼 환하게 웃으며 눈류의 손을 잡아끄는 샤인.

눈류는 어깨를 으쓱하며 그 뒤를 따라갔다.

“다 왔다.”

샤인을 따라 도착한 곳은 주점의 입구였다.

‘그러고 보니 난 아직 한 번도 음식을 사 먹지 않았구나.’

많은 사람들이 라스트 월드 세상에서 유흥을 즐겼지만 눈류는 레벨 업만 한다고 언제나 간단한 빵으로 배고픔과 피로도를 채웠다.

“아, 맞다. 이거.”

입구에 들어가기 직전 눈류는 인벤토리에서 화염의 구슬을 꺼냈다.

붉은빛이 반짝거리는 주먹 크기의 구슬을 보자 반가운 목소리로 외치는 샤인.

“우와! 혼자 구한 거야?”

“아니. 내가 마지막 공격을 해서 얻게 됐어.”

눈류는 월하에게 죽임을 당한 사실을 뺀 채 사정을 설명했다.

샤인에게 말해봐야 이길 능력이 되지 않는다. 그리고 자신의 복수는 스스로 하고 싶은 마음 때문이었고, 괜한 걱정하게 하고 싶지 않았다.

“이야! 하여튼 대박을 얻었어. 고마워. 안 그래도 길드 레벨을 올려야 했는데… 헤헤.”

길드는 레벨 100이 넘으면 제한 없이 창설할 수 있다. 하지만 처음 창설했을 때 길드 인원은 열 명이 한계였고, 그 이상을 모집하기 위해서는 길드 레벨을 올려야 한다.

길드 레벨을 올리기 위해서는 단계마다 필요한 것이 있는데, 인원을 30명으로 늘려주는 2단계로 올라가기 위해선 화염의 구슬이 필요했다.

길드원은 길드전은 물론 길드 퀘스트까지 참여할 수 있다.

"하여튼 들어가자."

샤인이 먼저 문을 열고 들어가자 눈류가 뒤를 따랐다.

'큭, 술 냄새.'

가장 먼저 느낀 것은 술의 향기였다.

주점 안에는 많은 유저들이 음식과 술을 즐기며 대화를 나누고 있었다. 마음껏 술을 마시고 음식을 먹어도 현실에서의 건강은 나빠지지 않으며 살도 안 찌니 라스트 월드를 천국이라 생각하는 사람들도 있을 정도였고, 그로 인해 음식점이나 주점 등은 자리 잡기가 힘들 정도이다.

"이번에 발라트 왕국에서 다섯 번째 레전드가 나타났다며?"

"어? 나도 들었어. 점점 늘어나는군."

"다섯 번째도 그렇고 네 번째도 정말 궁금해."

"나도 마찬가지야. 다섯 번째 레전드는 아직 공개 여부를 모르지만 가면의 기사인가 뭔가 하는 그 사람은 자신을 공개안 하기로 결정했대. 뭐, 직업을 보면 가면을 차고 있지 않겠어? 하하."

"흐흐, 그럴지도 모르지. 하지만 뽀대용으로 많은 사람들이 착용하는 가면인데… 모두를 가면의 기사로 볼 수 없잖아."

"어차피 우리랑은 상관없는 일 아닌가? 술이나 마시자고."

눈류는 괜히 찔리는 것을 느끼며 가면을 해제하였다.

'다섯 번째 레전드라……'

주점 같은 곳이 바로 많은 소식을 접할 수 있는 장소였다.

그 외에도 어디 길드끼리 전쟁을 하고, 무슨 아이템이 나왔으며, 고레벨 유저가 몇을 달성했다는 등 많은 정보를 들었지만, 가장 관심이 가는 것은 역시 다섯 번째 레전드 유저였다.

"다섯 번째 레전드가 탄생했어?"

눈류가 위층으로 올라가는 샤인에게 묻자 고개를 끄덕이며 대답한다.

"어. 오빠가 전직 끝내고 찜질방에 가 있을 때. 뭐더라? 다크 스나이퍼였나?"

'스나이퍼라……. 원거리에 특화된 레전드인가?'

눈류는 다크 스나이퍼를 되새기며 계단을 올라갔다.

"에에?"

눈류는 황당한 얼굴로 커다란 테이블에 앉아 있는 열 명의 사람들을 바라봤다. 일단 열 명이나 있다는 것 자체가 예상 밖이었지만, 멤버들 중 낯익은 얼굴이 있었는데.

"저 계집애가 왜 여기 있어?"

눈류의 손가락이 가리킨 것은 바로 무개념의 소유자 레몬!

"오라버니, 계집애라니요?"

"오, 오라버니?"

눈류는 이젠 넋이 나간 표정이 되었다. 그런 태도에 레몬 역시 울컥했지만 애써 침착을 유지했다. 그래도 명색이 남자 친구의 형이 되는 사람.

"…어떻게 된 일인지 설명 좀 해줄래?"

"일단 인사 먼저 해."

레몬만 바라보던 눈류는 샤인의 말에 어쩔 수 없이 시선을 돌려 자신의 아버지와 주위 어른들에게 인사를 하였다.

"안녕하세요. 눈류입니다."

"크큭… 오랜만이군. 게임에서 보니 더 반갑구나. 아저씨 기억 나냐? 만파 아저씨다."

"아, 오래만이에요."

만파! 그는 박하다의 친구로 현재 검술원을 운영하고 있었다.

"이놈아, 나는 진석 아저씨다."

진석 역시 박하다의 친구로서 현재 극진 가라데를 가르치고 있었다.

이들은 박하다와 어릴 때부터 절친한 친구로 게임 역시 함께하고 있었고, 샤인이 만든 길드 레전드의 일원이었다.

어른신들의 소개가 끝나자 기다렸다는 듯 샤인의 옆에 있는 두 여자와 한 명의 남자가 일어서더니 자신을 소개한다.

"안녕하세요? 저는 샤인의 친구인 라렐이라고 해요. 스물세 살이고요. 반가워요."

가장 먼저 푸른 머리카락을 허리까지 기른 청순한 외형의 라렐이 소개를 했다.

"저는 기적 형님의 후배 카르마라고 합니다. 스물두 살이며 말로만 듣던 형님을 만나 뵙게 되어 영광입니다."

기적의 후배라는 카르마. 약간은 큰 덩치와 근육이 가득 붙은 호탕하게 생긴 남자였고, 검은색 머리카락을 짧게 친 모습.

"저도 샤인의 친구고, 스물세 살이에요. 아이디는 아린이라 해요. 반가워요."

보라색 머리카락을 어깨까지 기른 귀엽게 생긴 아린의 소개까지 끝나자, 드디어 레몬이 눈류에게 상냥한 눈빛을 날리며 일어섰다.

"안녕하세요? 저는 열아홉 살이고요, 기적 오빠의 여자 친구 레몬이라 해요."

눈류는 충격을 받은 얼굴로 기적을 멍하니 바라봤다. 여, 여자 친구라니?

무지막지하게 귀를 후비는 눈류.

'분명 자, 잘못 들은 거야. 그렇지 않고서야……'

하지만 이어지는 기적의 대답은 현실이라는 것을 알려주었다.

"행님, 우리 레몬이 잘 부탁합니더."

자신도 모르게 주먹을 불끈 쥔 눈류는 애써 진정하며 다음 소개를 받았다.

"전에 뵌 적이 있죠? 저는 레몬의 친구 라일라입니다."

수줍음이 가득한 라일라의 소개까지 받은 눈류는 그때서야 자리에 앉을 수 있었다.

"오빠, 더 자세히 설명하자면 모두 레전드 길드의 길원이야. 아빠 직업은 알지? 아이템을 제작하는 불꽃의 장인이고, 진석 아저씨는 냉한의 파이터, 만파 아저씨는 혼의 전사, 그리고 내 직업은 파멸의 위저드야. 기적이 오빠는 3차 전직과 함께 실드 마스터가 되었고, 라렐은 버프 지배자, 아린은 신성한 수호, 카르마는 거인족의 분신, 레몬은 마인드 나이트, 라일라는 신성 클레릭이야. 그리고 레벨은 모두 200을 넘었어. 물론 아직 초반이지만. 아, 그리고 이제 2차로 상승할 수 있으니 길드원 모집할 거야."

모두는 맞추기라도 한 것처럼 망토와 문신을 한 상태였다. 기적만 그중 투구를 착용했으며, 눈류는 샤인에게 음성 채팅을 시도했다.

"아직 날 홍보한 것은 아니겠지?"

"열 명 모을 수 있는데 해서 뭐 해, 이제 오빠를 팔아먹어야지. 가면의 기사가 있는 레전드 길드! 이거 하나면 길드원이 되겠다는 사람들도 많을 것이고, 다른 길드에서 우리를 주시하게 될 거야. 그리고 유명해지겠지. 오빠 하나로 여러 이득을 얻을 수 있으니 얼마나 좋아?”

자신을 향해 만족의 미소를 짓는 샤인을 보며 한숨을 내쉬는 눈류.

“날 팔아먹든 말든 알아서 해. 단, 나라는 것만은 밝히면 안 돼.”

“알았어. 걱정하지 말라고. 오빠 직업을 아는 사람은 아버지랑 나, 기적 오빠뿐이니.”

샤인과 음성 채팅을 끝날 때쯤 상 위에 술과 안주가 가득 차려지기 시작했고, 기적에게 음성 채팅을 신청하는 눈류.

이유를 알아야 했다. 이 믿을 수 없는 상황에 대한 이유를 말이다.

“빨리 설명해.”

“에… 행님, 그기 말입니더.”

눈류의 이 가는 말투에 기적은 레몬과 사귀게 된 과정을 설명했다.

눈류가 전직을 하기 위해 걸린 시간은 총 10개월. 그 긴 시간 동안 기적은 당연히 놀고만 있을 수 없었다.

그렇기에 1차 전직을 한 뒤 혼자서 사냥을 시작했지만 무리가 있었다. 직업이 방어력 위주였기에 데미지가 많이 부족했고, 레벨 업 속도가 너무 느려진 것이다.

"워메, 형님이랑 계속 같이할 줄 알았더만……. 어쩔 수 없네."

결국 기적은 솔로잉을 끝내고 파티를 구하기로 결심했고, 귀환서를 사용하려던 그때 자신을 향해 달려오는 두 명의 여자를 볼 수 있었다.

그들은 바로 레몬과 라일라.

"어? 저 계집애들 매번 저러노?"

혀를 차던 기적은 그녀들 앞으로 달려가 몬스터 몰이 스킬과 함께 풀 방어 스킬을 가동했다. 그러자 몬스터들은 기적을 공격하기 시작했고, 방어력이 최대치로 상승한 기적은 레몬과 라일라를 보며 소리쳤다.

"뭐 합니꺼? 빨리 잡으소!"

기적의 부족한 공격력으로 레벨 100에 가까운 몬스터 세 마리를 동시에 상대할 수는 없는 일. 급박한 상황에 레몬이 서둘러 공격력을 더했고, 라일라는 뒤에서 버프로 힘을 실어주었다. 치료까지 해주고 싶지만 마나가 부족했기에 서둘러 자리에 앉아 회복을 해야 했다. 그 결과 힘겹게 몬스터 세 마리를 처치할 수 있었던 기적과 레몬은 라일라의 옆에 주저앉았다.

"흐미… 아프네예. 근디 포션 없습니꺼? 볼 때마다 도망 다니네예."

기적의 말에 곧바로 대답하는 레몬.

"장비 맞추기도 힘든데 포션을 어떻게 들고 다니겠어요."

눈류는 포션을 풀로 사용하며 사냥하였는데, 그건 특별한 케이스였다. 포션의 값은 비쌌기에 다른 사람들로부터 지원이 없는 유저들은 대부분 사용하지 않았다.

장비 맞추기도 돈이 아까운데 포션을 먹으며 사냥하는 것은 낭비였다.

그나마 만약을 대비해 초보 섬보다 한 단계 높은 싸구려 포션을 조금씩 가지고 다닐 뿐이었다.

"하긴 지도 포션 안 먹고 합니더."

기적이 천진한 웃음과 함께 말하자 레몬과 라일라 역시 미소를 머금었다.

"어? 웃네예? 전에 행님이랑 싸울 때 보니 독하시던디……."

기적의 말처럼 레몬은 당돌한 편이다. 하지만 그때 눈류와 싸웠던 것은 자신들을 도와줄 수 있음에도 도와주지 않았다는 생각에 화가 나서 그랬던 것이고, 지금처럼 스스로 도와준 기적에게는 당연히 고마움을 느끼고 있었다.

한마디로 친한 사람에게는 잘하고, 싫은 사람에게는 싸가지가 없어지는 성격이었다.

"원래 애 성격이 좀 그래요. 그래도 지금처럼 가끔 착할 때도 있답니다. 헤헤."

레몬을 가리키며 라일라가 재미있다는 듯 말하자 모두는

재차 웃음을 터뜨렸다.

"아까 보니까 데미지가 좋은 것 같던데에, 저랑 파티 안 하시겠습니꺼? 지는 방어력이 좋은디……."

잠시 대화를 나누던 레몬과 라일라는 기적의 제안에 서로를 바라봤다.

레몬은 데미지 위주의 기사였고, 라일라는 치료와 버프 위주의 클레릭이었다. 그들에게는 몸빵이 절실한 상황! 생각할 필요도 없었다.

"좋아요."

결국 그들 셋은 함께 사냥을 시작했고, 친분이 두터워지기 시작했다.

그리고 7개월이란 시간이 지났을 때, 기적의 고백을 레몬이 받아주었다.

기적은 처음의 이미지와는 달리 따스한 면도 많은 레몬에게 좋은 감정이 생겼고, 레몬 역시 우직하면서도 천진난만하고 솔직한, 그러면서도 자신들을 위해 죽는 것도 겁내지 않는 기적에게 좋은 감정을 가진 상태였다.

라스트 월드 역시 이전 온라인 게임들처럼 게임 속 애인이 많았는데, 이들은 그 선을 넘어 현실에서까지 만나게 되었고, 이미 실제 애인이 된 상태다.

음성 채팅으로 기적의 말을 들은 눈류는 한숨을 내쉬었다.

'하긴 10개월이면 눈 맞을 시간은 충분하지.'

온라인 사랑이 현실이 되는 경우를 몇 번 본 적이 있다. 그들은 단지 캐릭터로만 알 뿐이지만 진짜로 사랑하는 경우도 있었고, 외모를 보지 않아도 함께하며 서로를 알아간다는 것이 얼마나 중요한지를 알려주었다.

그리고 그렇게 사랑을 하게 될 경우, 실물이 만족스럽지 않아도 마음이 변하지 않는 경우가 많다.

이미 사랑을 하기 때문에 외모가 크게 중요하지 않는 것이다.

그것은 기적과 레몬 역시 마찬가지였다.

"현실로 만났는 데도 너를 계속 좋아하더냐?"

"하모예, 행님! 만나기 전에 이미 다 말했습니더. 그런데 지는 덩치 큰 사람이 좋다고 하던디요."

"그래, 쟤는 어떻게 생겼는데?"

"장난 아닙니더! 게임만큼 이쁩니더. 얼짱 소리도 듣겠던데예?"

누가 그랬던가? 여자는 얼굴, 그리고 남자는 능력이라고. 하지만 그것들을 모두 초월하는 것이 있었으니 그건 바로 마음이었다.

물론 마음으로 이루어지는 케이스가 극히 적은 것이 현실이지만.

"행님, 화나셨습니꺼? 뭐라 하실까 봐 아무 말 못했습니더. 화내지 마소."

음성 채팅으로 기적이 조심스럽게 말하자 눈류는 고개를 저었다.

과거는 과거일 뿐, 앞으로 그러지 않는다면 자신 역시 싸울 이유가 없었다.

어찌 되었든 기적의 여자가 되었으니 말이다.

"됐다. 기왕 사귀게 된 것 어쩌겠냐. 그런데 은하가 그렇게 좋다던 놈이, 쯧쯧……."

"행님, 사랑은 변하는 겁니더!"

기적의 말에 실소를 흘린 눈류는 음성 채팅을 종료하며 레몬을 바라봤다.

그러자 애써 웃으며 바라보는 레몬.

이미 기적을 통해 눈류의 많은 것을 알게 된 레몬이었고, 기왕 이렇게 된 일, 친하게 지내는 것이 서로에게 좋았다.

자신의 연인을 위해서라도!

"앞으로 잘 지냅시다."

눈류의 말에 레몬이 안도의 한숨을 내쉬고 환하게 웃으며 대답한다.

"말 놓으세요, 오라버니!"

"…그, 그래."

갑작스런 레몬의 태도 변화에 눈류는 당황하며 술잔을 찾다가 아버지와 아저씨들을 쳐다봤다. 아무래도 어른들 앞이라는 점이 걸렸기 때문이다. 그러자 눈류를 보며 고개를 끄덕이는 어르신들.

 그것은 허락의 의미였고, 눈류는 곧 술잔 가득 찬 붉은 액체를 한 번에 마셨다.

 '크흑.'

 도수는 현실의 소주보다 높은 듯 살짝 화끈했다.

 '안주라……'

 눈류는 처음으로 빵을 제외한 음식을 맛보았다. 돼지를 통째로 구운 것부터 시작해서 먹음직스러운 수프와 야채들!

 '오오, 맛있다.'

 생각 이상의 맛에 걸신들린 듯 허겁지겁 먹어치우는 눈류. 그 모습에 샤인이 어이없는 표정으로 묻는다.

 "오빠, 설마 게임에서 음식 처음 먹어봐?"

 "어? 배고픔 때문에 빵은 먹었는데 그 외엔 처음이야."

 입 안 가득 음식을 씹으며 행복한 얼굴로 대답하는 눈류.

 대부분 레벨 업을 하지만 라스트 월드 세상 역시 함께 즐겼다. 아니, 호기심 때문이라도 한 번은 음식을 사 먹거나 하는 편이었다. 하나 눈류에게 그런 모습은 사치로 보였고, 목표를 따라잡기 위해서라도 쉴 수 없었다.

 "그럼 그동안 돈은 다 어디에 썼어?"

 "돈은 다 포션 샀어. 이야, 음식들, 생각보다 맛있네."

 눈류의 대답에 일부는 고개를 끄덕였지만 레몬과 라일라는 의아한 표정으로 서로에게 시선을 던졌다.

자신들의 기억 속 눈류는 전직할 레벨이었다. 그런데 포션 사냥까지 했다면서 아직도 레벨 100이라니…….

"눈류 오라버니, 지금 레벨 100이라고 들었는데, 맞아요?"

레몬의 말에 아무 생각 없이 고개를 끄덕이는 눈류.

"분명 10개월 전에 레벨 50이셨는데……. 그때 전직하기 위해 줄 서 있다가 저희들 봤잖아요."

"케, 케엑!"

사래가 들리며 기침을 하였다. 자신은 잊고 있었던 일.

'젠장, 계집애들이 기억력도 좋아.'

그때 샤인이 눈류에게 몰래 눈치를 주며 다급히 나섰다.

"아, 오빠가 일이 좀 있어서 한동안 게임을 못해서 그래."

그러자 레몬과 라일라는 고개를 끄덕였고, 눈류는 고마움의 윙크를 하였다. 비록 사악한 마녀일지라도 가끔 도움을 주니 미워할 수 없었다. 하지만…….

"나중에 내 부탁 뭐든지 하나 들어주기."

"화, 화염의 구슬 구해줬잖아!"

"그건 그거, 이건 이거!"

"……."

음성 채팅으로 협박하는 샤인에게 어쩔 수 없이 굴복하고 마는 눈류.

'못된 계집애.'

어느덧 고마움은 증발되었다.

드르륵.

눈류는 모든 음식을 다 해치운 뒤 깔깔거리며 웃는 샤인을 잠시 노려보다 눈류는 자리에서 일어섰다. 그러자 박하다가 의아한 표정으로 말을 내뱉는다.

"어디 가려고?"

"저 2차 전직해야 해요."

"우리랑 같이 사냥 안 갑니꺼? 아, 급이 다르지예."

기적은 자신의 실수를 깨달으며 말문을 닫았다.

라스트 월드에서는 파티 사냥을 아이템처럼 급으로 구분한다.

무급 레벨, D급 레벨, C급 레벨… 등등. 동급일 경우에만 파티를 할 수 있는 것이다.

현재 길드원들 모두는 3차 전직을 마친 상태이고, 눈류는 아직 1차 전직만 마쳤기에 당연히 파티를 할 수가 없다.

"저 갈게요."

눈류는 박하다에게 잡템과 아이템들을 처분한 후 먼저 주점을 빠져나갔고, 10분 뒤에 샤인은 술에 취해 만취한 아빠와 아저씨들을 바라보며 한숨을 쉬었다.

'오늘은 같이 사냥을 가기로 했는데 저렇게 술을 마시다니……'

만취했을 경우 술에서 깨기까지는 마신 양에 비례하여 시간이 측정되었고, 능력치의 저하가 적지 않았다.

‘할 수 없지. 우리끼리 가는 수밖에.’

샤인은 결국 자리에서 일어서며 경고를 날리듯 말했다.

“아빠, 빨리 술 깨고 게임 시간으로 세 시간 뒤에 도장에 가야 해. 알았지?”

“오냐! 나만 믿어라!”

가슴을 탕탕 치며 외치는 박하다.

하지만 붉어진 얼굴과 풀린 동공이 믿음을 주지는 못했다.

“일단 우리끼리 가자.”

샤인이 재차 한숨을 내쉬며 말하자 박하다와 만파, 진석을 제외한 나머지 길드원들이 고개를 끄덕이며 일어섰다.

그 시각, 눈류는 마법진 앞에서 넋이 나간 얼굴로 서 있었다.

‘무슨 텔레포트 비용이 10만 라르크야?’

빙하의 섬에 가기 위해서는 일단 북쪽의 마르코 왕국으로 가야 했다. 빙하의 섬이 마르코 왕국과 가장 가깝기 때문이었고, 스크롤이 없을 경우, 그 방법밖에 존재하지 않았다.

그렇다고 스크롤이 싸거나 흔한 물건도 아니었다.

‘내 생각 이상이다.’

이때까지 무료이거나 싼 마법진만 이용한 눈류였기에 설마 10만 라르크가 나올 것이라고는 예상하지 못했다. 그래서 1만 라르크를 제외한 모든 돈을 포션과 음식 구입을 하는 데 썼는데 이런 낭패를 겪게 되다니…….

‘점점 돈이 많이 드는군. C급까지는 아버지에게 장비를 받

는, 아니, 대여를 하니 넘어간다 치지만, 이제 슬슬 돈을 모아
야 해.’

　D급의 경우 일반적인 고급 세트의 가격이 600만 라르크였
고, C급은 1,500만 라르크였다. 이것도 고급 세트의 가격이
며, 그 이상 지존급 등은 옵션에 따라 가격 차이는 컸다.

　그리고 B급의 경우 고급 세트를 착용하기 위해서는 6,000만
라르크가 있어야 했다.

　그렇기에 대부분 포션도 사용하지 않으며 돈을 모으기에
바쁜 것이다. 6,000만 라르크! 레벨 200이 될 때까지 노가다
만 해도 모으기 어려운 액수이기 때문이다.

　그런데 눈류는 빠른 레벨 업을 위해 포션으로 모든 돈을 다
사용했으니 문제가 컸다.

　레벨이 높아질수록 버는 라르크도 많아지고 드랍되는 아
이템들의 가격도 높지만, 포션 사냥을 계속한다면 해답이 존
재하지 않는다.

　‘이제 포션을 줄여야 하나? 젠장, 망할 놈의 퀘스트.’

　결국 모든 화살은 가면의 기사 퀘스트에게 돌아갔다. 너무
나 길고 긴 시간, 그동안 레벨 업을 했더라면 하는 아쉬움이
연기처럼 피어올랐다.

　‘어쩔 수 없지. 득이 더 많은 퀘스트였으니. 이제는 파티
사냥을 하도록 해야겠어.’

　한숨을 깊게 내쉬며 눈류는 샤인에게 음성 채팅을 시도했

다. 일단 돈을 꾸고 2차 전직을 먼저 해야 했다. 장비나 라르크 걱정은 그 후였다.

"어, 오빠?"

음성 채팅 신청과 함께 바로 샤인의 목소리가 들렸다.

"내가 빙하의 섬에 가야 하는데 돈이 부족해. 꿔줘."

"빙하의 섬?"

"어. 2차 전직 때문에."

"그래? 그럼 우리랑 같이 가자."

"우리?"

눈류는 고개를 갸웃거렸다. 우리라면 길드원들?

"어. 아빠랑 아저씨들이 술 취해서 다른 곳에 사냥을 가려 했는데 라렐과 아린은 약속 때문에 먼저 나갔고, 카르마 놈도 일 때문에 갔어. 그래서 기적 오빠랑 레몬, 라일라하고 빙하의 섬에 가기로 했거든."

"그래?"

"응. 기적 오빠가 레몬이 퀘스트 도와줘야 한다고 해서 둘은 위험하니 우리가 같이 가기로 했어. 우리가 지금 그리로 갈게. 크로티아 성이지?"

"어. 3층이다."

"알았어."

음성 채팅이 끝난 뒤 10분 정도가 지났을 때 샤인과 기적, 레몬, 라일라의 모습이 보였다.

“행님!”

기적의 호탕한 목소리와 함께 모두는 배를 타기 위해 움직였다.

돈이 많은 유저를 제외하고는 다른 왕국으로 이동할 때 대부분 배를 선호하였다.

시간은 오래 걸리지만 대신 가격이 싸다는 것이 장점이었고, 샤인이나 다른 일행 모두 역시 장비로 인해 라르크를 모아야 했기에 배를 택한 것이다.

“흐으읍!”

크로아 왕국 동쪽 해안가.

싼 가격의 마법진으로 항구에 도착한 눈류는 눈앞에 펼쳐진 시원한 바다의 모습에 호흡을 크게 하였다. 그러자 비릿하지만 속까지 씻어주는 차가운 공기가 흡입되었다.

“행님, 표 사올께예.”

눈류에게 말한 뒤 기적과 레몬이 표를 사러 가기 위해 70대로 보이는 마도로스에게 달려갔고, 샤인이 추가적인 설명을 한다.

“마르코 왕국까지는 배로 하루가 걸려. 그러면 그동안 로그아웃을 하면 돼. 단, 주의할 점은 하루 안에 접속을 해서 도착했을 때 내려야 해. 만약 그러지 못하면 다시 출발한 곳으로 돌아가거든. 현실 시간으로는 여덟 시간이니 잘 지켜.”

샤인의 말에 눈류가 고개를 끄덕일 때, 기적과 레몬이 표를 구매한 뒤 다가왔고, 모두는 50명을 수용할 수 있는 크기를 갖춘 목조 배에 올라탄 뒤 로그아웃을 하였다.

캡슐에서 빠져나온 진하는 기지개를 켜며 샤워를 서둘렀다. 나오기 전에 기적과 만나기로 한 것이다.

"오빠, 시간 맞춰서 와."

샤워를 마치고 가볍게 청바지와 흰 와이셔츠를 입고 나가는 진하에게 주의를 주는 은하.

진하는 살짝 웃으며 고개를 끄덕였고, 약속 장소인 커피숍으로 향했다.

"아직 안 왔네?"

커피숍에 가장 먼저 도착한 진하는 탁자에 위치한 영상 속 버튼을 바라보다 투입구를 통해 5,000원을 입금한 뒤 팥빙수를 눌렀다. 그러자 곧 서빙을 하는 여자가 먹음직스러운 아이스크림이 가득한 팥빙수를 가져왔고, 달콤한 맛을 음미하고 있을 때 기적의 목소리가 들렸다.

"행님, 먼저 오셨습니꺼!"

나름대로 블랙 정장을 말끔하게 차려입었지만 그로 인해 더욱 조폭처럼 보이는 기적의 모습에 진하가 실소를 흘리며 고개를 끄덕이는 순간, 낯선 여자가 둘 보였다.

"행님, 소개할께예. 애는 레몬입니더. 이름은 박은정이고예. 그리고 요쪽은 라일라입니더. 이름은 김선예입니더."

기적의 소개에 은정과 선예를 바라보는 진하.

은정은 기적의 말처럼 정말 예쁜 소녀였다. 남들이 보면 기적이가 협박을 해서 사귄다고 생각할 정도.

어깨까지 내려오는 검은 단발에 푸른색 청치마와 몸에 살짝 붙은 흰색 남방이 잘 어울렸고, 게임처럼 도도해 보이는 인상이었다.

그리고 선예는 게임에서처럼 수줍음이 많은지 제대로 눈도 마주치지 못하며 고개를 숙이고 있었는데, 허리까지 내려오는 살짝 웨이브 진 검은 머리가 출렁거렸고, 청순하고 귀여운 외모였다.

'둘 다 생각보다 예쁘네.'

진하는 솔직히 그렇게 예쁘지는 않을 것이라 생각했다. 하나 현실이 더 예뻐 보이는 두 소녀.

"애들이랑 만나서 같이 오느라고 늦었습니더."

은정과 함께 맞은편 자리에 앉으며 기적이 싱글벙글 말했다. 그러자 선예가 진하의 눈치를 살핀다.

"음, 게임에서도 그러니 말 놓아도 괜찮지?"

"예? 예……."

"옆에 앉아. 왜 그렇게 서 있어?"

"네."

그때서야 진하의 옆에 앉는 선예.

이어진 기적의 설명에 의하면, 은정과 선예는 바뀐 교육 제도로 열여덟 살 때 고등학교를 졸업한 뒤 은정의 집에서 같이 지내고 있다 한다.

은정의 집이 잘사는 편이기에 라스트 월드도 함께하게 되었고, 기적이를 만난 뒤로는 더욱 자주 하게 되었다는 것.

기적의 얘기를 들으며 진하는 선예를 바라봤다. 여전히 눈도 잘 못 마주치는 선예.

'참 수줍음이 많은 성격이네.'

"그런데 진하 오빠는 얼굴이 똑같네요."

너무나 수줍어하는 선예로 인해 진하까지 어색해질 때, 은정이 활기찬 목소리로 물었다.

"어? 그냥 바꾸기 귀찮아서."

"그래도 실물과 게임 얼굴이 똑같은 사람 처음 봐요. 잘생겼는데요? 헤헤."

"너희도 예쁜데?"

진하와 은정이 웃으며 얘기를 주고받자 기적이 괜히 삐친 척 말한다.

"그려, 행님은 잘생겼고 나는 못생겼으. 체에."

"아잉, 왜 그래? 내 눈에는 오빠가 가장 멋진데?"

퍼억!

기적과 은정의 애교가 작렬하자 자신도 모르게 플라스틱 숟가락을 부러뜨린 진하. 수줍은 성격의 선예마저 주먹에 핏줄이 솟을 만큼 힘을 주고 있었다.

"크, 크흠, 행님 앞이니 그만 허자."

"어? 왜? 오빠, 괜찮죠?"

'당장 꺼져!' 라고 외치고 싶지만 어색한 웃음과 함께 진하는 애써 고개를 끄덕여 줬다.

'그래, 기적이가 오랜만에 여자를 사귀니 내가 참자. 참자.'

참을 인 자를 떠올리며 마음을 다스리던 진하의 시선이 자연적으로 선예에게 돌아갔고, 말문을 열었다. 옆에 앉은 후 한마디도 하지 않고 있었기 때문이다.

"저기, 혹시 내가 싫어? 은정이 옆에 가서 앉을래?"

선예가 말을 하지 않는 것이 자신 때문일 수도 있다는 생각에 진하가 묻자 선예가 고개를 젓는다.

"아, 아니에요. 처음이라 긴장돼서 그래요."

너무 순진해도 병이라는 것을 생각하게 해주며 선예는 팥빙수를 먹기 시작했고, 그때 기적이 아이스 커피를 벌컥벌컥 마시다가 말했다.

"그런데 행님, 빨리 레벨 업 좀 하세예. 같이 사냥하고 싶습니더."

"맞아요. 빨리하세요!"

"어, 어?"

콤보로 들어오는 기적과 은정의 공격에 진하는 실소를 흘린다.

은정까지는 이해할 수 있었다. 하지만 기적이는 자신의 직업을 알면서 저런 말을 하다니.

"그래. 빨리 레벨 업해서 기적이 너 눕혀줄게."

"해, 행님, 아, 아닙니더."

"치이, 우리 오빠가 얼마나 강한데요? 동 레벨 되어도 진하 오빠는 상대가 안 될걸요? 헤헤."

'지랄 모듬이구먼.'

꼴에 남자 친구라고 편드는 은정을 보며 진하가 황당해하자, 기적의 표정은 사색이 되었다.

'저렇게 자극하면 소심한 행님은 분명히 PK 뜨자 할 텐디……. 그렇다고 가면의 기사라 밝힐 수도 없고.'

기적의 예상은 정확했다.

"알았어. 그럼 동 레벨, 아니다. 같은 급만 되면 내가 기적이랑 PK 뜰게. 내기 시합하자."

"정말요?"

은정이 반가운 듯 되물었다.

'동 레벨에도 기적 오빠가 강할 것인데, 같은 급만 되면 PK를 뜬다니?'

공돈을 벌 수 있는 기회.

"알았어요!"

"으, 은정아! 행님, 너무합니더!"

"시끄러, 임마. 선예는 오빠한테 돈 걸어라."

"네? 네. 헤헤."

진하가 편하게 대하려고 노력해서인지 선예가 환한 얼굴로 대답했다.

"거봐, 웃으니 더 예쁘잖아."

진하가 진심을 담아 말하자 선예의 얼굴이 붉어졌고, 곧 기적이 부탁을 하였다.

"행님, 은정이랑 선예가 아버님 뵙고 싶다는디 도장 한번 가면 안 되겠습니꺼?"

잠시 고민을 하던 진하는 승낙을 하였다.

세계 챔피언이 된 후 은퇴한 아버지를 아직도 기억하는 사람들이 적지 않았고, 많은 사람들이 만나고 싶어했기 때문이다. 그리고 남도 아닌데 거절할 이유가 없었기에 곧 모두는 도장으로 향했다.

"아버지."

도장에 들어서자 많은 수련생들을 가르치고 있는 박하와 은하가 고개를 돌린다.

"어, 은하도 있네? 너 안 자고 뭐 해?"

"지금 도와주고 조금 있다가 사냥하려고. 그런데 기적 오빠 뒤에는 누구야?"

은하의 말에 은정과 선예가 인사를 하였고, 셋은 반가운 듯 껴안고 외쳤다.

"언니, 너무 예뻐요!"

"와! 너희들도 예쁜데?"

"언니가 더 예쁜걸요."

'지랄 트리오 결성이군.'

여자들의 자화자찬 스킬!

그 모습에 도장 안에 있는 모두가 잠시 주먹에 핏줄을 완성시켜야 했지만 예쁜 것은 사실이었고, 잠시 후 박하의 외침이 들렸다.

"모두 원을 만들도록!"

진하는 고개를 갸웃거렸다. 아버지가 저렇게 할 때는 단 한 가지였다. 바로 대련을 하는 것.

'그런데 지금 왜?'

진하가 의아해하는 사이 박하는 은정, 선예, 기적과 인사를 나누고 진하에게 시선을 돌렸다.

"진하야, 오랜만에 대련이나 한번 하자."

그러자 모두의 눈이 빛났다.

세계 최강의 남자와 그 아들의 대결!

지금까지 몇 번 도장 사람들 앞에서 대련을 한 적이 있기에 모두의 기대는 커졌고, 쉽게 볼 수 없는 매치였다.

"지금요?"

"그래, 지금."

"행님, 해보이소. 저도 보고 싶습니더."

"오빠, 한번 해봐."

기적과 은하마저 대련을 기대하며 부추기자 진하는 결국

한숨을 내쉬며 도장 안 수련실에 준비되어 있는 도복으로 갈아입고 나왔다.

'이번에는 이길 수 있을까?

이때까지 대련의 결과는 진하의 전패였다.

"뭘로 할래?"

목검을 사용할 것인지, 아니면 맨손으로 할 것인지를 묻는 박하를 향해 진하는 바로 대답한다.

"목검이요."

현재 라스트 월드에서 검을 사용하고 있는 진하.

비록 게임에서 발휘하는 것들을 현실에서 사용할 수는 없었지만 경험이 머릿속에 있었다. 경험이란 가장 중요한 것 중 하나였다.

진하는 목검을 비스듬히 든 채 아버지를 바라봤다. 그러자 박하 역시 자신의 아들을 보며 흐뭇한 표정을 지었다.

진하가 내면으로 한 단계 더 성숙해진 것을 알아차린 것이다. 그것은 기본 자세에서 충분히 알 수 있었다.

'타합!'

곧 진하가 먼저 기합과 함께 선제 공격을 하였다. 목을 노리며 빠르게 들어가는 목검.

그러자 박하는 몸을 살짝 비틀며 공격을 헛되이 만들고 옆구리를 베어 들어갔다.

스읏!

옷깃을 스침과 동시에 이어지는 진하의 공격. 한 걸음 빠르게 파고들며 옆머리를 내려치기 위한 수법이다.

파아앙!

하지만 박하의 목검이 경로를 읽은 후 막았고, 진하는 손끝이 짜릿함을 느꼈다.

언제나 자신보다 몇 발자국 더 앞서 있는 아버지였다. 그리고 그 벽이 높으면 높을수록 의욕이 불타올랐다.

'이젠 웃네?

지금까지 단 한 번도 자신과 대련할 때 웃은 적이 없는 아들. 하지만 지금은 정녕 대련을 즐기는 듯 웃고 있었고, 박하 역시 만족스러웠다.

내면으로 한 단계 성숙했다는 예상이 확신으로 바뀌는 순간이다.

파아앗!!

결국 대련은 박하의 연속 세 번 찌르기를 완벽하게 막지 못한 진하의 패배로 끝이 났다.

"하아, 하아!"

보호구를 벗은 진하의 얼굴은 땀으로 얼룩져 있다. 지쳐 보였지만 밝아 보였으며, 도장의 모든 사람은 박수를 치기에 바빴다.

고수와 고수의 싸움에 대한 감탄을 표현하는 것이었다.

"즐겁더냐?"

진하를 일으키며 박하가 묻는다.

"예."

"뭐가 그렇게 즐겁더냐?"

"아버지가 강해서 만족을 할 수 없어서요."

박하는 고개를 끄덕였다. 진하의 말을 이해했기 때문이다.

그것은 바로 목표!

사람에게는 누구나 목표가 존재한다. 그로 인해 더욱 열심히 노력하며, 목표가 높으면 높을수록 쫓아가는 사람은 더욱 발전한다.

그래서 만족을 하면 안 되는 것이다. 그 순간 추락하기에.

"저희는 이만 가볼게요."

대련이 끝나고 인사를 마친 뒤 모두는 도장을 빠져나왔다. 이제 게임을 위해 각자 휴식을 취할 시간이었기 때문이며, 진하는 은하와 함께 집으로 돌아와 네 시간 동안 잠으로 체력을 회복하였다.

Part 8

화염의 호수

The knight of mask

"이제 다 와가나? 에, 배고프네."

게임에 접속한 눈류는 배고픔을 느끼며 군것질거리와 물을 꺼냈다. 로그아웃을 했지만 배에서 이동이 되는 설정이기에 당연 배고픔을 느낀 것이고, 다른 유저들 역시 마찬가지였다.

현재 배에 타고 있는 사람들의 수는 총 45명.

모두 비슷한 시기에 접속을 한 듯 음식을 먹으며 수다 떨기에 바빴고, 그런 눈류의 시야에 들어온 기적이와 레몬.

"자기야, 아!"

"아잉, 오빠도 참."

변함없는 염장에 눈류는 정말 진지한 표정으로 옆에서 헛구역질을 하고 있는 샤인에게 물어본다.

"여기서 떨어지면 죽냐?"

"응."

"죽여 버릴까?"

"놔둬. 애들이잖아."

"하아!"

눈류는 살인 욕구가 무엇인지 깨달으며 자신의 관대한 성품을 떠올렸다.

'참아라, 참아라, 참아.'

하나 참는 것에도 한계가 있었으니…….

"이번에는 입으로 먹여줄게."

"오빠, 사람들도 많은데, 아…….."

"……"

기적과 레몬의 과도한 애교가 작렬하자 일부는 흥분을 못 참고 검을 빼 들었고, 몇몇 마법사는 마법을 발휘하여 애꿎은 바다에 화풀이를 하였다.

그리고 부처님과 같이 어린아이들의 사랑을 온화하게 바라보던 샤인이 간절한 말투로 눈류에게 부탁했다.

"오빠, 참지 마."

곧 기적은 이유도 모른 채 생명력이 10 남을 때까지 구타를 당해야 했고, 기적 커플을 제외한 모두가 눈류를 영웅처럼 바라봤다.

그들에게 눈류는 타락한 19금 염장 서클 마법사들을 처치한 영웅이었다.

"그런데, 오빠."

눈류가 씩씩거리며 자리에 앉던 그때 샤인에게 음성 채팅이 왔고, 승낙과 함께 대답한다.

"어?"

"길원 모집할 때 가면의 기사가 있다는 것은 오빠가 가입하고 나서 알려야겠어."

아쉬운 표정으로 말하는 샤인.

"왜?"

"일단 지금도 애들이 왜 오빠는 가입 안 하냐고 묻는데, 가면의 기사가 가입한다고 해봐. 당연히 오빠를 의심하겠지. 뭐, 그래도 된다면 난 상관없지만."

"그렇군."

"어차피 30명까지는 게시판에 올려놔도 가입자는 생길 것이고, 오빠가 빨리 목표 이룬 다음에 가입해."

"알겠어."

샤인과 음성 채팅을 끝낸 눈류는 기지개를 켜며 레몬과 라일라를 바라봤다.

레몬은 다친 기적이를 쳐다보고 있었고, 라일라는 신성 마법으로 치유해 주는 중이었다.

‘저 둘 앞에서는 특히 조심해야겠어.’

가면의 기사가 자신이란 것이 밝혀져도 큰 상관은 없지만 가능하다면 비밀로 하고 싶었고, 비밀이란 한번 퍼지면 걷잡을 수 없기에 가까운 사이일지라도 먼저 알려줄 필요는 없었다.

─마르코 왕국 동쪽 항구까지 10분 남았습니다.

그때 알림 말과 함께 모두는 자리에서 일어나 몸을 풀기 시작했다. 드디어 마르코 왕국이 지척이었고, 잠시 후 일행 모두는 동쪽 항구에서 내려 마법진을 타고 빙하의 섬으로 이동하였다.

“레벨 130 격수 파티 구합니다!”

“버프 법사 구합니다! 풀 파티에서 버프 법사 구해요!”

“포션 종류별로 다 팝니다! 체온석도 있습니다!”

“수정 파편과 차가운 결정 비싸게 구매합니다!!”

온통 흰색의 눈과 얼음으로 이루어진 빙하의 섬 입구는 화염의 섬처럼 많은 유저들이 자리를 차지한 채 파티를 구하거나 장사를 하고 있었다.

“오빠, 이거.”

눈류는 샤인이 내민 주먹의 반 정도 크기인 붉은 돌을 받자 따스함이 느껴진다.

“체온석이야. 오빠는 마방이 높아서 굳이 필요는 없겠지만, 그래도 인벤에 놓고 사용하면 체감 온도가 높아질 거야.”

샤인의 말에 눈류는 고개를 끄덕이며 시키는 대로 하였다.

자신은 마방이 높아 능력치 저하는 없었지만 체감 온도가 낮아서 좋을 것은 없었다. 바로 인벤에 장착하자 추위에 떨리던 몸이 전체적으로 따듯해지는 것을 느낄 수 있었다.

"어? 눈류 오빠가 왜 마방이 높아요? 기사인데?"

샤인의 말을 듣고 궁금한 표정으로 묻는 레몬.

레벨 100에 마방이 높은 사람은 드물었다. 그것도 기사에서는 아예 없다고 봐야 했다.

"아, 오빠는 나중을 대비해서 미리 마방을 높이고 있거든."

샤인은 간절한 표정으로 해명한 뒤 눈류에게 음성 채팅을 보낸다.

"나중에 내 부탁 들어줄 것 두 개로 늘었어."

"……."

날강도가 있다면 이러할까? 말도 안 된다는 눈빛으로 샤인을 노려보다가 곧 체념과 함께 고개를 끄덕이는 눈류.

꼬리 아홉 개를 감추고 있는 동생과 싸워봤자 필패였다.

'그래, 아쉬운 것은 나니… 에휴.'

―한 시간 동안 공격력이 10% 증가합니다.

―한 시간 동안 공격 속도가 10% 증가합니다.

―30분 동안 빙계 속성 마법 저항력이 10% 증가합니다.

―30분 동안 치료의 손길이 머무릅니다.

눈류는 갑작스런 능력치 향상에 샤인과 라일라를 바라봤다.

샤인은 공격 위주지만 라일라보다 뛰어난 버프가 두세 개 있었는데, 둘이 동시에 버프를 주고 있었다.

잠시 후, 모두 버프를 받고 나자 기적이를 선두로 빙하의 섬에 들어갔다.

[가면의 기사 2차 전직 퀘스트]
레이첼 황녀는 화염의 호수 지하에 있다.
입구를 찾아 화염의 호수로 침투하자.

알림 말이 들리자 눈류는 고개를 갸웃거렸다. 이곳은 빙하의 섬! 그러한데 화염의 호수라니?

당장 눈앞에 보이는 것도 모두 눈과 얼음뿐이었다.

"이곳에 화염의 호수가 있어?"

"어? 오빠가 어떻게 알아? 와본 적 있어?"

눈류는 고개를 저으며 확신과 함께 주먹을 쥐었다.

샤인의 반응을 보니 화염의 호수를 알고 있었고, 분명 이 빙하의 섬에 존재한다.

'다행이군. 쉽게 찾아서.'

예상보다 빠른 속도의 진행. 만족스러웠다.

"어차피 레몬이 퀘스트가 그 근처이니 같이 가자."

"그래."

"아따! 일단 사냥이나 합시더!"

"오빠는 너무 와일드해. 멋져."

"……."

스킬 폭주를 사용할 뻔한 눈류는 애써 마음을 다스리며 기적과 레몬을 쳐다보며 고개를 설레설레 저었다.

샤방샤방한 기운이 그들 주위에 가득했고, 옆에서 그것을 바라보며 몬스터와 싸우던 한 유저는 스스로 목숨을 끊으며 입구로 귀환하는 일이 발생했다.

분명 그는 솔로일 것이다.

"타하압!! 다 나에게 오라!"

"화마의 숨결! 파이어 블레스트!"

"신이 나와 함께하니, 배틀 힐!"

"어? 감히 우리 오빠를 쳐? 스킬 쾌속!"

키에에에에!

크르를렁!

말 그대로 학살이었다.

기적이 몸빵을 하는 사이, 샤인과 레몬의 물리 마법 공격! 그리고 라일라의 신성력이 가미된 마법 치료! 마지막으로 저레벨이라고 뒤에서 구경하며 따라오는 눈류.

이들의 파티는 몬스터들을 학살하며 화염의 강으로 이동하고 있었다.

아직까지는 저레벨 몬스터가 많이 나오는 곳이기에 그 어떤 존재도 앞을 막지 못했고, 그와 함께 눈류의 불만은 커졌다.

싸우고 싶었다. 자신도 검을 휘두르며 전투를 느끼고 싶었다.

하지만 레몬과 라일라의 위험하다는 주장과 함께 파티가 아닌 눈류이기에 몬스터를 치면 경험치가 나눠진다고 건들지 말라는 샤인의 결연한 주장으로 구경만 해야 했다.

'젠장, 내가 쳐봐야 경험치가 얼마나 나눠진다고.'

그러자 가면을 차지 않고 있는 눈류의 얼굴은 누가 봐도 삐쳤다는 사실을 알 수 있을 정도였고, 그때 라일라가 웃음 가득한 얼굴로 말했다.

"오빠, 사냥하셔도 돼요. 헉!"

말을 하던 라일라는 주위에서 느껴지는 살기에 한 걸음 물러섰다.

살기를 뿜어내는 이들은 기적과 레몬, 샤인이었으며, 그들의 눈동자는 '감히 우리들의 경험치를!!' 라고 말하는 듯했다.

"됐어. 그냥 구경만 하지, 뭐."

결국 손사래를 치며 눈류는 뒤에서 쫄래쫄래 따라갔고, 나오는 몬스터들은 모두 장렬한 최후를 맞이하며 경험치와 아이템이라는 선물을 주고 떠났다.

"여기서부터는 조심하세요."

얼마나 그렇게 걸었을까? 레몬이 눈류를 돌아보며 말하자 어느새 진형이 눈류와 라일라를 감싸는 형태였다.

물론 샤인과 기적은 눈류를 걱정하지 않았지만.

"무슨 일 생기면 제가 책임지고 치료해 줄 테니 걱정 마세요."

힘을 실어주기 위해서인지 라일라가 말하자, 눈류는 실소를 흘리며 고개를 끄덕인다. 자신의 능력을 굳이 티낼 필요는 없었다.

크으으으으!!

"빙하의 골렘!"

레몬이 눈앞에 리젠된 다섯 마리의 빙하의 골렘을 보며 소리쳤다. 얼음으로 이루어진 빙하의 골렘은 2m가 넘었고, 레벨 210의 상급 몬스터였다.

단단한 얼음으로 인해 물리 공격은 데미지가 감소되었으며, 마법의 위력이 뛰어났고, 마방이 약하고 물리 공격 위주인 직업에게는 최악의 상대 중 하나였다.

그런 빙하의 골렘을 상대하기엔 화염계 마법이 가장 효과 있었다.

"파이어 스톰!!"

그 사실을 잘 알고 있는 샤인이 바로 화염계 범위 마법을 시전하였다. 그러자 라일라 역시 화염계 마법으로 맞섰고, 기적과 레몬도 스킬을 사용하며 상대했다.

"젠장, 너무 많은디?"

앞에서 싸우던 기적이 당황한 목소리로 외쳤다. 골렘의 수가 너무 많았다.

다섯 마리뿐 아니라 어느새 다섯 마리가 더 추가 리젠된 것.

"이곳은 원래 리젠이 많잖아. 일단 다 해치우기보단 빠져

나가는 것이 낫겠어. 다그 웨이브!"

콰콰콰쾅!

빙하의 골렘들이 서 있는 지면이 폭발하였다.

쿠아아아아!

스스스파팟!

그때 빙하의 골렘 세 마리가 동시에 마법을 시전하였다.

가슴에서 뿜어져 나오는 빛과 같은 얼음의 기운!

"아악!!"

"워메!!"

퍼퍼퍽!

속도가 너무나 빨랐기에 미처 피하지 못한 파티원들. 한 방은 레몬에게 적중했고, 다른 한 방은 기적이 맞았다. 그리고 마지막 기운은 라일라를 향해 발휘되었는데…….

"오, 오빠!"

라일라가 놀란 표정으로 외친다.

레몬과 기적은 마방이 약해도 레벨 200대의 유저였고, 생명력이 높은 편이다.

그렇지만 눈류는 아직 2차 전직도 못한 레벨 100.

빙하의 골렘의 마법을 정통으로 맞을 경우 보통 죽어야 정상이었다. 그런데,

"젠장, 아프잖아!"

눈류가 짜증난 목소리로 외쳤다.

생각보다 데미지와 통증이 컸고, 생명력이 2,500이나 줄어들었다. 보스 살라만더보다는 약했지만 가면을 착용하지 않고 있었기에 적지 않은 타격을 입었으며, 레벨의 차이를 실감하게 해주었다.

'아, 죽여 버리고 싶어.'

눈류는 샤인의 마법 치료를 받으며 이를 악물었지만 곧 일행과 함께 뛰기 시작했다.

자신까지 가담한다면 승산이 있는 싸움이다. 하지만 그럴 경우 정체가 밝혀지게 된다.

방금 전의 공격으로 안 그래도 라일라와 레몬이 놀란 표정인데 전투력까지 보이면…….

더군다나 모두가 자신처럼 포션 전투를 하지 않는다.

지금 일행 중에서도 자신을 제외한 일행 모두는 비상 포션만 가지고 다닐 뿐이다. 그래서 위험이 있다면 아무리 싸우고 싶어도 피하는 것이 최선이었다.

그것이 파티 플레이의 정석.

"오빠, 왜 안 죽어요?"

"그럼 죽어야 되냐?"

놀란 레몬의 질문에 눈류가 어이없다는 듯 대답했다.

"눈류 오빠는 마방 높다고 했잖아."

그러자 샤인이 의심을 없애기 위해 대신 해명했고, 레몬과 라일라는 뭔가 미심쩍었지만 더 이상 묻지 않았다. 본인들이 그렇다고 주장하는데 어쩌겠는가.

그렇게 아이스 골렘들을 피해 한 시간을 더 이동했을 때, 눈류는 화염의 호수에 도착할 수 있었고, 붉은 호수를 감탄한 표정으로 쳐다봤다.

근처에만 갔을 뿐인데도 더위는 물론 장비들의 내구력이 떨어졌다.

눈류는 서둘러 장비들을 벗은 뒤 한 걸음 더 가까이 다가갔다. 뜨거웠지만 호수를 제외한 지면은 얼음과 눈으로 가득 덮인 상태였기에 견딜 수 있었다.

온통 붉은 불꽃으로 이루어진 물결은 혀를 날름거리고 있었고, 말 그대로 화염의 호수였다. 타오르는 불꽃으로 이루어진 용암의 강. 저곳에 빠진다면 장비는 물론 마법 방어력이 아무리 높을지라도 죽을 것이다.

"대단해. 바로 앞도 아닌데 이렇게 덥다니."

눈류가 혼자 감탄하며 호수를 바라볼 때, 더욱 놀란 얼굴로 쳐다보는 레몬과 라일라.

'레벨 200대의 자신들도 저렇게 가까이 다가갈 수 없는데 뭐 저런 인간이!' 라는 표정이었다.

"샤인아, 여기 지하로 가는 길이나 던전 없어?"

잠시 바라보던 눈류가 묻자 고개를 젓는 샤인.

"그런 것이 있다는 말은 들어본 적 없어. 뭐, 빠져 죽은 사람은 몇 있는데 단지 NPC가 장난으로 만든 것이라고 추측할

뿐이야."

'그렇다면 지하로 어떻게 가야 하지?'

눈류는 심각한 모습으로 고민에 잠겼다.

전직 퀘스트에는 분명 입구가 있다고 했다. 그렇다면 필히 가는 길이 존재할 것이다.

하지만 문제는 어떻게 가야 되고, 통로가 어디냐는 것.

'때론 단순한 것이 진리를 얻는다.'

어쩔 수 없는 선택에 한숨을 내쉬며 뒤로 물러선 눈류.

"샤인이나 라일라 중에 몸을 가볍게 만드는 마법이나 날려 보내는 마법 있는 사람?"

눈류의 말에 둘 다 손을 들었다.

"그럼 샤인, 네가 해줘."

"뭘?"

"날 저 호수 가운데로 날려 보내줘."

"에에?"

"오, 오빠?"

"해, 행님, 와 그러십니꺼?!"

"왜, 왜 그래요?"

모두가 경악하며 미친놈 보듯 쳐다봤다.

'방법은 두 가지. 저 안으로 뛰어들어 가든가, 아니면 주변 모두를 찾는 것이다. 하지만 후자는 시간이 오래 걸려. 일단 들어가자. 죽어봐야 뭐, 다시 살아나니까.'

단순 무식! 전직으로 수없이 고통과 죽음에 익숙해진 눈류이기에 가능한 발상이었다.

"오빠, 저 안에 들어가면 아무리 마방이 높아도 죽어."

"알아. 하지만 가능성이 있다면 포기할 수 없지. 보내."

"진짜? 뭐라 하지 마?"

침통한 표정으로 눈류는 고개를 끄덕인다.

아무리 죽음과 고통에 익숙하더라도 그 누가 용암에 빠져 죽기를 원하겠는가.

'많이 아프겠군.'

자신의 예상이 틀리다면 분명 상당히 괴로울 것이다. 아니, 어쩌면 순식간에 죽어서 고통을 느끼지 못할지도 모른다.

"위, 윈드!"

그때 샤인의 외침이 들렸고, 눈류는 곧 거대한 바람의 힘을 느끼며 높이 치솟았다.

그런 눈류의 신형은 강 중앙으로 이동했으며, 자연의 법칙에 따라 추락했다.

첨벙!

"아아아악!"

"해, 행님!!"

눈류가 떨어지는 순간 라일라와 기적이 비명과 같은 소리를 질렀고, 레몬은 고개를 돌렸으며, 샤인만이 황당함을 금치 못하며 쳐다보고 있었다.

'하여튼 생각하는 꼬라지 하고는. 제발 오빠 생각이 맞아야 하는데.'

[조화의 던전을 최초로 발견하셨습니다]
제한:가면의 기사.
혜택:명성 +200 전체 스텟 +50. 가면의 기사 2차 전직 퀘스트 가능.

─눈류님이 빙하의 섬에 존재하는 조화의 던전을 발견하셨습니다. 레벨 100~200까지의 제한이 존재하며 일주일 뒤 던전 입구로 이동되는 마법진 개설과 함께 개방됩니다.
"됐다!!"
눈류는 한 치 앞도 보이지 않는 암흑 속에서 알림 말을 들으며 기쁨의 비명을 질렀다. 던전의 발견보다도 퀘스트 위치를 빨리 찾은 것이 더욱 좋았고, 자신의 비상한 두뇌에 감탄했다. 남들이 볼 때는 비상이 아닌 무식이지만.
"그런데 생각보다 보상은 좋지 않네."
보상을 확인한 눈류는 아쉬움의 입맛을 다신다.
명성은 능력치와는 전혀 무관한 것이었고, 결국 능력에 도움되는 보상은 전체 스텟 +50뿐.
인연의 던전과 비교할 경우, 찾기는 더욱 어려운 곳임에도 불구하고 상당히 좋지 않은 편이었다.

"그래도 이게 어디야? 정보."

생명:9,160 마나:10,160
이름:눈류 레벨:100 성향:혼돈 길드:무
칭호:없음 명성:425 악성:0 직업:가면의 기사

근력:862(+489) 체력:170(+338) 민첩:185(+338) 지식:14(+330)
재치:22(+333) 정신:480(+337) 예술:10(+333) 상술:10(+335)
검폭:85(+330) 신속:135(+330) 투혼:173(+280) 가호:80(+280)
심안:55(+250) 마나:61(+250) 가면:80(+250)

공격력:4,053(+121) 방어력:1,016(+250)
마공력:1,032(+75) 마방력:1,634(+201)
스텟 포인트:0 스킬 포인트:0 전투 숙련치:12.47%

장비에 붙은 옵션들은 정보창에 표시되지 않았고, 공격력, 방어력만 추가로 표시된다.
'기사의 가면을 차지 않았음에도 이 정도면……'
눈류는 스텟에 만족하며 정보창을 닫았다. 그때 주변이 환하게 밝혀졌다.

"오랜만이군요."

눈류의 눈앞에는 화염의 던전처럼 레이첼 황녀가 결계에 갇혀 자신을 바라보고 있었다.

"뭐야? 던전?"

그 시각, 걱정을 하며 자신들의 사냥터로 이동하던 샤인 일행은 알림 말과 창을 보고 들으며 소리쳤다.

"우와, 행님 두 번째 발견이네!"

"두 번째?"

레몬이 묻자 웃으며 대답하는 기적.

"그때 없었나 보네. 화염의 던전도 행님이 발견한기라."

"그래? 이야!"

"그런데 음성 채팅이 불가한 지역이라 나오네."

샤인이 어깨를 으쓱하며 일행에게 말했다.

'레전드 직업이 좋긴 좋네. 가면의 기사만 이러나? 진은 오빠 등은 던전 발견 못한 것으로 아는데. 뭐, 어때. 좋으면 된 것이지.'

곧 모두는 레몬의 퀘스트를 하기 위해 이동했다.

[가면의 기사 2차 전직 퀘스트 1차]

레이첼 황녀를 구하기 위해서는 멀고도 먼 고통의 길을 통과해야 한다.

무조건 참아라.

눈류는 체념한 얼굴로 알림창을 바라보았다. 내심 한 번에 끝나기를 바라고 있었던 것이다. 하나 역시나 1차라는 표시가 떴다.

"레전드는 강하기보다는 유저를 고문하기 위해 만든 직업이군."

솔직한 심정을 내뱉은 뒤 발걸음을 옮겼다. 그런데 레이첼 황녀와 인사를 나누려는 순간 공간이 일그러지더니 모든 것이 변했다. 눈앞에는 좁은 길이 나타났고, 끝이 보이지 않았다.

퀘스트의 내용이 머릿속을 스쳐 간다.

분명 이 길이 끝나는 곳에 황녀가 있을 것이다.

"하라면 해야지요."

고통의 길이라는 것이 불안했지만, 전직으로 인해 통증에 있어서는 득도의 경지에 오른 자신이었다.

"제, 젠장. 으아악!"

눈류는 사지를 태우는 듯한 통증에 바닥에 주저앉았다. 끝이 없는 고통의 연속! 곧이어 빛의 화살이 전신을 관통했고, 피를 철철 흘리며 바닥에 대 자로 뻗어버린다.

죽음이란 존재하지 않았다. 상처를 입어도 금방 회복된다. 배고픔도 피로도 없다.

하지만 정말 참을 수 없는 고난의 길이었다.

한 걸음만 움직여도 괴로움이 엄습했고, 유일하게 평온을 느낄 수 있는 방법은 아예 움직이지 않는 것이었다.

"궁금한 것이 있습니다."

바닥에 누운 채 음성 채팅 목록에 있는 운영자 카르미엔에게 음성 채팅을 시도하자 곧 답변이 왔다.

"눈류님, 반가워요. 무엇이 궁금하십니까? 공개를 하시려고요?"

"아니요. 공개는 아직 아닙니다. 단지 궁금한 것이 있습니다. 레전드 직업, 설마 유저들을 고문하기 위해 만든 것은 아니죠?"

"네에? 그럴 리가 있겠습니까? 단지 다른 직업보다 더 강한 만큼 그 이상의 노력을 하라는 것뿐입니다."

"정말이신가요?"

"당연합니다!!"

더 고생해야 된다라……. 이것은 고생이 아니었다. 정말 말 그대로 고문일 뿐.

"한 가지만 더 묻겠습니다. 2차 전직 중 1차 퀘스트, 누가 만든 것입니까?"

"아, 그 퀘스트는 제 아이디어입니다! 마음에 드십니까?"

'이 새끼!!'

순간 속으로 욕설을 내뱉은 눈류는 애써 침착을 유지했다.

아무리 레전드라 할지라도 유저와 운영자. 위치의 차이가 존재했다.

"그런데 눈류님도 이벤트에 참여하실 거죠?"

"이벤트요?"

"1주년 이벤트 두 번째 말입니다. 각 레벨 등급에서 가장 강한 이만이 살아남으며, 우승자에게는 최고의 마방 세트와 상금이 주어집니다."

"참여할 생각입니다."

마방 세트와 라르크! 포션 값이 부족한 자신에게는 절대적으로 필요한 것들이었다.

"그러면 빨리 전직을 끝내야 할 것입니다. 고통은 그냥 무시하세요!"

"……."

음성 채팅을 끝낸 눈류의 머릿속에는 다른 운영자들은 몰라도 분명 카르미엔은 고통을 즐긴다라고 확실히 인식되었다.

"끝이군."

눈류는 드디어 길을 빠져나오며 바닥에 주저앉았다. 게임 시간으로 2주나 걸린 멀고도 먼 길. 그 안에 받은 고문과 느낀 고통을 말하라면 책 한 권을 낼 수 있을 것이다.

"언젠가 카르미엔, 네놈을 죽여 버리겠어."

분노는 퀘스트를 만든 카르미엔에게 향한다.

'하지만 운영자잖아. 참자, 참아.'

은근한 소심함이 사라지지 않는 눈류였다.

[가면의 기사 2차 전직 퀘스트 2차]

레이첼 황녀를 구하기 위해 얼음을 깨뜨려야 한다.

무조건 쳐라. 빨아 녹여도 된다.

제한:스킬 사용 불가, 체력 저하 존재, 장비 착용 불가, 마나 사용 불가, 주어진 장비만 사용 가능. 기간 한 달.

눈류는 짜증난 얼굴로 레이첼 황녀에게 시선을 돌렸다. 얼음의 두께가 장난이 아니었고, 헤라클레스가 와도 불가능할 것 같았다.

"지금 나보고 이 얼음을 깨라고?"

조건이 가면을 깰 때와 비슷했다. 다른 점이 있다면 기간이 존재한다는 것.

"하아, 어쩔 수 없지."

퀘스트 제한대로 모든 장비를 해제한 눈류는 얼음 앞에 놓인 무기들을 하나하나 감상했다.

검, 망치, 불이 붙어 있는 촛불, 채찍…….

도대체 채찍과 촛불을 왜 준비해 준 것인지는 영문을 알 수 없었다.

"눈류님, 힘내세요!"

이제는 구면인 레이첼 황녀가 무기를 고르는 눈류에게 큰 목소리로 외쳤고, 그와 함께 작업이 시작되었다.

깡깡깡!

촛불 등 얼음을 녹이는 것처럼 불필요한 무기들을 제외하고 나머지 장비들은 능력치가 동일했다.

공격력:1!

아무리 좋게 생각하고 싶어도 엿 먹이려는 심보!!

눈류는 이를 바득바득 갈며 익숙한 검을 들어 얼음을 쳤고, 자신과의 전쟁을 시작하였다.

개발자들을 하염없이 씹으며 말이다.

"으아아아아악!! 안 돼!!"

한 달이 지났다. 한 달 동안 아무리 힘들어도 입술을 꽉 물며 얼음을 깨기 위해 노력했다.

지치고 힘들었으며 팔이 아팠지만 한 번도 쉬지 않았다.

그렇게 일주일이 지나자 얼음에 금이 가기 시작했고, 한 달째가 되자 깨질 정도로 얼음은 위태로워 보였다.

그런데 시간 제한에 걸리면서 얼음이 원상복구된 것이다.

"아아, 으아아악!!"

절망을 넘어 거의 광분한 눈류는 얼음을 주먹과 발로 차다가 아픈 것을 깨달으며 곧 소리를 질렀다.

조금의 시간만 더 있었더라면!!

그런 눈류를 레이첼 황녀가 안타까운 표정으로 쳐다봤다.

도와줄 수 없는 것이 미안했다. 그리고 고마웠다. 자신을 위해서 저렇게 노력하다니…….

"눈류님, 힘내세요! 저는 저주 때문에 자야 할 것 같아
요."

격려가 듬뿍 담긴 레이첼의 말에 눈류의 눈이 가자미처럼
변했다.

처음에는 잠도 안 자고 열심히 응원과 위로를 하던 레이첼
황녀였다. 하지만 기간이 길어지자 꾸벅꾸벅 졸기 시작했고,
언제부터인가 갑자기 '저주가!! 으윽!!' 하더니 대놓고 자기
시작했다.

'뭐, 저런 황녀가…….'

어느새 잠든 레이첼 황녀를 바라보던 눈류는 다시 검을 쥐
었다. 레이첼이 아닌 자신을 위해서 전직을 해야 한다. 그렇
다면 다른 방도는 없다. 될 때까지 치는 수밖에.

이번에도 안 되면 한 달 뒤, 다음 달에도 안 되면 또 그다음
달에 치면 된다.

아니, 그것밖에 방법이 존재하지 않았고, 눈류는 얼음을 향
해 검을 힘차게 내려쳤다.

깡깡깡!!

하루, 이틀, 삼 일, 일주일…….

깡깡깡!!

이 주, 삼 주…….

깡깡깡!!

트트드드득.

─얼음 결계의 내구력이 0.01% 남았습니다.

"으아아아악!"

깡! 깡! 깡!

"깨져라! 좀!! 제발!!"

팔이 마비된 것 같고 힘도 들어가지 않았지만 미친놈처럼 얼음을 내려치는 눈류.

깡! 깡! 깡!

트트트특!! 파아아아아악!!

─가면의 기사 2차 전직 2차 퀘스트를 완료하셨습니다.

물보라처럼 휘날리다 사라지는 얼음의 결계. 눈류는 마냥 웃으며 바닥에 쓰러지듯 앉았다. 힘든 것은 둘째였다. 1차와 는 달리 이번에는 2차에서 끝난 것이 행복했고, 퀘스트를 완 수하자 극한의 정신력이 풀어진 것이다.

그런 눈류를 지켜보던 레이첼 황녀는 감사의 표시를 하기 위해 다가왔다.

"정말 감사합… 크흑! 세 번째 결계가!!"

'그래, 잘 가라.'

"눈류님, 이것을 기사님에게!!"

─기사의 그림을 습득하셨습니다.

'갖고 있는 것도 많네. 한 번에 주든가.'

"눈류님, 제발 기, 기사님을……."

레이첼 황녀의 처절한 목소리와 반비례로 귀를 후벼 파며 귀찮음을 가득 담아 말하는 눈류.

"네, 3차 퀘스트 때 봐요."

"무, 무슨 소리인… 아악!"

스팟!

눈류의 말을 이해하지 못한 레이첼 황녀는 찰나에 사라졌고, 그림을 인벤토리에 챙겨 넣던 눈류 역시 갑자기 형성된 마법진과 함께 모습을 감추었다.

"레이첼 황녀를 구했나?"

눈류는 보이기도도 전에 들리는 목소리를 통해 이곳이 기사가 봉인된 공간이라는 것을 알 수 있었다.

"네, 이것을."

대답과 함께 기사의 그림을 인벤토리에서 꺼내자 그림이 빛에 휩싸이더니 사라졌다.

"구원의 빛을 원하나, 아니면 파괴의 어둠을 원하나?"

기사의 목소리가 다시 머릿속에서 울리자 생각에 몰두하는 눈류.

분명 구원의 빛은 버프나 치료 마법일 확률이 컸다. 자신에게도 도움이 되지만 다른 이들을 위한 능력일 것이다. 그렇다면 답은 하나.

"파괴의 어둠을 원합니다."

눈류는 남을 도와줄 능력이 아까웠다.

'파괴의 어둠이 PK가 더 강할 것이다. 강해져야 한다. 어설픈 착한 마음은 버려야 해.'

그러자 기사의 목소리가 다시 들렸다.

"어둠이 너와 하나가 될 것이다."

기사의 음성과 함께 눈류는 온몸에 힘이 빠지는 것을 느꼈고, 다른 이질적인 기운이 몸속을 침투해 가득 채웠다.

—어둠의 마나를 습득하셨습니다.

—기사의 문신을 습득하셨습니다.

—가면의 기사 2차 전직 퀘스트를 완료하셨습니다.

—가면의 기사 2차 스킬을 배우실 수 있습니다.

—신성 치료를 받을 수 없으며, 신성력에 공격을 받을 시 20%의 추가 데미지가 더해집니다.

눈류의 인상이 일그러졌다. 신성 치료를 받지 못한다는 것도 좋지 않은데 추가 데미지라니?

'그나마 몬스터 중에는 신성력을 가진 놈들이 거의 없다는 것이 다행이군.'

—추가 스텟 암흑이 생성되었습니다. 스킬 포인트를 부여할 수 없으며 레벨 업과 함께 상승됩니다.

—추가 스텟 저항이 생성되었습니다. 스킬 포인트를 부여할 수 없으며 레벨 업과 함께 상승됩니다.

'추가 스텟도 두 개뿐인가?'

아쉬움이 진해지는 눈류.

─패시브 스킬 어둠의 눈이 생성되었습니다.

─패시브 스킬 어둠의 지배자가 생성되었습니다.

'패시브 스킬도 두 개다. 하아!'

1차에서 하나씩 더 많던 것과는 달리 2차는 다른 직업과 스텟, 패시브 스킬 증가 수치가 똑같았다.

─패시브 스킬 소드 파워가 다크 파워로 한 단계 상승되었습니다.

─생명이 3,000 증가됩니다.

─마나가 2,000 증가됩니다.

─명성이 200 상승하였습니다.

─전체 스텟이 100 상승하였습니다.

─최고 스텟이 100 상승하였습니다.

─스텟 포인트가 200 주어집니다.

─전체 패시브 스킬이 30 상승하였습니다.

─스킬 포인트가 100 주어집니다.

─전투 숙련치가 5% 상승하였습니다.

'보상은 좋다.'

비록 추가 스텟과 패시브 스킬의 개수가 같았지만, 그 외로 뛰어난 보상을 얻었다.

[레이첼 황녀를 구하라]

세 번째 결계에 갇힌 황녀를 구해 능력을 인정받은 자.
제한:가면의 기사, 레벨 200

퀘스트를 수락한 눈류는 곧 스킬 수련실로 이동하였고, 2주
가 지난 다음에야 숙련도를 채운 뒤 빠져나왔다.

Part 9
키메라의 결계석

"뭔 놈의 스킬 숙련도 수련이 2주나 걸려? 3차 때는 한 달
도 넘겠군. 스킬창."

힘겹게 숙련도를 채운 눈류는 그로 인해 수련 시간이 없어
졌기에 안타까운 마음을 품으며 스킬창을 열어서 정보를 확
인했다.

[패시브 스킬]

다크 파워 Lv. 60:검을 장착했을 시 데미지를 증가시킨다.

크리티컬 Lv. 60:크리티컬 성공 확률이 높아진다.

어둠의 가면 Lv. 53:빛이 어둠이란 가면에 가려질 때 공격력과 방어력이 상승된다.

　빛의 가면 Lv. 53:어둠이 빛이란 가면에 가려질 때 공격력과 방어력이 상승된다.

　증폭 Lv. 53:액티브 스킬의 위력이 증가된다.

　어둠의 눈 Lv. 31:어둠조차 관통할 수 있는 눈을 갖게 된다.

　어둠의 지배 Lv. 31:밤이 되면 모든 능력치가 상승된다.

　[액티브 스킬]

　다크 소드 Lv. 110:검과 어둠의 마나가 하나되어 최대의 파괴력을 발휘한다. 소모 마나:3,500 제한:깨달음을 얻은 자, 어둠의 마나를 소유한 자.

　어둠의 절망 Lv. 60:생명이 1/3 남았을 때 사용 가능하며, 공격력을 극한으로 끌어올린다. 소모 마나:초당 80 제한:깨달음을 얻은 자, 어둠의 마나를 소유한 자, 하루에 한 번 사용 가능.

　다크 쉐도우 Lv. 53:어둠의 그림자와 하나되어 빠르게 이동한다. 소모 마나:500 이동 거리:20m 제한:어둠의 마나를 소유한 자.

　다크 스톰 Lv. 86:검을 지면에 꽂아 마나의 폭풍을 일으키며 다수의 적을 공격한다. 소모 마나:2,500 반경:13m 제한:깨달음을 얻은 자, 어둠의 마나를 소유한 자.

　다크 소울 Lv. 86:어둠의 마나와 혼을 검에 실어 날려 보낸다. 소모 생명:2,000 소모 마나:3,000 유효 반경:40m 제한: 깨달음을 얻은 자, 어둠의 마나를 소유한 자.

어둠의 포효 Lv. 21:어둠의 마나를 소리를 통해 발출시켜 다수의 적을 잠시 스턴 상태에 빠지게 하며, 득음할 경우 위력이 향상된다. 소모 마나:500 제한:어둠의 마나를 소유한 자.

블러드 밤 Lv. 21:자신의 피를 폭발시킨다. 소모 마나:1,500 제한:어둠의 마나를 소유한 자.

다크 실드 Lv. 21:어둠의 마나로 방어력을 극대화한다. 소모 마나:2,000 제한:어둠의 마나를 소유한 자.

'다크 쉐도우라……. 진은의 직업과 이름이 같군. 뭐, 상관없지.'

어둠을 선택하면서 기존 스킬들이 업그레이드되었고, 새로운 스킬도 배울 수 있었다. 위력은 모두 대단하겠지만 문제는 역시 소모 마나가 많다는 것이다.

"그래도 마나 스텟으로 회복이 빠르니 괜찮겠지. 정보창."

생명:13,720 마나:13,460

이름:눈류 레벨:100 성향:어둠 길드:무

칭호:없음 명성:625 악성:0 직업:가면의 기사

근력:1162(+689) 체력:226(+438) 민첩:285(+438) 지

식:14(+430)

　재치:22(+433)　정신:510(+437)　예술:10(+433)　상
술:10(+435)

　검폭:85(+430)　신속:135(+430)　투혼:193(+380)　가
호:80(+380)

　심안:55(+350)　마나:61(+350)　가면:80(+350)　암
흑:1(+100)

　저항:1(+100)

　공격력:5,553(+121) 방어력:1,328(+250)

　마공력:1,332(+75) 마방력:1,894(+201)

　스텟 포인트:0 스킬 포인트:0 전투 숙련치:18.47%

[암흑]

암흑 속성 데미지, 저항력이 향상된다.

[저항]

정신계 마법 저항력을 높여준다.

　'가면을 착용하지 않았음에도 이 정도라면…….'

　눈류의 입가에 기쁨의 미소가 서리고, 곧 이마를 매만진다.

　레벨 100이 되면 투구나 문신 중 하나를 선택해서 착용할
수 있는데, 가면 때문인지 문신을 얻었고, 아직 착용은 하지

않았다.

문신을 착용할 경우, 이마에 형태가 나타나고 착용을 하지 않으면 없어진다.

"정보."

[기사의 문신]

가면의 기사가 새겼던 문신이다.

내구력:3,500/3,500 공격력:50 방어력:50 제한:가면의 기사.

무게:0 옵션:민첩+100 체력+90, 이동 속도 10% 상승, 회피 10% 상승, 공격 속도 10% 상승.

문신은 가면과 마찬가지로 S급의 대박 아이템이었다. 여전한 문제라면 팔 수도, 다른 사람이 착용할 수도 없다는 점이지만 갖고 있다는 것 자체로도 다른 이들에게 부러움을 살 수 있는 능력치.

"이제 빨리 101까지 찍어야 한다."

스킬과 스텟, 문신을 확인한 눈류는 1업을 하기 위해 재빠르게 움직였다.

현재 1주년 2차 이벤트 대회 접수를 받고 있었다. 접수 기간은 보름. 시간이 없었다.

며칠밖에 남지 않은 시간. 빨리 101까지 올린 다음 101~150

C급 시합에 참가해야 했다.

"크크, 상품은 내 것이다!"

몬스터를 잡는 눈류의 눈동자에 최상급 마방 세트와 라르크가 번득인다.

철갑 오우거 세 마리가 눈류를 향해 거칠게 달려든다.

'다크 쉐도우.'

눈류의 신형이 순식간에 사라졌다. 마치 그림자만 존재하고 사람은 사라진 것 같은 현상.

빠르다. 너무나 빨랐다.

오우거들 사이로 파고든 눈류는 서둘러 검을 바닥에 꽂으며 마나를 끌어올렸다.

"다크 스톰!"

그러자 눈류가 서 있는 곳을 중심으로 칠흑보다 검은 마나의 폭풍이 형성되더니 높이 솟구쳤다.

후우우웅!

카아아악!!

반경 13m, 높이 5m로 솟구친 폭풍이 철갑 오우거들을 집어삼켰다.

쾅! 터터텅!!

폭풍이 소멸되자 철갑 오우거들이 바닥에 추락했고, 동시에 들리는 반가운 소리.

─레벨이 오르셨습니다.

─고정 스텟 근력 4가 상승하였습니다.

─전체 패시브 스킬이 1상승하였습니다.

"좋아."

오랜만에 들린 패시브 스킬 상승에 눈류는 흐뭇한 미소를 지었다.

그와 함께 고정 스텟 근력4! 2차 전직 후 고정 스텟은 4로 상승했고, 스텟 포인트 역시 마찬가지였다. 그리고 스킬 포인트는 5를 받았다.

전직을 끝낸 다음 스텟 포인트 200개를 근력과 부족한 민첩에 100씩 나눠 올린 눈류는 4의 포인트를 이전처럼 근력에다 올렸고, 스킬 포인트는 다크 소드에 투자했다.

보통 근력에 올인을 할 경우 단점이 크지만, 눈류는 던전과 레전드 직업의 혜택으로 스텟 보상을 많이 받았기에 근력에 모두 투자한 것이다.

그로 인해 근력은 레벨 100대에서 따라올 자가 없었고, 그 외의 스텟 역시 마찬가지였다. 비록 개고생을 시키지만 레전드 직업의 혜택은 레전드 급이기 때문에.

"이제 돌아갈까?"

101을 달성한 눈류는 정보를 얻기 위해 샤인에게 음성 채팅을 신청하였다.

"오빠, 왜?"

“접수는 어디서 받아?”

“각 왕국에서 다 받아. 크로아 왕국은 크로티아 성 1층이야. 빨리 가야 할걸?”

“그래, 알았다.”

음성 채팅을 끝내자마자 눈류는 곧 귀환서를 사용했다.

이렇게 서두르는 것은 보름 동안 접수를 받지만 목표 인원이 다 차면 대회 참가를 할 수 없기 때문이다.

‘마방과 라르크야! 기다려라!’

굳은 결심을 품은 눈류의 신형이 빛 무리와 함께 사라졌다.

“우와!”

“맛있는 스파게티 팝니다!! 싸요!”

“목 마르시죠? 시원한 음료수가 있답니다!”

“잡템 구합니다! 아무거나 다 사요!”

눈류는 놀라운 표정으로 하염없이 긴 줄을 바라봤다.

수많은 유저들이 이벤트에 참가하기 위해 줄을 서 있었고, 옆에서 장사를 하는 사람도 적지 않았다. 장사꾼들에게는 놓치기 힘든 대목이었다.

‘상품과 상금의 위력이 대단하긴 하구나.’

현재 라스트 월드의 유저는 팔천만 명이 넘은 상태이다.

그중 다섯 개의 차원을 나누면 천육백만 정도. 물론 판타지가 가장 인기가 많은 세계이기에 그 이상일 것이다.

그렇게 1,600만에서 또다시 레벨 별로 나누게 되는데, 현재 레벨 100대가 가장 많은 인원을 차지하고 있었다. 그리고 우승을 위해, 또는 상금과 상품을 원해서 혹은 재미로 많은 이들이 참여하고 있어서 현재 레벨 101~150대에서 참가 인원만 100만 명이 넘었다.

지루해서 졸음이 올 때쯤 드디어 눈류의 차례가 왔다.

"이름은?"

인상이 강해 보이는 중년의 기사가 접수를 받고 있었다.

"눈류입니다."

"레벨은?"

"101입니다."

"101이라……. 그렇다면 C급에 참여하겠군."

"그렇습니다."

보통 레벨 급을 나눌 때 C급은 101~200까지이지만 대회는 달랐다.

위의 경우처럼 할 경우, 101과 200의 차이가 너무나 크기 때문이었다. 그래서 101~150까지를 임시적으로 C급이라 불렀다. 그리고 151~200까지 시합을 B급이라 불렀으며, 201~250은 A급, 251~300은 S급, 301레벨 이상의 시합은 SS급이라 칭했다.

"직업은?"

"공개하지 않겠습니다."

규칙상 꼭 직업을 공개하지 않아도 되기에 눈류는 거절했고,

간단한 절차를 마친 뒤 빠져나와 샤인을 만나기 위해 성 2층으로 올라갔다.

"오빠."

2층에 올라서자 붉은색 로브를 걸친 샤인이 웃으며 반겼다.

"왜 장비를 네가 가지고 있어?"

눈류가 샤인을 만나러 온 이유는 C급 장비 때문이었다. 이제 레벨 101이 되었기에 아버지한테 음성 채팅을 했지만 접속하지 않은 상태였고, 샤인한테 물어보니 장비를 자신이 가지고 있다고 했다.

"아빠가 혹시 자기 없을 때 올지도 모른다고 하시면서 나에게 맡기고 갔어. 접수는 한 거야?"

"어. 사람 참 많더군."

"오빠, C급 시합에 참가하지? 에혁, 이기기는 하겠지만 고생 심하겠다."

"왜?"

안됐다는 듯 고개를 저으며 샤인이 말했다.

"방금 홈페이지에 들어가서 보고 왔는데, C급은 열아홉 번을 이겨야 우승하던데?"

"그런 것도 나와?"

"제발 홈페이지에 가서 정보 좀 보고 해."

눈류는 게임을 시작한 이후로는 홈페이지에 거의 들어가 보지 않았다. 아직 팔 수 있는 좋은 장비를 얻은 것도 아니고,

그렇다고 딱히 궁금한 정보도 없었다.

더군다나 대부분 샤인이나 길드원들을 통해 알아낼 수 있었기 때문이다.

"지금까지 참가 인원을 집계해서 최종 결정을 내렸어. 이제 결정된 인원을 넘으면 참가 못하는 것이지. 오빠는 몇 번째야?"

"나? 1,048,352번째인가?"

자신이 말하면서도 많긴 많다는 생각이 들어 실소를 흘린다.

"운 좋네. 가장 참여가 많은 곳이 오빠가 속한 C급인데, 1,048,576명까지거든. 그래서 열아홉 번을 이겨야 해. 간단하게 축구라 생각하면 돼. 32강, 16강, 8강, 4강, 최후 결승인 것처럼 열아홉 번을 이기면 우승하는 거야."

"그럼 그 인원이 다 어떻게 싸우지?"

눈류가 알기로는 대륙의 중앙 지점에서 시합이 열린다. 그런데 많아도 너무 많았다. 1,048,576이 모두 C급이었다. 물론 가장 많은 참여가 있는 급이지만.

"홈페이지 공지에 의하면 첫날에는 e급이 시합을 해. 그리고 다음날은 D급, 그 다음날은 C급 이런 형식이야. 그리고 시합 방식은 한곳에 유저들이 다 모이면 랜덤으로 이동돼. 스킬의 방처럼 단둘만의 공간에서 싸우는 거지. 그렇게 동시에 모든 유저들이 싸우고, 이긴 유저는 다른 승자와 다시 랜덤으로 만나 싸우게 돼. 그렇게 열네 번을 싸워서 이기면 32강이거든? 32강부터는 경기장에서 시합을 하게 되는 거야. 관중도 32강부터 볼 수 있고. 단, SS급은 유저가 적어서 바로 시합을 볼 수 있을 거야."

눈류는 게임 방식에 만족했다. 가상 현실이니까 가능한 대전 형식이었다.

만약 현실이었다면 오랜 시간이 걸릴 것이다.

"내일부터 시합이 시작된다더라. 오빠는 관람 안 할 거지?"

"어. 난 진은의 시합만 보면 돼."

"그, 그래."

눈류의 표정이 차갑게 굳어지자 샤인은 바로 화제를 돌렸다.

"아참, 장비나 받아. 그리고 오빠 장비도 주고."

"아, 그렇지?"

샤인의 말에 거래창을 통해 장비들을 교환한 눈류. 물론 능력치 확인은 빼먹지 않았다.

'역시 아버지! 사람들이 파는 것보다 능력치가 다 좋구나.'

'가족의 사랑은 이런 것이지' 라고 생각하며 만족한 눈류는 모든 장비를 착용했다.

그러자 은빛의 심플한 경갑이 모습을 드러냈다.

"오빠, 그거 입으니 멸치 같다."

"……."

비틀비틀.

꽤 멋지다고 생각하고 있다가 심하게 상처받은 눈류.

그 모습에 샤인이 웃으며 재차 말한다.

"아, 그리고 대여료 받아오래."

"어… 얼마나?"

눈류는 긴장했다.

현재 자신에게 있는 라르크는 총 10만이었고, 철갑 오우거를 잡으면서 40만 라르크의 갑옷을 얻은 상태다.

"아빠가 40만 받아오라 했는데?"

"에에? 왜 40만이나?"

"C급이잖아. D급이랑 같은 줄 알아?"

'이, 이런 강도들!!'

조금 전 고마운 마음과는 달리 어느새 강도로 변한 가족의 사랑!

하지만 그렇다고 안 줄 수도 없었다.

40만 라르크가 아깝기는 하지만 전직 전에 산 포션들과 음식 등이 대부분 남아 있었고, 지금 받은 고급 장비를 맞추려면 1,500만 라르크 정도가 필요했다. 만약 빼앗기라도 한다면 장비도 없이 사냥할 수 있다.

'그래, 그래, 아까워하지 마!!'

스스로를 위로하며 눈류는 교환창을 통해 철갑을 건넸다. 물론, 확인 버튼을 누르기까지 오랜 시간이 걸렸지만.

"호호, 원래 아빠가 50만 라르크는 받아야 한다고 했는데 내가 우겨서 이 정도야. 고마운 줄 알아."

"그래, 고맙다."

맥 빠진 눈류의 우울한 목소리.

2차 전직과 함께 추가 스텟 마나가 +100을 더 얻었고, 그 결과 마나의 회복 속도가 빨라졌지만 포션이 간절했다.

'또다시 포션 값 걱정하며 살아야 하는구나.'

땅이 패일 만큼 깊은 한숨을 쉰 눈류는 손을 흔들며 자리를 떠났다.

내일부터 대회가 시작된다면 C급까지 삼 일의 시간이 남아 있다. 그동안 최대한 레벨 업을 할 생각인 것이다.

그런 눈류를 보며 샤인 역시 안타까운 표정이었다. 자신의 오빠가 포션 값이 없어서 저렇게 슬퍼하는데 도움은 주지 못할망정 사기를 쳤으니…….

'아빠가 불쌍하다고 20만 라르크만 받으라 했으니, 20만 벌었다! 아싸! 포션 사야지!'

아무것도 모른 채 10만을 깎아준 샤인에게 고마움이 가득한 눈류였다.

샤인과 헤어진 눈류가 이동한 곳은 크로아 왕국의 북쪽 숲 속에 있는 혼돈의 던전이었다.

레벨 100부터 200까지 이용할 수 있는 곳으로 언데드 몬스터가 가득했으며, 눈류에게는 레벨 업을 위한 최적의 장소였다.

어둠을 선택하면서 암흑 데미지와 저항력이 높아졌고, 패시브 스킬 어둠의 지배와 어둠의 눈으로 이런 던전에서는 더욱 큰 힘을 발휘했다.

그런 눈류가 이곳을 선택한 가장 큰 이유는 바로 키메라의 결계석이었다.

키메라는 혼돈의 던전 보스 몬스터로 드물게 결계석을 드랍하는데, 그 가격이 적지 않았다.

'샤인이 분명 150만 라르크라 했지? 포션 값이다. 내 포션!'

행복한 상상에 젖은 눈류는 기사의 가면을 착용하며 빠르게 던전 안으로 이동했다. 결계석을 반복해서 외치며.

"이봐! 우리 몬스터를 왜 쳐?"

"장난하냐? 여기가 너희들 땅이야? 어?"

"빨리 힐!!"

"신의 손길이 나에게 머물지어니……."

"하압! 기가 웨이브!"

던전 안은 난장판이었다.

자기들 몬스터라며 싸우는 파티도 존재했고, 수많은 유저들이 레벨 업과 득템을 노리며 사냥을 하고 있었다.

온갖 마법과 스킬들이 눈앞을 휘젓자 장관이 따로 없었다.

잠시 그들을 바라보던 눈류는 곧 무시하며 안으로 들어갔다. 1층은 자신이 상대하기에는 약했으며, 경험치도 마음에 들지 않았고, 보스 몬스터인 키메라는 3층에서 나왔기에 눈류는 멀지 않은 마법진을 이용해 바로 3층으로 내려갔다.

키키키키.

3층에 도착하자마자 눈류는 몬스터를 느끼며 빠르게 검을 그었다. 그러자 하급 리치가 움찔하며 뒤로 물러섰고, 곧 마법이 전개되었다.

촤아아악!

작은 블랙홀의 형상을 한 기운이 눈류를 덮쳤지만 큰 타격을 받지 않았다. 레벨 200이 넘는 고급 리치라면 몰라도 마법 방어력이 상상할 수 없을 만큼 뛰어난 눈류에게는 가소로울 뿐이었다.

"타합!"

강하지도 않은 한 마리를 상대하면서 스킬을 사용하는 것은 마나 낭비.

눈류는 잽싸게 리치를 향해 파고들며 검을 내려쳤다.

생명이 없는 언데드 몬스터들에게 치명상은 입힐 수 없다. 생명력이 끝날 때까지 치는 수밖에!

콰콰쾅!

─크리티컬!

─리치의 망토 조각을 습득하셨습니다.

─500라르크를 습득하셨습니다.

세 번째 공격에서 터진 검폭과 크리티컬!

리치는 곧 가루가 되어 사라졌고, 눈류는 뛰기 시작했다. 자신이 원하는 것은 키메라지 자잘한 몬스터들이 아니었다.

키아아악!!

"내 몬스터다! 라스트 썬더!"

눈류는 실소를 흘리며 계속 달렸다.

사냥을 할 때면 유저들이 많은 것이 짜증나겠지만, 지금은 오히려 득이 되고 있었다. 자신을 가로막거나 공격하려는 몬스터들을 다른 유저들이 다 처치해 주기 때문.

'다 왔다.'

그렇게 30분 정도 뛰었을 때 눈류는 키메라가 나타난다는 거대한 홀의 입구를 볼 수 있었고, 눈류는 망설이지 않고 입구 안으로 들어갔다. 그러자 상당히 많은 유저들이 자리를 차지하고 있었다.

시끌벅적.

'젠장, 너무 많은데? 억지로 자리를 달라 할 수도 없고.'

어림잡아도 50명 이상이었고, 대부분 파티를 하고 있기에 시비가 붙으면 위험했다. 눈류가 아무리 레벨에 비해 강하다 할지라도 동시에 풀 파티를 상대하기는 힘들었으며, 모두 자신보다 레벨이 높을 것이기 때문이다.

"어? 당신은?"

그때 누군가가 어깨를 건드리며 반갑게 말을 걸었다.

어떻게 자리를 잡고 싸우나 고민하던 눈류의 시선에 낯익은 사람이 보였다.

바로 화염의 섬에서 봤던 루크였다.

"설마 이곳에 혼자 왔습니까? 자리도 없는데……."

루크의 말에 눈류는 아쉬움 가득한 얼굴로 주변을 두리번 거린다. 모든 자리가 파티원들로 가득 찬 상태였다.

자리란 개념은 온라인 게임처럼 라스트 월드에서도 일부 존재했고, 특히 던전의 경우는 더 심했다.

그리고 보스 몬스터의 방에선 먼저 자리를 잡는 사람이 임 자였으며, 자신의 구역에 리젠되는 몬스터만 잡을 수 있었다.

그것은 보스 몬스터도 마찬가지. 즉, 바로 옆에 뜬다 할지 라도 자신들의 구역이 아니면 잡을 수 없었다.

물론 이런 암묵적인 규율을 어기는 이들도 존재했다.

"그렇군요. 이렇게 사람이 많을 줄은 몰랐는데."

"음, 이러면 어떤가요? 안 그래도 우리 파티가 세 명뿐이라 힘들었는데 함께하는 것이?"

눈류의 두 눈에 생기가 감돈다.

파티를 할 경우 레벨 업은 혼자 하는 것보다 느리겠지만 일 단 포션 값이 적게 든다. 현재 자신은 포션 값을 벌기 위해 온 것.

"제가 함께해도 괜찮겠습니까?"

"레벨이 어떻게 되시죠?"

"……."

곧 자신의 직업을 떠올리며 한숨을 내쉬는 눈류.

파티를 할 경우 이름과 생명, 마나, 그리고 레벨이 보였다.

그나마 다행스러운 점은 직업이 보이지 않는다는 것인

데…….

　‘그냥 하지 말까? 분명 의심할 텐데… 하지만 150만 라르크…….’

　파티 사냥을 하자니 정체가 밝혀질 염려가 있다. 더군다나 지금은 가면도 착용한 상태.

　그렇다고 파티 사냥을 하지 말자니 키메라의 결계석이 아까웠다. 물론 키메라가 항상 결계석을 드랍하는 것은 아니지만 좋은 장비도 많이 주는 편이었다.

　“저희 자리 쓰실 분?!”

　눈류가 잠시 고민하던 그사이, 한 파티 일행이 큰 목소리로 외쳤다.

　‘됐다.’

　반색하며 루크를 바라보는 눈류.

　“죄송하지만 저는 혼자서 하겠습니다. 여기요! 제가 쓰겠습니다!”

　루크에게 서둘러 대답한 눈류는 파티 일행에게 달려가며 외쳤다. 그러자 한 남자가 황당한 표정으로 되묻는다.

　“네? 호, 혼자서요?”

　끄덕끄덕!

　생기가 넘치는 얼굴로 눈류는 고개를 끄덕인다.

　반짝반짝.

　자신을 믿어달라는 후광마저 비치는 것 같다.

“아, 알겠습니다.”

파티원들은 어쩔 수 없이 눈류에게 자리를 넘겨준 뒤 귀환서를 통해 던전을 떠났다.

‘이 정도면 다크 스톰을 사용해도 되겠다.’

보스 몬스터의 홀은 수십 명이 사냥해도 서로 방해가 되지 않을 만큼 넓은 편이었고, 눈류가 있는 곳도 파티 사냥을 하던 곳이라 꽤 공간이 넉넉했다.

그러자 흡족한 표정의 눈류를 보며 어이없어하는 루크.

하나 이미 살라만더의 대지에서 비슷한 전적이 있기에 어깨를 으쓱하며 자신의 자리로 돌아갔다. 본인이 싫다는데 강요할 수는 없으니.

루크가 도착한 곳에는 한 쌍의 남녀가 자리를 맡고 있었는데, 바로 과도한 사랑의 커플이었다.

여자는 마법사인 일리아였고, 남자는 기사인 페르탄.

“형님, 안 하겠대요?”

“그래, 혼자 하겠다는구나.”

“살라만더 숲에서도 그러더니 대단하네요.”

“아니야. 자기가 더 대단해.”

일리아가 페르탄에게 안기며 가슴을 토닥거리자 제아무리 착한 루크일지라도 표정이 심하게 일그러진다.

‘혼자 저 장면을 견디기 힘들어 같이하고 싶었는데……..’

그런 루크의 마음을 아는지 모르는지 눈류는 주변의 시선을 한 몸에 받으며 사냥을 시작했다.

'다크 스톰!'

검은 마나의 폭풍이 레벨 180의 중급 리치들을 휩쓸었다. 하지만 다크 소울이나 소드에 비해 데미지가 약한 다크 스톰이었고, 중급 리치들의 레벨이 높다 보니 한 번에 죽지 않았으며, 그로 인해 두 번씩 발휘해야 했다.

'젠장, 마나 소모가 상당하다. 하지만……'

높은 경험치는 물론 쏟아지는 잡템들. 당연한 일이었다. 레벨 101이 180대의 몬스터를 처치하고 있으니.

'키메라 기다리기에는 최고군. 레벨 업도 상당히 빠르겠어. 200까지 한 달 안에 끝낸다.'

눈류는 포션을 흡수하며 재차 다크 스톰을 발휘하였다.

흔히 레벨 101~200까지는 현실 시간으로 두 달이 걸리지만 눈류에게는 한 달이면 가능했다. 동 레벨과 비교도 안 되는 능력치와 아이템을 가졌고, 한 번도 쉬지 않으며 고레벨 몬스터를 한 번에 여러 마리 잡으니 말이다.

더군다나 파티가 없는 오로지 솔로 플레이! 돈은 못 벌지만 레벨 업은 지독하게 빠른 눈류였다.

그렇게 눈류가 키메라의 홀에서 사냥을 시작한 지 이틀이 지났다. 그동안 단 한 번도 쉬지 않은 상태였으며, 로그아웃도 하지 않았다.

대회까지는 풀로 사냥을 하여 레벨 업과 키메라의 결계석을 노리자는 생각 때문이었다.

‘다크 스톰.’

재차 검은 기운이 중급 리치들을 휩쓸었고, 눈류는 초조한 마음으로 포션을 흡수했다.

이틀 동안 자신의 자리에는 단 한 번도 키메라가 나타나지 않았다.

그나마 위안이 되는 것은 아직 다른 자리에서 결계석 역시 드랍되지 않았다는 것이지만, 대회까지 시간이 얼마 없었고, 마나 포션도 거의 떨어져 가는 상태.

‘정 안 나타나고 포션이 떨어지면 대회가 끝나고 다시 오는 수밖에. 이곳에서 150까지 키워도 되겠어. 괜찮은 아이템도 주니.’

키메라는 잡지 못했지만 이틀 동안 쉬지 않고 잡은 중급 리치들에게서 나쁘지 않은 지팡이와 로브를 얻었다. 그것을 샤인에게 물어본 결과 두 개 합쳐서 50만 라르크였다.

만약 옵션의 성능이 좋았다면 가격은 훨씬 높아졌을 것이다.

눈류는 곧 인벤토리에서 빵과 음료를 꺼내 옆에 두고 먹으면서 사냥을 시작했다.

‘크윽, 비싸지만 맛은 뛰어나군.’

그전에 먹던 것보다 한 단계 높은 빵을 구입해 들고 다니는 눈류.

기존의 빵과 효과가 똑같다면 아무리 맛이 없더라도 바꾸지 않았겠지만, 가격이 두 배인만큼 효력은 그 이상이었기에 모든 면에서 만족하며 열심히 씹었다.

"정말 레벨이 궁금하군."

눈류의 그런 모습을 보며 루크는 여전히 감탄하며 고개를 저었다. 만약 자신이 저렇게 사냥을 했다면 이미 200을 넘었을 것이다.

"그러게요. 화염의 섬에서도 저러더니, 어쩌면 200이 넘었는지도 모르죠. 그리고 또 앵벌이를 하고 있는 것인지도."

페르탄의 말에 고개를 끄덕이는 루크. 가장 현실성있는 추측이었다.

화염의 섬에서 만났을 때 레벨 100이 넘은 상태라고 했으니 어쩌면 지금 200이 넘었을 수도…….

"저 정신이라면 어디 가도 굶지는 않겠어."

"그러게요. 하하."

"아잉, 자기는 내가 먹여 살려줄게!!"

"으응, 여보만 믿어."

"……."

아는 사이만 아니면 둘 다 죽여 버리고 싶은 루크였다.

'왔다.'

리치를 잡던 눈류는 이질적인 기운을 느끼며 고개를 돌렸다. 그러자 마법진과 함께 보스 키메라가 등장했다. 그것도 자신의 바로 옆에.

키메라는 오우거의 육체에 웨어울프의 얼굴을 소유하고 있었고, 팔은 총 네 개였다. 그리고 와이번의 날개와 로열 스네이크의 혀, 미노타우르스의 뿔과 도끼를 들고 있었다.

보기만 해도 위압감이 느껴지는 외모와 기운.

한마디로 뭐같이 생겼다.

"혼자서 괜찮겠습니까?"

그 모습을 바라보던 루크가 소리치자 눈류는 고개를 끄덕인다.

드디어 온 떡인데 남과 나눠 먹을 수는 없었다.

"저 혼자 잡을 것이니 아무도 방해하지 마세요."

그동안 다른 자리에 나타난 키메라를 얼마나 잡고 싶었던가? 하지만 매너를 지켜야 했기에 꾹 눌러 참았다.

'만약 누구라도 방해한다면 가만 안 둔다.'

속으로 결심을 한 눈류는 키메라를 향해 신형을 날린다. 그러자 허공으로 치솟는 키메라.

'다크 소울!'

눈류의 검에 어둠의 마나가 생성되고, 날갯짓을 하는 키메라를 향해 발출되었다.

스파아아앗!

투투툭.

피가 하늘에서 비처럼 쏟아져 내렸다.

하지만 덩치와 다르게 재빨리 피한 키메라는 눈류의 목표
가 아닌 어깨에 부상을 입었다.

쿠오오오!!

분노한 키메라는 크게 포효하며 눈류를 죽일 듯 달려들
었다.

'다크 쉐도우!'

그와 함께 그림자가 되어 키메라의 뒤로 빠르게 이동한 눈
류의 검에는 다크 소드가 형성되어 있었고, 한쪽 날개를 그대
로 베어버렸다.

스르륵! 투욱!

쿠아아아아!!

날개가 떨어진 부위에서 피를 철철 흘리는 키메라.

하지만 곧 자석이 붙듯 날개가 복구되고.

"귀찮군."

이미 몇 번이나 키메라와 유저들이 싸우는 것을 본 눈류는
빠르게 처치하기로 결심했다. 키메라의 가장 무서운 점은 재
생 능력이었고, 두 번째는 두 눈동자가 붉어졌을 때다.

분노한 키메라는 모든 능력이 높아지기 때문.

눈류는 머릿속으로 그림을 그렸다. 가장 효과가 좋은 방법
은 역시 치명상을 입히는 것이다. 그것도 한 번에 숨이 멎는
부위.

"간다."

생각을 끝낸 눈류는 다크 쉐도우로 빠르게 접근해 키메라의 심장을 노리며 파고들었다. 검에서는 다크 소드가 무섭게 이글거렸다.

푸우욱!!

쿠오아아아아!!

고통에 가득 찬 키메라의 괴성!

"…괴물이잖아."

키메라의 가슴이 반이나 잘렸음에도 눈류의 표정은 어두웠다. 잠시 뒤 다시 붙어버렸기 때문이다.

'리젠 때마다 심장 위치가 달라지나? 젠장.'

그때였다. 눈류는 전신의 소름이 돋는 것을 느꼈다.

"헉!"

키메라의 눈이 붉어짐과 동시에 폭발할 듯 뿜어져 나오는 살기와 다 떨어진 마나 포션!

'하필 이럴 때 포션이 떨어지다니……. 그래도 지지 않는다. 질 수 없다.'

눈류는 스텟 포인트만 많은 것이 아니다. 이런 위급 상황에서 발휘되는 신속을 비롯해 가면과 투혼, 심안 등등 뛰어난 스텟이 많았다. 그리고 스텟 저항과 높은 마법 방어력으로 인해 키메라의 살기에도 겁먹지 않았다.

또 S급이라는 최상의 가면과 문신을 새긴 눈류.

아무리 레벨 차이가 나더라도 질 수 없었다. 아니, 지고 싶지 않았다.

하지만 포션이 떨어진 것은 큰 타격이었다.

키아아아!

빨랐다. 눈류의 눈이 따라가기 힘들 만큼 빨랐다. 하나 몸은 알고 있었다.

적이 어디서 어디까지 왔는지, 지금 어떻게 해야 하는지, 머리는 복잡한데 몸은 느낄 수 있었고, 빠르게 다크 쉐도우를 사용하여 피했다.

콰쾅!

키메라의 주먹과 부딪친 지면은 산산조각이 나버렸다.

그리고 덩치와 믿기지 않는 반사 신경으로 재차 눈류를 위협했다.

'다크 쉐… 아냐.'

퍼억!!

"크아아악!!"

눈류의 입에서 피가 한 움큼 토해졌다. 그와 함께 3,000이나 줄어버린 생명력. 단 한 번의 주먹질에 말이다.

'생명 포션은 많다. 마나를 모아야 해. 단 한 번에 없애려면 그 방법밖에 없어!'

다크 쉐도우도 사용하지 않으며 눈류는 키메라의 공격을 아슬아슬하게 피했다. 하지만 모두 피할 수는 없었고, 공격을 당하면 빠르게 생명력 포션을 흡수했다.

‘마나야, 마나야, 빨리!!’

스텟 마나로 인해 빠르게 차고 있는 눈류의 마나.

‘가득 채워야 해.’

퍼억!!

“크아악!!”

하지만 그때 또다시 키메라의 주먹을 허용하고 만 눈류의 신형이 허공에 솟아올랐고, 곧 함께 허공으로 날아올라 재차 가격하는 키메라.

파지지지직!! 콰쾅!

눈류는 비틀거리며 힘겹게 일어섰다. 방금 두 번의 공격과 낙화 데미지로 생명력이 7,000이나 깎였다. 더군다나 다리에 부상까지 입었지만 치료를 할 시간이 없었다.

‘하아! 하아! 9,000이다. 조금만 더.’

“키메라는 풀파티도 물약 먹으며 상대하는 보스입니다! 정말 혼자서 하시…….”

“저 혼자서 합니다!”

루크의 걱정스런 외침에 대답하며 이를 악무는 눈류. 입에서 피가 쉬지 않고 새어 나왔다.

퍼퍼퍼퍼퍽!

“크, 크아아악!”

용기와 객기는 다르다고 했다.

어쩌면 다른 사람들이 눈류를 보고 그런 생각을 할지도 모른다.

눈으로 따라가기도 힘든 키메라의 빠른 공격들! 그 위력조차 무시무시하니 눈류는 포션을 흡수하기에 바빴다.

그러면서도 계속 마나만을 바라봤고, 눈빛에 이채가 감돌았다.

"됐다! 다크 소드!!"

차아아악!

눈류의 외침과 함께 힘을 잃었던 검에서 어둠의 마나가 솟구쳤고, 방심하며 공격을 쉴 새 없이 하던 키메라의 오른쪽 어깨가 잘려 나갔다.

재생할 시간을 주면 안 된다. 쉴 새 없는, 그리고 빈틈없는 공격!!

'모든 스텟아, 폭주해라. 젠장!!'

눈류는 다크 쉐도우로 빠르게 파고들어 재차 다크 소드로 키메라의 신형을 아래서 위로 갈라 버렸다.

파아아아앗!

눈류의 전신을 뒤덮는 피의 홍수!

'시간이 없다.'

키메라의 재생 시간은 빠르다. 그전에 연속 공격!

"다크 스톰!!"

절반으로 갈라진 키메라가 미처 재생도 하기 전에 발휘된 마나의 폭풍!!

그와 동시에 눈류는 장비를 해제하고 자신의 팔과 옆구리에 검상을 여러 개 내며 피를 폭풍에 함께 흘려보냈다. 스킬의 영향인지 전직의 영향인지 현실보다 피의 양이 많아졌고, 반으로 잘려진 키메라의 육체 곳곳에 눈류의 혈흔이 묻었다.

"블러드 밤!!"

눈류의 마지막 외침과 함께 얼마 남지 않은 마나.

퍼퍼퍼퍼퍼펑!

적에게 자신의 피를 묻혀 폭발시키는 블러드 밤으로 인해 폭음이 쉬지 않고 홀에 울려 퍼졌다.

쿠오아아아아!!

키메라의 처절한 외침과 함께 강력한 기운이 눈류를 강타했다. 하지만 이미 키메라의 죽음을 보며 예측했던 일.

이전 다른 파티와 키메라의 전투로 인해 소멸되기 직전에 자신의 모든 힘을 발휘한다는 것을 눈류는 잘 알고 있었고, 그렇기에 마나가 모두 차기를 기다린 것이다. 조금 부족했지만 전투를 하는 동안 2,000까지 회복된 마나를 보며 나지막하게 말하며 스킬을 발휘하는 눈류.

"다크 실드."

다크 실드를 시전하자 전신을 검은 마나가 휘감았고, 그와 함께 눈류는 생명 포션을 흡수했다. 다크 실드가 비록 강력한 보호막이라 할지라도 모든 데미지를 막아주지는 않는다.

키메라의 마지막 공격은 상상 이상의 파괴력!!

콰콰콰쾅!!

"크흐윽!!"

눈류의 처참한 비명! 힘을 이기지 못한 다크 실드가 깨짐과 동시에 13,000이 넘는 생명이 순식간에 줄어들었지만, 포션으로 힘겹게 버틴 눈류는 바닥에 힘없이 주저앉아 고개를 들어 위를 쳐다봤다.

키메라는 어디에도 없었다.

—레벨이 오르셨습니다.

—고정 스텟 근력 4가 상승하였습니다.

두 번 연속 들리는 레벨 업 소리.

—랜덤 스텟의 영향으로 근력과 투혼, 지식이 1 상승하였습니다.

—혼돈의 상갑을 습득하셨습니다.

—혼돈의 목걸이를 습득하셨습니다.

눈류는 한숨을 내쉬며 누워버렸다.

기대했던 결계석이 나오지 않자 모든 힘이 빠져 버린 것.

그리고 다리의 부상과 팔, 배의 출혈로 생명력이 계속 줄어들고 있었다.

"괜찮습니까?"

그때 눈류를 향해 달려오는 루크와 일리아.

루크는 서둘러 일리아에게 말해 눈류를 치료하게 해주었다.

"감사합니다."

부상이 회복된 눈류는 루크의 자리로 옮겼다. 마나 포션이 없기 때문에 스킬 없이 싸우기는 힘들었다. 자신이 고레벨 몬스터 여럿 마리를 잡을 수 있는 것도 기사의 스킬이 있었기 때문이다.

"저희와 파티를 하지 않겠습니까?"

사람 좋은 루크의 말에 눈류는 실소를 흘렸다.

아무리 생각해도 멍청하거나 아니면 정말 착한 사람이었다.

'당연히 후자겠지만.'

눈류는 고개를 저으며 사양을 표시했다. 그러자 아쉬운 표정의 루크.

"뭐, 어쩔 수 없지요. 하하! 그런데 이번에 또 게시판 뉴스에 나올지도 모르겠군요."

눈류가 의아한 표정으로 묻는다.

"또요?"

"전에 보스 살라만더를 잡으셨을 때도 홈페이지 게시판 뉴스에 떴습니다. 그런데 이젠 풀파티라도 잡기 힘든 키메라를 혼자 해치웠으니 당연히 뜨지 않겠습니까? 세상에서 가장 무서운 것이 입소문이니. 하하!"

속으로는 한숨이 나왔지만 눈류는 애써 웃었다.

다른 이는 몰라도 저렇게 좋은 사람 앞에서 인상을 찌푸리고 싶지 않았기 때문이다.

"오늘 일, 고맙습니다. 전 포션이 없어서 이만 가겠습니다. 그럼."

눈류는 루크에게 간단하게 작별의 말을 남기며 귀환서를 사용했다.

그리고 그날, 소문은 부풀리고 부풀려져서 라스트 월드 홈페이지 게시판에는 포션 없이 키메라를 잡은 유저란 제목으로 크게 기사가 실리게 되었다.

『가면의 기사』 2권에 계속…

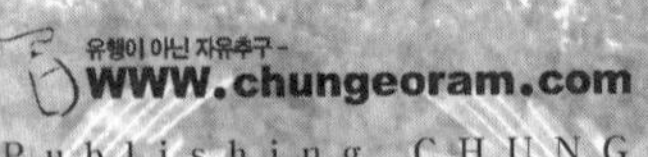

유행이 아닌 자유추구 -
WWW.chungeoram.com
Book Publishing CHUNGEORAM